ア

集英社文庫

アタラクシア

由《ゆ》依《い》

由依さん。穏やかな声で呼びかけられて、振り返る。ごめんね、待った？　という彼にううんと首を振り、差し出された左手を取る。演技のように感じられるほど自然な彼の態度に少し複雑な思いを抱きつつ、「やっぱりこっち」と言いながら手をほどき彼の腕に絡める。赤信号に立ち止まると、彼は少しだけ体をこちらに向け、摑《つか》まれている腕とは反対の手で私のおでこにかかった僅《わず》かな髪の毛をよけるように撫《な》でた。その瞬間、満タンのインク瓶に万年筆のペン先を浸す時のような緊張が背中に一直線に走る。溢《あふ》れそうなインクは表面張力でぎりぎり瓶の中に留まり、くるくると回る尻軸によってペンの中に吸い込まれその水位を僅かずつ下げていく。

「食べたいものはありますか？」

見上げて聞くと、実は鴨《かも》持ってきたんだ、と彼は肩にかけた鞄《かばん》を指差した。

「ほんとに？　マグレ？」

「うん。由依さん好きでしょ」

やったと声を上げてじゃあ付け合わせは何にする？　と聞くと、グリルした季節の野菜添えはどう？　と彼は言う。

「いいね。ソースはバルサミコ？」

もちろん、と微笑《ほほえ》む彼に、嬉しいなと呟《つぶや》いて寄りかかる。いつも彼と会うその瞬間に走る緊張は、どうしてそんなものがあったのかもう分からないくらい綺麗《きれい》に消えていた。駅前のスーパーに入ると、カゴをカートに載せ青果コーナーを見て回る。アスパラとスナップエンドウどっちにしようか？　あっカブは絶対入れたいな、と言い合いながら野菜をカゴに入れていく。人参《にんじん》の前で彼は立ち止まり、いつもはオーガニックの人参あるのになと残念そうに言った。

「別に良くない？　普通ので」

「ここのオーガニック人参甘くて好きなんだけどな。ないなら店から持って来れば良かった」

「藤岡《ふじおか》さんに怒られちゃうよ。あの人ケチなんでしょ？」

「倹約家って言ってあげようよ」

夜食用にイカの塩辛買っておこう、あ、サラミもいいな、とつまみに手を伸ばしていと手招きをされて行くと彼が嬉しそうに箱入りの雨後の月を指差した。純米吟醸で良くない？　と私は隣の雨後の月を指差す。でもこれ結構希少なんだよ、金賞受賞だしと彼は食い下がり、しばらく棚の前で他の日本酒と悩んだ挙句、結局大吟醸の箱をカゴに入れた。

「由依さんは美味《おい》しいものだけで出来上がって欲しいからね」

「私今添加物まみれのつまみ入れてきたよ」

またこんなもの、と彼は塩辛とサラミを見比べ、塩辛はもうちょっといいやつがあったはずだよと瓶を片手に海鮮コーナーに戻っていった。

由依さんと食べ物の話をするのが好きだよ。買い物袋を右手に提げて私と手を繋《つな》ぎながら、彼は言った。私も、こんな風に好きな人とご飯の相談したり、一緒に買い物したりするのが夢だったと呟く。

「他にはどんな夢がある？」

「二人で鎌倉に行きたいな」

「そんなのすぐに叶《かな》っちゃうよ」

「鎌倉の次は京都」

「その次は？」

「バリのウブド」

マウイ島、バスク、イスタンブール、レユニオン島、と思いつくままに地名を挙げていくと彼は笑って、レユニオン行ったことあるよと言った。

「ほんとに？　すごい自然が豊かなんでしょ？」

「昔働いてた店で、社長が従業員何人かヴァカンスに連れてってくれたんだ。確かに自然は圧巻だけど、一週間もいたら飽きるよ。あ、でもサンポールっていう街に大きなマルシェがあって、見慣れない果物とか調味料がたくさんあって興奮したな」

「そういえば、パリにサンポールって駅あったよね？　バスチーユの近く。あの辺にすごく美味しい四川《しせん》料理屋があって」

「あ、知ってる。狭い路地の、すごく小さいところだよね？　そっか、由依さんもあそこ行ったことあるんだ。まだあるかな？　あの頃パリに四川料理ってあんまりなかったじゃん？　初めて食べた時、久々のアジアの辛さに感動したんだよなあ」

「うんうん。辛さが確か、五段階だっけ？　で選べて、私はいつも四にしてた」

「俺は三だったかなあ。ていうかさ、今改めて思ったんだけど、サンポールって、聖ポールのことだよね？」

「そうだね」

「トイレのサンポールってそこからきてるのかな？」

「あれは一応酸性のサンなんじゃない？」

「でもきっと聖ポールにかけてるわけでしょ？　そんなのひどくない？」

ひどいひどい、と思わず彼の肩に寄りかかって笑いを嚙《か》み殺す。日本の商品名ってたまに無邪気に非人道的だよね、彼の言葉に笑って頷《うなず》きながら赤信号に足を止める。

“Notre plat du jour est Magret de canard au miel d'acacia et vinaigre balsamique.（今日のメニューはマグレ・ド・カナール、アカシア蜂蜜とバルサミコソース添え）”

彼が突然フランス語で言うので、“Accompagné de légumes de saison grillés.（季節の野菜グリルと共に）”と付け加えた。仕事をする上で必要な語学力を身につけたところでぴったり伸び止まった私のフランス語は、それ以降全く進化しないまま、帰国を境に始まった緩やかな退化の一途を辿り今に至っている。知り合った頃、私たちがこうして手を繋ぎメニューを言い合うなどと、どちらも想像もしなかったはずだ。私たちは遠い世界にいて、ずっと互いに高い壁を感じていた。動物園で言えば、爬虫《はちゅう》類館にいるカメレオンと大型哺乳類コーナーの隅にいるバクくらいに、互いの生態に想像も及ばないほど遠いところに存在していた。

「やっぱり由依さんは発音がいいな」

「語彙《ごい》は少ないけど、話せます風な態度で乗り切ってきたからね」

「俺は逆だな。語学学校と仕事で叩《たた》き込んだ語彙は多いのに、発音が悪いからいつまで経《た》っても観光客と間違えられてさ」

「三島由紀夫のフランス語って聞いたことある？　前にユーチューブでフランス語でインタビュー答えてるの見たんだけど、知り合った頃の瑛人《えいと》さんのフランス語に似てて、なんか笑っちゃった」

「それってなに、下手くそってこと？」

「発音悪いのにがんばって喋《しゃべ》るとこが似てた」

「嫌な言い方するなあ」

「でも、フランス語喋れる人はたくさんいても、瑛人さんみたいな料理が作れる人は日本に何人もいないよ」

「まあ、それはそうだろうね」

　言葉の割に自信のなさそうな声のギャップに嬉しくなって、手に力を込めた。彼のごつごつした手が、さっきまで野菜を刻んだり家畜の肉を捌《さば》いたり魚の鱗《うろこ》や内臓を取ったりフライパンを揺すったりしていたなんて嘘《うそ》のように感じられた。彼の手は今、ただ私の手を握るためだけにあるかのように振る舞っている。

　マンションに帰ると、五百mlのビールを分けて二人で乾杯した。彼が鴨の皮目に切れ込みを入れ下味をつけている間、私は人参の皮を剝《む》き、スナップエンドウの筋を取る。筋が途中で切れちゃうと文句を言うと、残った筋は俺が後でナイフで取るよと彼はソースパンにバルサミコを入れながら言った。新鮮じゃないのかなと責任転嫁をしながら、やはり途中で先細ってぷつりと切れてしまう筋を流しに放る。ちょっと舐《な》めてみる？聞かれて振り返ると、ソースに蜂蜜を投入した彼が茶色くぬらめくスプーンを持ち上げる。うん、と微笑むと、私は彼の差し出したスプーンの下の部分を舌先で舐めた。すごい濃厚、と言うと、満足そうな表情で彼はスプーンを口に入れた。うん、濃いいね、と言うついでのように彼は私にキスをして、嬉しくなって彼の背中に手を回す。甘い味が混じり合い、混じり合うほど甘みが薄れていく。あ、やばい。彼は唇を離すとそう言ってざわざわと音を立て始めたソースパンを火から離した。私とソースどっちが大事なのと腰に抱きついて言うと、由依さんに美味しい鴨を食べてもらうためだよと彼は背を向けたまま私の手を取って甲にキスをした。

二枚の大きな丸いお皿に盛られた鴨と焼き色のついた野菜にとろみのついたバルサミコソースが掛けられ、薄切りのバゲットの載ったラタンバスケットと共に、小さな丸テーブルに出された。

じっとりと肉汁で湿ったその断面にバルサミコソースをたっぷり擦《なす》り付け、口の中に入れるとフォアグラの香りと血の味、バルサミコの酸味が口中に広がる。すごい美味しい。声を上げた瞬間には次の一切れにナイフを入れていた。良かった、と嬉しそうに言って彼も鴨を口に入れる。あ、このカブ甘くて美味しい。この人参も全然美味しいじゃん。散々美味しいと言い合って、私たちは肉の塊を切り取っては一口ずつ咀嚼《そしゃく》し、数口ごとにグラスを手に取る。鴨の血の味と相まって、赤ワインは本当に誰かの血のようだった。

「フランスにいた頃私いつもお金なくて、たまにちょっとお金が入るとマグレ・ド・カナール買ってグリルして食べるのが精一杯の贅沢《ぜいたく》だったんだ。フォアグラとかエスカルゴも好きだったんだけど、体積小さくてコスパ悪いから、マグレが折り合いのつくぎりぎりのところで」

「本当に？　あの頃言ってくれてれば横流ししたのに」

「あの頃、瑛人さんは雲の上の人だったから」

不思議だよね。ふと思い出したようにそう呟いた彼は、ナイフとフォークをどこに向けようか迷っているように見えた。

「俺にとっても由依さんは雲の上の人で、例えばあの頃働いてた店にカール・ラガーフェルドとかジョニー・デップとか来たことあったんだけど、そういう人たちと同じくらい雲の上にいる人で、初めて紹介された時も緊張して何も話せなかったんだよ」

一つ一つ、手に取るイチゴ全体にきちんと赤味が広がっているかどうか確かめてからハサミを入れるイチゴ農家のように丁寧に言葉を選び、親指ほどのスナップエンドウを音も立てず綺麗に四つに切り分けながら彼は言った。お互い雲の上にいたのだとしたら、私たちはどうして今こうしているのだろう。雲の上に、先に手を伸ばしたのはどっちだったのだろう。いつがその時だったのか、彼との記憶は全て鮮明なのにこれと断定できる瞬間が思い浮かばない。

明日、中休み帰ってくる？　二人で洗い物をしながら聞くと、うん帰るよと彼は嬉しそうに言う。どっか行こうよ、どこがいい？　公園でピクニックとか、本屋さんに行くとか、あ、そうだこの間割っちゃったお茶碗の代わりを買いに行くのもいいね。すでにどこかに出かけているように楽しげに言う彼に、じゃあこの間言ってた公園でピクニックにしようよ私サンドイッチ作る、と答える。いいね決まり。じゃあ俺は何か飲み物持ってくよ。私たちの間には何の諍《いさか》いも利害も邪推もない。ただ好きという気持ちだけで私たちは繋がっている。その関係は信じられないほど単純で幸せで、皮膚から内臓まで気持ちがいい。彼と二人でいる間私は何も思い悩まない。彼のことと私のこと、二人のこと、今はそれだけが考えるに値するものであるという事実に眩暈《めまい》がしそうだった。

「ずっとこうしてたい。二人で美味しいもの食べて、美味しいお酒を飲んで、毎日一緒に寝るの」

「ずっとこうしてればいい。俺は毎晩由依さんのために美味しいものを、全部由依さん好みの味に作ってあげる」

美味しい料理、心が躍る明日の予定、ねえと話しかけるとなに？　と嬉しそうに答えてくれる彼。ファンタジーの世界のようだ。意地悪なおばあさんや理不尽な裁判官も襲いかかってくるドラゴンやオグルもいない、モデルルームや広告のように誰かに物を売りつけるために作られたような、暴力的なまでに美しく完成された現実離れした世界。私はここにいる間延々、彼とただ幸福なだけの毎日を送り続ける。何か一つでも欠ければこの世界は完成しなかっただろう。美味しいお酒、彼の料理、中休みに過ごす二人の僅かな時間、彼の店とこの家の中間地点での待ち合わせ、並んで歩く時の目線の高さの違い、丁寧にやすりをかけられた彼の爪の先、何か一つでも欠けていれば、この世界は完成しなかったどころか、ガラスのないスノードームのようにラメも水もこぼれ落ち形にすらならなかっただろう。

メイクを落とし、二人で並んで歯磨きをして、切子のおちょこに注いだ雨後の月を持ってベッドに座ったまま、今日お店に来ていた風変わりなお客さんの話や、見習いシェフの柳原《やなぎはら》くんの悟り世代エピソードを聞きながら彼の右側にぴったりとくっつく。柳原くんがミルクレープを知らなかったということにセカンドシェフの本田《ほんだ》さんと二人で驚愕《きょうがく》したという話にくすくす笑っていると、「え、由依さん知ってるよね？」と彼が心配そうに聞いて、知ってるよと笑う。

「ねえ」

「うん？」

「まだ不思議なんだよ。由依さんがここにいるの」

「私は、なんかずっとここにいた気がする」

「うん。言われてみればそういう気もするな」

彼はそう言って私に馬乗りになった。ワンピースとブラジャー、ソングを脱がされ裸になると、彼は自分のワイシャツのボタンを上から外し、私は下から外していく。首から肩を撫でるようにシャツを脱がせると、彼はベルトを外した。全ての調和がとれていた。今日も最初から最後まで、何もかもが完璧だった。こんな完璧な空間がこの世に存在するのだと、こうして一日の終わりに必ず驚きを持て余す。全ての歯車が一ミリの誤差もなく嚙み合っていて、そのあまりの精密さに総毛立つ。

裸のまま眠ってしまった彼の横で、うつ伏せに寝そべったままベッドに肘をつき、切子グラスを片手にスマホのロックを解除した。天気予報を見ると明日は一日晴天と出ている。彼は九時には家を出るだろう。私は寝ぼけたままいってらっしゃいと彼を見送り、ベッドに戻って二度寝をして、のんびり化粧をした後ゆで卵を作る。固ゆでにした卵を半分に切って黄身を取り出し、形が残らないほどマヨネーズとしっかり混ぜ合わせる。白身は細かくみじん切りにしたあと黄身マヨネーズに混ぜ込む。ふわっとさせるためにスプーン一杯の水を加え、塩胡椒《しおこしょう》で味付けをする。それから冷蔵庫に残っている鶏ハムを薄くスライスして、きゅうりは斜めに薄切りにしてキッチンペーパーでしっかり水分を取る。室温で柔らかくしたバターを食パンにたっぷり塗り、鶏ハムときゅうりを重ねマスタードとマヨネーズを塗って挟む。卵サンドには、冷蔵庫に残っているアンチョビをほんの少し隠し味に入れるのもいいかもしれない。私たちは明日、三角に切り分けられた卵サンドとハムサンドを持って公園にピクニックに行く。木陰のベンチに座りビールで乾杯する。美味しいねと言い合いながら私たちはサンドイッチを食べ、手を繋いで公園を散歩する。この幸福な想像は明日間違いなく現実となる。その確実性こそがこの幸福の価値であったりもする。私は彼が好きで、彼も私が好きで、明日私たちは私たちのためだけに、今日と同じくらい幸福な一日を過ごす。

由依さん？ 薄く目を開けた彼は私を抱き寄せ髪を撫でた。起こしちゃった？ と聞くと、ううん、まだ八割方寝てると彼は笑った。目を閉じて、彼の腕の中で、明日のピクニックを想像しながら眠りにつく。それは今思いつく中で最も幸せな瞬間だった。

英《え》美《み》

悪いな本田、明日のディナーの仕込みは俺がやるから。ランチが佳境に差し掛かった頃、葩島《はいじま》はそう言って本田の肩を叩いた。別にいいよ俺もよく任せてるしと本田が素っ気なく言う。どこか芝居めいたわざとらしさを感じ、気にする素振りを見せたら何か負けのような気がして黙ったままヘラを動かす。もったりとまとまったパリブレストのバタークリームにラップをかけ、冷蔵庫に入れがてら葩島の背中に「デートですか？」と聞くと葩島はうんと嬉しそうに答えた。へえ、と呟いて冷蔵庫のドアを閉める。それは良かったですね、楽しんできてください、どこに行くんですか？　何か一言声を掛けようとするものの、そのどれも絶対に言いたくなくて、苛立《いらだ》ちに任せて口を開く。

「あの子も葩島さんもどうかしてますよ」

え？　葩島がぽかんとした顔でこちらを見つめる。本当に何を言われたのかさっぱり分からないような表情だ。つい数日前、私が「昨日一緒にいるところ見ましたよ」と言った時もそうだった。何か思案するような表情の後に、ああ由依さんのことね、とあっさり認めたのだ。

「自分たちのこと、何か特別だと思ってるんでしょ」

「え?」

「そういう奴らの恋愛ってほんと腹立つ」

まるで動物園でライオンの交尾を見ている子供のように、畏怖と戸惑いと疑問を投げかけるような目をする蓜島に、独り言です気にしないでください、と言うと、今度は絶望的に絡まった凧糸《たこいと》をもう切っていいと言われた子供のように「そっか」と解放感に満ちた声を出した。この男は三十も半ばを過ぎているはずなのに、何故こんなに不必要に子供っぽいのだろう。小学校高学年の頃、同級生の男の子たちに対して抱いていたのに似た、自分がすでに喪失した、というよりも本質的に持ち合わせていなかったのだろうと自覚し始めた少年性のようなものへの羨《うらや》みと嫌悪が入り混じった不快感が蘇《よみがえ》った。

「そっかって……」

吐き捨てるように言うと蓜島の視線を断ち切って持ち場に戻り、さっき注文の入ったタルト・オ・シトロンの仕上げにかかった。蓜島と本田、そして見習いの柳原。背後にいる彼ら三人が考えていることが手に取るように分かる。「女だから」だ。生理前なのかも、旦那と喧嘩《けんか》したのかも、生理中なのかも、ヒステリーだな、具体的にはそういうことを考えてるのかもしれないが全て彼らの予想は「女だから」に裏付けされている。これは被害妄想ではない。結局日本の飲食業界というのはなんだかんだで未だにマッチョなのだ。本当は、イギリスやフランスで働くのが夢だった。本当は、こんなはずではなかったのだ。蓜島も本田も長いことパリでシェフをやっていて、向こうで知り合ったのだと聞いた時、激しい嫉妬に震えた。私だってそうなるはずだったのだ。そのために英語もフランス語も勉強していた。こつこつ働いて海外で暮らすため少しずつ貯金もしていたのだ。もちろん今更後悔したって仕方のないことだ。私はこうしか生きられなかった。それでも自分の中に未だに消化できないものがあるのは事実だ。子供が巣立った後にでも、海外には行ける。むしろその方がここまで積んできた経験を活《い》かして有利な売り込みができるかもしれないし、フランスでは若くない女性でも恋愛をしているというから、子供を育て上げた後に離婚して独り身で向こうに渡るのもいいかもしれない。私の未来はこの狭苦しい世界に押し込められていない、もっと広いところに開かれている。そう自分に言い聞かせることは精神バランスを保つために必要なルーチンになりつつある。

「どこ行くんすか?」

柳原がバカみたいな口調で言った。こいつはヤンキー上がりのバカのくせに親がイタリアンレストランをやっていて、クソほど学費が高いことで有名な調理師学校を出ていて、幾つかの店で経験を積んだ後何の悩みも葛藤もなく親の店を継ぐというレールが敷かれている料理人勝ち組で、元ヤンのくせに勝ち組ならではの余裕と空気を読まない技術を持っているどこをどう切っても腹の立つ男だ。

「近所の公園にピクニック。彼女がサンドイッチ作ってくれるんだ。あ、飲み物ビールとワインどっちがいいかな？」

「ワインだとコップ持ってかなきゃだし、ビールの方がいいんじゃないすかね」

そうだよね、と蓜島が頷く様子が見なくても分かる。中休みにカップルでピクニックって、どんだけスローライフだよ。心の中で毒づく。この店で働く男たちは皆平和ボケしている。本田は結婚十数年の奥さんと二人の娘たちと仲が良く、毎日たった今蒸し上げられたサツマイモのような顔で出勤するし、柳原は学生時代からの彼女にプロポーズを考えているようでこの間は婚約指輪ってどこのがいいんすかねとよりによってデキ婚でどさくさに紛れて結婚指輪すらもらっていない私に聞いてきたし、唯一独り身だった蓜島もここのところあの彼女と仲良くやっているようだ。

いつからそうなったのかは分からない。三年前、この店のオープン初日にも彼女はやってきて、フランスにいた頃からの友人なんだと蓜島は紹介した。そういう仲だとは疑ってもいなかったが、この間見かけた彼らはどう見ても恋人同士だった。手を繋いで寄り添って、コンビニの袋を提げて、蓜島の家に帰る途中のようだった。

あの子既婚者ですよね？　指輪してますよね？　何度目かに彼女が店に来た時に聞くと、蓜島はそうだよと当たり前のように答えた。だからこそ、フロアで絶妙なアイコンタクトやボディタッチを交わす彼らを厨房《ちゅうぼう》から発見しても、彼らはただの仲の良い友人なんだと思っていた。だからか分からないが、先週彼らが寄り添って歩く姿を見て以来、「裏切られた」という思いが黒い炎となって肺の辺りを焼いて燻《くすぶ》っているような気分のままだ。私は別に裏切られてなどいない。店のオーナーシェフが不倫をしていようが、それは私に対する裏切りではないし、もしかしたら彼女は離婚して今はフリーなのかもしれない。勝手にすればいいのだ。分かっている。私は自分の夫に対して持つべき怒りを蓮島に向けている。都合の悪い事実から目を逸《そ》らそうと、ボウルをがしゃんと音を立てて洗い場に放り込んだ。後ろで三人の男が緊張しているのが分かる。張り詰めた空気が息苦しくて、はあっ、とこれ見よがしにため息をついた。

ただいま、とリビングのドアを開けて言うと、母はテレビを見つめたまま微動だにせずおかえりと言った。冷蔵庫に煮物と味噌汁《みそしる》あるよと恐らく白髪染めから四ヶ月は経っているであろう惨めな逆プリンの頭から声が聞こえる。

「ありがと。信吾《しんご》は？」

「うーん、十時前には寝たかな」

「そう。宿題やってた？」

「知らないよ。自分で聞きな」

「こんな時間まで働いてさ、あんた全然子供と過ごす時間ないじゃない。何とかもう少し早く帰れないわけ？　同居しようって誘われた時はこの歳で家事と育児押し付けられて家政婦扱いされるとは思わなかったよ」

「なにその言い方？」

「またその話するの？　いい加減にして。私の仕事のことも、信吾の世話のことも、全部事前に話して了承してもらったでしょ。文句があるなら出て行ってもらっても構わない。信吾だってもう一人で留守番できる歳だし、前みたいに向こうのお母さんに頼んでも構わないんだから」

「拓馬《たくま》さんのサポートもあるし大丈夫だって言ってたのに、蓋を開けてみれば拓馬さん全然帰ってこないじゃない。あんただって家事はできるだけフォローするって言ってたのに今はもう何にもしてないし、それに最近帰りが遅くない？　どうにかもっと早く帰れるように交渉できないわけ？」

旦那は現場監督に就任したから忙しくて帰れなくなったのだ。私が家事のフォローをしなくなったのは何をしてもお前がああだこうだと文句をつけて畳み直したり掃除し直したりするからだ。もっと早く帰れるように交渉なんてできるわけがない。この業界で十二時前に帰宅できるようにしてもらえているのはひとえに蓜島と本田の配慮があってのことなのだ。終電がなくなっても帰宅できるようにバイク通勤をしている、同じく子供のいる本田に対して私がどれだけ心苦しい思いでいるか分かるのか。そういうことをもう何度も伝えてきたというのにこうして定期的に同じ愚痴が出るのは何なんだろう、理性が完全に崩壊しているのかそれとも軽いアルツハイマーだろうか。それに私がいくら稼いでいるか知ってるか。十分な生活費とお小遣いとパッチワークとカルトナージュなんて永遠に何の役にも立たない気色悪いゴミみたいな習い事の金まで出してもらって、何の気苦労もなく生活してるくせに文句言うなクソババア。そう思いながら煮物と味噌汁をコンロにかける。

「食器洗っといてよね」

母の言葉に答えないままご飯をよそう。テーブルにお箸とビールを置き、煮立って音を立てる味噌汁を慌てて火から下ろすと、「あーあ、味噌が飛ぶわよ」「そのテフロンの鍋はスポンジの柔らかい方で洗ってね」と立て続けに背中から指示が飛んだ。まるで頭の後ろに目が付いている妖怪のようだ。

「うっせーんだよババア」

吐き捨てるとリビング内の空気が一瞬にして凍りついた。ダイニングチェアに座り私に背中を向けたままバラエティ番組を見つめる母は黙ったまま微動だにしない。私は座らせたマネキンと脳内会話をしているのではないだろうか。そう思いながらプルタブを引き上げてぐっとビールを飲み込む。だったらそれでいい。私は母親なんていらなかった。ただ子育て要員確保のため引き取っただけだ。確かにお前は私にとって家政婦だ。お前がいなければ困る。それは確かだ。でもかといって他にお前に何の存在価値があるというのだ。干からびた生きる化石となった未亡人に何の存在価値がある。もう恋愛する機会もないだろうし、持ち前の暗さと愚痴っぽさと意地の悪さで友達もいない、生み出すのは大して美味しくもない料理とチンケな柄の布切れを集合体とするパッチワークだけで、その体からは腐敗臭に近い臭いすらする。大して優しくもないが、子供に危害を加えないという理由だけで子守に採用されたババアのくせに何偉そうに文句垂れてんだ。身内なんだからこれくらいの甘えは許されるだろうという算段だろうか。これだから社会経験のない身の程知らずな専業主婦上がりの老人は困る。お前が働いたところで一日に幾ら稼げるのか分かってるのか、そもそもどこも働き口なんてないくせにお前はどれだけ自己評価が高いんだ、今の生活に不満があるなら勝手に出て行ってど底辺年金生活でもすればいい。兄嫁に嫌われて兄夫婦の孫にはもう三年も会えていないし兄とも一年以上会っていないくせに、私しか頼れる人間がいないくせに、何でそこまで強気に出れるのか意味が分からない。

「あんたみたいな嫁の元に帰って来たくない気持ち分かるわ」

うるさいっ！　さっき煮立てたばかりの味噌汁をぶっかけてやろうかと思ったけれど、すんでのことで思いとどまって右手に持っていた箸を母の頭に投げつけた。

「いい加減にしろよ！　お前だって散々浮気されてたくせに！」

胸がバクバクと脈打ち、卒倒しそうだった。テーブルに手をついて体勢を保ち、ビールを一気に飲むと食べかけだった料理を全部皿ごと流しに放り込んだ。何かが割れる音がした。何か言うかと思ったけど振り返ると母はまだ背を向けたままテレビを見ている。やっぱりこいつは頭がおかしい。

「そんな辛気臭いツラと性格だから浮気されまくったんだよ！」

捨て台詞《ぜりふ》を吐くと私はリビングを出て寝室に入った。旦那の浮気を揶揄《やゆ》し合う母娘のなんて惨めなことだろう。何でこんな嫌な女と同居し、帰ってこない男と婚姻生活を継続しているのだろう。何が目的だと言われれば、それは息子でしかない。私は息子と、息子との生活のために、あんなババアと、あんな夫と、関係を継続しているのだ。

もしも今、私が仕事を辞めたとしたら、こんなに思い悩むことはないのだろうかと考えることもあった。私が専業主婦になって、家事育児をこなす。もちろん収入が減るから贅沢はできないけど、切り詰めれば親子三人慎《つつ》ましくも普通の生活は送れるだろうと、何度も思案した。あるいは収入は減るが早く帰れるパティスリーや町のケーキ屋に甘んじるか。特に信吾が保育園に馴染《なじ》めず問題を起こしていた頃は激しく悩んだ。でも夫が浮気を繰り返す内、その選択肢は消えていった。何が何でも、今の仕事にしがみつかなければならない。一人で信吾を養っていくとしたらそれ以外に道はない。パティシエ一筋でやってきた私には、それ以外の社会経験は皆無なのだ。仕事を辞めることは考えられない。いつしかそう思うようになっていたことに気づいた瞬間、何か自分をつなぎとめていた糸が切れた気がした。夫の浮気にもショックを受けていたけど、私は自分が今この目の前にあるレール以外の道を進む可能性が断ち切られたことにも同じくらいショックを受けていた。専業主婦になりたいなんて思ったことはなかった。むしろ馬鹿にしていた。仕事のできる自分に自負もあった。それでも、私は専業主婦になれないのだと、ならないのではなくなれないのだと気づいた瞬間、自分で自分を残念に思うほどショックを受けている自分がいた。

私はずっと成績が良かった。小学校でも中学校でも、トップレベルの成績だった。あまり家にいなかった父親はたまに帰ってくると私の成績を褒め、母親は私の点数が落ちると罵倒した。中学に上がり、母親が私に勉強を教えられなくなると、私は母を見下すようになった。こいつはこんな問題も解けないバカなのかと、父親が家に帰ってこないのも当然だと思うようになった。学力はもちろん、何の手入れもされていないたるみきった容姿、時々とんでもないおばさん的右翼発言で露呈する無教養、母の全てを嫌悪し見下した。ぎりぎり手の届いた偏差値の高い高校に入り当然の流れとしてトップクラスの成績を保てなくなり、私の高まりきった自尊心が保てなくなり始めた頃、それまで自分が自信を持っていた理系の方向で負け戦さをするよりも手に職をつけたいという思いから料理に方向転換した。母親のようにだけは、バカで特技も仕事もなく夫の浮気を容認しながら子供の世話をするだけで人生を終えていく母親のようにだけはなりたくなかったのだ。でも気づけば今私はその大嫌いな母親を傍《そば》に置き養い、母のように愚痴や文句を言いながら育児家事をして、夫に浮気をされるところまで、母と同じになっていた。母のようになりたくなくて必死に勉強と実習を重ねて就いたパティシエという仕事すらも、一時は捨てようかと悩み、捨てられないとなると落ち込んだのだ。あんなにも自分とかけ離れたおぞましい存在と思っていたはずなのに、いつの間にか私は母を模倣しているようだった。

夫はもともとそういう人間だった。信吾の妊娠中にも浮気をしていた。でもその時はすぐにほとぼりが冷めて、信頼して欲しいと、本当に愛しているのはお前だけで、お前に相手にされなくて血迷っただけだと言われ、私も夫を信用しようと関係修復に惜しみない努力を注いだ。でも繰り返された。二度目の浮気が発覚した時、もう二度と、誰も信じられないと思った。誰も、家族も友達だと思っている人も、我が子でさえも、私は永遠に信じないだろう。何よりも、本当に愛しているのはお前だけだという彼の言葉を信じ込み、その言葉に縋《すが》って関係修復を図ってきた自分自身が許せなかった。どうしてこんな情けない人間になってしまったのだろう。誰からも愛されなくても、何とも思わずに生きていける鋼のような人間になりたかった。誰からも愛されなくても、皆にボロ雑巾のように扱われても、自分の価値を認められる人間になりたかった。世に言うさばさばした女でありたかった。人の意見なんて気にしない私は私で完結してる。自分はそういう女だと思い込んでいた。でも拓馬に浮気を繰り返されている内、自分はさばさばなどしていないのだと気がついた。取り乱したくないヒステリーを起こしたくないみっともない姿を見せたくない、誰も見上げたくない唯一無二の特別な存在でありたい。私の望みはただ自分にやせ我慢を強いて、ただひたすらこの身をすり減らすばかりだった。私は全くもってさばさばもしていなければ自分にとっても誰かにとっても唯一無二でもなく、怒りと羨みと妬みと僻《ひが》みで構成されていたのだ。

　拓馬とは、付き合い始めから長くは続かないだろうと思っていた。その当時他に気になっていた人もいた。それなのに私は拓馬と、子供ができたからという理由で結婚した。あの頃なぜ私は堕胎という選択肢をあれほどまでに恐れていたのだろう。あの時、私には優等生であった頃の自分、小学、中学と優秀な成績を取りその筋で自信を保ってきた自分自身の呪いがかかっていたのかもしれない。優等生でありたい。その思いが堕胎かデキ婚かという二択を作り上げ、デキ婚という消極的選択をさせたのかもしれない。別に堕胎はそれほど恐ろしいことではなかったはずだ。でも私は出産の道を選んだ。そうしたら結婚と拓馬はワンセットになってついてきて、そうすると仕事復帰と拓馬の母親との密な付き合いがワンセットになってついてきて、マンション購入と実の母親との同居がワンセットになってついてきた。あの時だってそれなりに予想はついていたはずだ。それでも私は出産を選んだのだ。理系に進みたかったのに失敗するのが嫌でフライング気味にその道を諦め、こういう男は好きじゃないと思っていた男と結婚し、子供なんて欲しくなかったのに産み、母親が嫌いなのに母親の上位互換のような人生を歩んでいる。あらゆる矛盾に矛盾を重ねて今私は限界に達している。うんざりすることにすらうんざりした私は、もはや精神が限界の限界を超え、何か別の生き物に進化しようとしているかのようだ。自己矛盾の中で酸欠にもがきながら、女でも人間でもないモンスターになろうとしているようだ。

アラームで目を覚ますと、時計は七時半を指していた。隣を見ても夫はいない。またどこかに泊まっているのだ。拓馬は週の半分はどこかに泊まってくる。聞いても会社に泊まった、現場に泊まった、と言うのは分かりきっているからもうメールも電話もしない。

リビングに行くと、信吾がダイニングテーブルで宿題をやっていた。おはようと言って立て続けに、ちゃんと前日にやりなさいと注意する。

「パパは？」

「いない。朝ごはん何がいい？」

「サンドイッチ」

分かった、と答えてシンクに向かう。昨日私が流しに投げつけた食器がそのまま残っていた。やはり一つグラスが割れている。ゆで卵を作りながら破片を片付け、他の食器を洗っていく。ハムとレタスも挟んでやろうと思うが、食器を洗い終えて冷蔵庫を見るとレタスはなくて仕方なくきゅうりを薄切りにする。「彼女がサンドイッチ作ってくれるんだ」。昨日の蒟島の言葉が蘇る。蒟島は店が中休みに入って必要最低限の仕込みを終えると、瞬息で着替えて店を出て行き、五時になってようやく戻ったと思ったら、フロアの窓越しに彼女に手を振りながら厨房に入ってきた。戻りましたあと軽いトーンで言う蒟島に、楽しかったすか？　と柳原が聞いた。うん、東京にこんなに気持ちのいい公園があるんだねって、彼女すごく喜んでてさ。その蒟島の背中に、「蒟島さんもう五時ですよ」と声を掛けると、「ああ、ごめんすぐ入ります」と笑顔で答えた。全面ステンレスの厨房は寒々しく、私が断ち切った会話の後には白けた空気だけが残った。蒟島も本田も、あ、ちょっとすみませんと言ってディナーの終わりかけの時間帯に恐らく彼女からの電話で厨房から退出した柳原も、幸せそうだった。もっと言えばフロアで働いている院生の山崎《やまざき》さんもなんだかうきうきしていて、フロアが空《す》いてくると厨房にやって来て「蒟島さん、彼女が履いてたパンプスってどこのだか分かりますか？」「あ、あれはザディグ・エ・ヴォルテールっていうフランスのブランドのやつ。俺も前に可愛《かわい》いねって褒めたんだけど、お気に入りでもうずっと履いてるって言ってたから、結構前のやつだと思うけど、確か日本にも店舗あるはずだよ」「そうなんですかー。えー調べてみよっと。え、ザディグ……何ですか？」「ザディグ・エ・ヴォルテール、あとで綴《つづ》り書いてあげるよ」とにこやかに言葉を交わしていた。幸せでないのは私だけだった。店に来る客たちも、従業員も、皆幸せだった。今の私には、自由だという点に於《お》いて、捨て猫だって自分より幸せに見える。

「俺きゅうり嫌い」

サンドイッチからきゅうりを抜き取る信吾に、朝ごはん、他に緑のものないからきゅうりは食べなさいと言うと、「うるせーな！　嫌いだって言ってんだろ」とまるで何か、漫画の中の台詞を読み上げたように棒読みで言う。きっと、クラスメイトか友達から聞いた言葉を模倣しているに違いない。俺という一人称だって、小学校に入ってすぐ上級生の男の子たちからうつったのだ。

「そういう言葉遣い止めなさい」

「うるせえ！　嫌いだって言ってんだろ！」

前から、この子はおかしいと思うことがあった。頭と言葉が一致していないのだ。頭が未成熟なまま、漫画や年上の子の言葉を真似している。この子は外で奇声を上げるし、授業中も大声を上げることがあると先生に呼び出されたこともある。何度かカウンセリングを受けたけど、小さい男の子でそういう意味のない反抗をする子は多いですよと宥《なだ》められた。その延長線なのだ、この子はただどうしようもなく幼く浅はかなのだと、この暴言が彼の家庭に対する何かしらの不満やストレスの表れなのだとは認めたくなくて、私は子供の問題の原因をこうして推測してみせる。

「こんなもんいらねえよ！」

信吾が言いながらサンドイッチから指先で摘《つま》み出したきゅうりを床に投げ捨てた。瞬時に私の体が動く。信吾の首を右手で摑むと、椅子ごと押し倒す。ガタンと大きな音を立てて椅子は倒れ、私は信吾の首を摑んだまま自分の元に引きずり寄せる。信吾に馬乗りになって「もう一回言ってみろ！」と怒鳴りつける。椅子を倒した瞬間に信吾の頭が強く床に打ち付けられたのも分かっていた。首を絞められた信吾は、声を出せないまま目を白黒させて私を見つめている。「もう一回！」と力の限り怒鳴る。

「言えこの野郎！」

信吾の顔が赤らんでいる。苦しげに開いた口の中に咀嚼されている途中だったサンドイッチが見える。くつくつと鍋が煮えたつような空気の弾《はじ》ける音が口の中から聞こえた。もうだめだ殺してしまう。自分の中でやめろと警告が出ているのに「もっと苦しめてやりたい」という思いが抑えられず指の力が抜けない。今母親が起きてきてくれれば、私はこの手を止められるのにと思うが、でも母親にこんなところを見られてしまったらもうお終《しま》いだとも思う。

「英美！　何やってんだよ！」

振り返ると同時に手の力が抜ける。こんな時にも私の名前を呼ぶのは夫しかいないのだ。軽薄に私を裏切り、外泊と朝帰りを繰り返す夫しかいないのだ。信吾の首を絞めている時は泣きそうだったのに、夫の顔を見ると途端に涙は枯渇し、私は何事もなかったかのように起き上がり、「わがまま言ったから叱っただけ」と呟いた。代わりに信吾が咳《せ》き込みながらサンドイッチを吐き出し、とてつもない声を上げて泣き始めた。パパーと泣きながら夫に抱きつく信吾を見て、こんな奴らもう死ねばいいと思った。我が子に対してこういう気持ちになる自分に、もう幻滅もしない。私は夫も子供も、死ねばいいと思っている。二人で事故死でもしてくれれば母はその辺に捨てて一人で好きなように生きていける。でも、彼らが死なない限り、私はこの家庭を成り立たせていかなければならないのだ。これは何の罰だろう。堕胎を躊躇《ためら》ったこと、最初の浮気が分かった時に夫と離婚しなかったこと、の二つが反射的に思い浮かぶが、きっと原罪はもっと前に、もっとずっと前に始まっていたような気もする。

おはようございます。今朝我が子の首を絞めていた母親とは思えない、絵に描いたようにささやかで真っ当な出勤の風景だ。

「藤岡さん、おはよう」

まだ本田も柳原も出勤しておらず、蓜島がタンを煮込む鍋の前で一人振り返って言った。

「おはようございます」

同じ言葉を返し、そのまま控え室に向かおうとした時、蓜島の視線に気づく。

「何か？」

「大丈夫？」

何がですかと言いながら、額から眉の辺りが強張《こわば》っていくのが分かる。

「いや、何でもない」

きっと殺気立った空気が漂っていたのだろう。家を出る前に洗面所の鏡で見た、自分の血走った目が蘇る。

「蓜島さんはあの子と不倫してるんですか？」

鍋に視線を戻しかけていた彼は不安そうな表情でまたこちらを振り返り、数秒私を見つめた挙句、結局鍋に視線を戻した。しばらくその頭を見つめていたけれどその頭からはその向こうにある鍋の湯気が立ち上るばかりで、何も言葉は出てこなかった。

「どんな気分ですか？　人の奥さん寝取るのって」

このまま無視し続けるのかと怒りがふつふつと両腕を冷たく毛羽立たせていく途中で、蓜島は振り返った。

「結果的にそうなっただけだよ」

彼の言葉は、勝者の言葉だった。夫の不倫相手も、こんな言い訳がましい勝利の言葉を常に頭に携えているのだろうか。怒りなのか悲しみなのか嘆かわしいのか、とにかく足が震えた。ぐつぐつ煮たったタンシチューの寸胴《ずんどう》鍋を蒩島に頭から被《かぶ》せてやりたかった。

「時々死にたくなる」

彼の言葉に、駆け出してタンシチューへの衝動を発散させてやりたい気持ちでいるのに、私の足は震えのせいで一歩も踏み出せないままだ。旦那の不倫相手も、時々死にたいと思っているのだろうか。そうなら死ねばいい。そうでなくても死ねばいい。そんな奴ら死ねばいい。首から下がさっと冷たくなり、首から上に熱や血や熱いものが凝縮されていく。今朝信吾に発動したのと同じような衝動に足を踏み出しそうになった瞬間、カランカランと音がして本田の姿が見えた。

「おお、おはよ。どした？　何か問題？」

私の顔を見て本田が言うと、死にたくなるとほざいていた蒩島は「いや、別に」と爽やかに微笑んだ。

「死ねや」

私は小さな声で呟くと控え室に入った。更衣室に入って着替えながら、その薄暗い狭い空間で腰に痛みを感じる。きっとあと数時間で生理が始まる。そう思うと同時にバッグの中に手を伸ばしナプキンを探す。女でなくなっても、人間でなくなっても、誰かの何かでなくなっても、私には正確に生理がくる。子供ができる可能性がなくても、子供を産む可能性がもうなくても、この一ヶ月誰にも抱かれてなくても、これから抱かれる予定がなくても、夫にもう一年以上抱かれていなくても、私には生理がくる。信吾を出産した後、生理が重くなった。どばどばと血が流れ出る様子は、何か自分が工場にある一つの道具になったような気持ちにさせる。感情が抜け落ち、ただ生理的に機能している肉体になるということは、道具になることと等しい。若い頃は感情だけを感じていた。体内の卵子が毎月一つずつ流れていく感覚など、全く感知できなかった。でも今は逆だ。感情は麻痺《まひ》し、ただその機能としての肉体感覚だけがある。今の私は排卵痛も分かるし、生理が一週間後に迫っているサインである腰の鈍痛と胸の張りも分かるし、こうして生理がくる予兆を数時間から半日前に感じ取る。私は人としての機能を、役割を少しずつ終えていっているのだと、今はどこかで安堵《あんど》すらしている。出産したからではない。一つ一つ歳をとり老化していくということが、生物としてあるべき姿なのだ。私はあるべき姿の、三十四歳の女性なのだ。その事実は誰よりも何よりも、私を安心させる。私はいずれ、人としての機能を終え死んでいくのだ。救いのない世界の中で、自分が時間と共に確実に老化し死に近づいているという事実だけが救いだった。ナプキンをパンツに貼り付け引き上げると、怒りに任せて勢い良くコックコートに腕を通した。

桂《けい》

　タクシーを降り、トランクを転がしマンションのエントランスに入る。郵便受けには親の仇《かたき》のように郵便物が大量に詰められていて、入るものはジャケットの両ポケットに無理やり詰め込み、大きい封筒は左腕に抱えた。エレベーターで五階まで上がり鍵を開け、玄関の棚に郵便物をどさっと置き、玄関を上がってすぐのところにトランクを置くとリビングを覗《のぞ》く。

「ああ、いたんだ。ただいま」

おかえり、リビングの隅のデスクに向かっていた由依は振り返ってそう言い、またパソコンに向き直った。冷蔵庫を開け、ペットボトルの水を開けると一気に半分飲んだ。

「なんか、仕事？」

　パチパチというキーボードの音が一瞬止まり「うん、まあ」という気のない返事の後、またゆっくりと音が始まった。

「やっぱり、たまには日本を離れる時間が必要だな」

そう？　とやはり気のない返事の由依に、たまには由依も海外行ってきたらいいよと言う。うーん、と言いながらもう彼女は指を止めない。

「しがらみとかどうでも良い煩雑なことから離れる時間がないと人は冷静になれないからね」

「息抜きになったなら、良かったよ」

「人ってさ、常に因果関係に縛られた必然性の世界の中に生きてると思ってるでしょ？　でもさ、実際には必然性っていうのはルールでしかなくて、人間はその必然性の外側にいて、そのルールをどんどん変化させていく存在なんだよ。必然性で固められた世界に、偶然性をもたらす存在ってこと。昨日はなかったものが、明日にはあるかもしれない。電気や車、ゲームやインターネット、それまでなかったものが次々に現れて常識といわれるもの、必然性を変えていく。例えば海外と日本でWi-Fiに繋げてればただで会話が、それも顔を見ながら会話ができるようになるなんて、二十年前には考えられなかったよね？　皆高い電話代払ってさ、海外通話用のテレカとか買ってさ、わーっと用件だけ話してすぐに切ってたんだよ。もっと昔は外国に行くのに何ヶ月もかけて船で航海してたわけで、そうやって人は休むことなく世界の必然性のルールを進化させてきた。もうちょっとミクロな視点で言うと、人との出会いとか、新しい恋愛の始まり、新しい会社への転職、海外移住なんかもそうだよね、そういうものって自分の世界のルールを変えるじゃない。例えば人を好きになると、生活の中の優先順位が変わるよね？　ＬＩＮＥが届いたとか、会えない？　って言われたりすると、他のものを放ってそれを優先したりする。小説を読んだりすることも、言ってみればその自分の今認識している必然性のルールの外側に出たいという欲望からなされている面もあるだろうね。人は常に、その殻を破ろうと、しかも内側からでなく、外側から打ち割ろうとしてるんだ」

「でも殻の内側に籠もって殻に守られていたい人も多いよね。例えば古い価値観に縛られて、ＤＶされても離婚しない女の人とか」

「例えば宗教を信じることは、必然性のルールで説明のつかないことを神に一任してしまっていることとも言えるよね。混沌《こんとん》とした、サイコロの出目に未来が委ねられているような偶然性に満ちた世界に生きるのは恐ろしいことだから、大きな価値観を内包する宗教に傾倒して神の何々っていう説明で安心する。それと同じで、夫婦っていうのは一度結婚したら生涯添い遂げるもの、っていう形式的な常識に完全に則《のっと》ってしまうのも、ある意味で彼らを根源的な不安から守るための価値観になっているのかもしれないね。明日には愛する人が自分を愛さなくなるかもしれないという恐怖に耐えるために、もし愛されなくなったとしても私たちは夫婦であり、それは一生変わらないのだ、という誓いや必然のルールに縋る。彼らはそもそも、そのルールに縋りたいために結婚をするのかもしれない。男に酷《ひど》いことされても別れないタイプの女って、絶対結婚式を挙げたがるタイプだと思うな。彼らにとって結婚とはもはや愛情によってなされるものではなく、単なるセレモニーであり公開洗礼なんだ」

「内側からでも外側からでも、その殻を大切にしている人を揶揄することなんて誰にもできないと思うけど」

「もちろん揶揄する必要なんてないよ。人間が内包する偶然性の中で、そもそも人類が誕生したのだって偶然性によるもので、その偶然性の集大成が今のアクチュアルな必然性を形作っていて、その必然性には誰しもが多かれ少なかれコミットできる、それこそ人との出会いや愛情の芽生えによってもルールは変わる、そしてその必然性に偶然性を投下しようとする人間と、その必然性の内側に留《とど》まりたい人間とがいるっていう話だよ。台湾で向こうの編集者から、今若者に人気のある哲学者の話を聞いてさ、それでこの話をずっと考えてたんだ。なに、由依は今忙しいの？」

「うん。締め切り過ぎちゃってて」

パソコンを見つめたまま振り返ることなく由依は言う。

「なに、翻訳？」

「うん」

そっか、そう呟いて息を吐くと、夕飯どうする？　と気持ちを切り替えるように明るく聞く。

「もしその頃終わってるなら食べに行ってもいいし、終わらないようなら俺が何か買ってくるよ」

「たぶん終わらないと思うし、私は夕飯いいや。ちょっと食欲なくて」

「そう。なら、何か自分で食べるよ」

立て続けに明日の昼ごはんはどうするかと聞きたくなったけれど、口を噤《つぐ》んだ。彼女はどことなく機嫌が悪い。いや、機嫌が悪いのではないのかもしれない。彼女はいつもどこか上の空だ。地に足が着いていないとでも言おうか。知り合ってもう十年近く経つというのに、彼女がどういう人間なのか未だに分からない。何を考えているのか、そもそも何かを考えているのか、どういう精神構造になっているのか、さっぱり分からない。君はこれについてどう思うかと問うても、いつもポリティカルコレクトネスに則っているのかと思うような過剰に何かに肩入れしないよう気をつけているような言葉ばかりを吐く。移民社会のパリに住んでいたことが、彼女にそういう影響を与えたのだろうか。彼はこうで、彼はこう、彼女はこうで、彼女はこう、彼女のそういう相対主義的な意見に嫌悪感を抱くこともあったが、いつしか少しずつ理解できるようになっていった。彼女には「私」がない。彼女は誰かを引き合いに出すばかりで、「私はこうである」という主張をしない。付き合い始めの頃は、その主張のなさに苛立つこともあったが、結婚して長くなればなるほど、彼女が支持するものとしないものとが少しずつその輪郭を濃くしていき、彼女自身の主張はなくともドーナツの穴のようにその彼女自身を形作る穴が見えてきた。穴とは無ではない。その周囲が焼けた小麦粉で繋がっている限りそれは「穴」という存在なのだ。

何となく玄関のトランクを荷ほどきする気になれず、自分の部屋に戻るとTシャツとスウェットに着替えてベッドに横になった。二週間ぶりに戻った部屋はいつも通りの自分の部屋で、さっき彼女の話していた「殻を守りたい人」の気持ちが一瞬分かる。しかし殻を破りたい気持ちと、守りたい気持ちの間で、それでも破っていくしか人間に残された道はないのだとも思う。

目が覚めると、窓の外は暗くなっていた。掛け布団もかけずに寝ていたせいで足元が冷えている。枕元を探ったけれどスマホは見つからず、デスクの上の時計を覗き込む。八時過ぎだった。

「寝ちゃったよ」

「おはよう」

「食べ物って何がある？」

「納豆とか、卵とかあるよ。あと冷凍の肉もある」

「ご飯は？」

「炊けばある」

「じゃあ、炊く」

炊飯器から釜を取り出して、台所の棚の中の米びつを開ける。

「生姜焼《しょうがや》きとか、野菜炒《いた》めとかの材料はあるけど？」

彼女がキーボードの音を立てながら聞いた。いや、納豆食べるよと答えながら米を研ぐ。炊飯器に釜をセットし炊飯ボタンを押すと、玄関からトランクを自分の部屋に入れ、荷ほどきをした。洗濯する服としない服を臭いを嗅いで仕分けし、洗濯カゴとクローゼットにそれぞれ突っ込み、髭剃《ひげそ》りや歯ブラシなどの洗面用具を元の場所に戻し、充電器類を取り出しコンセントにセットする。もともと半分も埋まっていなかったトランクには、お土産の袋がいくつか残るだけだった。向こうの編集者に薦められた台湾産ウィスキーが二本、日本で買うよりも格段に安いカラスミを二本、空き時間に寄った現代アートの美術館で由依へのお土産に選んだピアスが一つ。台湾の若手デザイナーによるもので、細いホワイトゴールドでできた切り絵のような形の、おそらく鳥を模したピアスだった。手の込んだデザインは、アジア的な要素も感じ取れるエキゾチックな雰囲気で、どこか由依に通じるものを感じたのだ。いつにも増して放心状態だった彼女を思い、締め切りが明けてから渡そうと、ピアスはデスクの引き出しにしまい、トランクをクローゼットの奥に放り込む。

リビングに戻ると、納豆に卵を割りかき混ぜる。タレと醤油《しょうゆ》を混ぜ、よそったご飯に一気にかけると水を持ってテーブルにつく。

「どう、仕事終わった？」

「うん。さっき送った」

「そう。あのさあ由依」

「うん」

「いつか海外に住む気はない？」

「海外って、どこ？　いつかって、いつ？」

「いや、別に何もまだ具体的には考えてないよ」

「具体的に考える要素がなければ、海外に住む気があるかないかって質問には答えられないよ」

「じゃあ例えば、一年後、台湾に、とかは？」

「私は行きたくない」

「どうして？」

「桂はどうして行きたいの？」

「日本にいて鬱屈してるところってない？　海外にいたらこんな思いはしないんじゃないかって、そう思うことない？」

「私は、海外にいたらこんな思いはしないんじゃないかって思うことがあるかないかっていうことについて考えたくない」

「それは、由依が昔フランスに住んでいたことと関係しているの？」

「というより、自分の意思で自分の人生を決定づけることができると信じている人に対する嫌悪かもね」

　怒っている様子ではなく、本当にただ嫌悪しているのであろう態度で彼女は言った。パタンと音を立ててパソコンを閉じると、彼女は冷蔵庫で冷やしてあった白ワインを開け、どぼどぼとロックグラスに注いでデスクに戻った。納豆卵かけご飯は箸では食べづらく、席を立ちスプーンを取って戻った。ネギがあれば良かったのに。なぜか自分でも驚くほど強く、そう思っていた。ネギがないことが、この世の終わりのごとく辛く、絶望的なことのように思えた。

「まあいいよ別に。でも今度旅行でも行こうよ。もうずっと旅行してないじゃない。そうそう、緑央《りよくおう》出版の青田《あおた》さんがね、チェンマイがすごく面白いって言ってたよ。奥さんがチェンマイが好きで、もう毎年行ってるんだって。ホテルもスパも充実してるらしいし、由依も楽しいんじゃないかな」

　そうなんだ、俺の話の途中でヴーッと音を立てたスマホを手に取り画面を見つめたまま彼女はそう呟いた。不気味なまでの無表情だった。すでに食べ終え空っぽの茶碗の両脇に両手を開いて置くと、爪が随分伸びているのに気づく。

「あのさ、銀色の爪きりって……」

「チェストの左の一番上」

そっか、と言いながら立ち上がらずにそのままそこに座っていると彼女はメールの返信を終えたのかスマホをぽいっとデスクに放った。ガタンと乱暴な音がする。彼女は物の扱いが乱暴だ。ドアや引き出しを開け閉めする時も大きな音を立てる。

「あのさ」

「うん。なに？」

「私たちが一緒にいる意味って何なのかな」

「なに、急に」

「桂はどうして私と暮らしてるの？」

何となく、今俺が彼女が乱暴だと思っていたことを見透かされ、そのせいで突っかかられているような被害妄想を抱く。

「結婚してるからだよ」

「桂はどうして私との婚姻生活を継続してるの？」

「継続しない理由なんてあるの？」

「桂は二週間、台湾に行っている間一度も私にメールしなかったよね。帰ってきても、二週間私が何をしてたかも聞かない」

「ああ、メールしなかったこと怒ってるの？　俺のいない間羽を伸ばしてるのかなって思ってたんだよ。実家行くかもって言ってたしさ。メールしてくれればいくらでも返信したのに」

「メールしたかったらメールしたよ。私はこの二週間一度も桂と連絡取りたいと思わなかった。それで、桂も私に連絡したいと思わなかった」

どうしたのと反射的に呟いていた。

「何か怒ってるの？」

「怒ってない。強いて言うなら、桂にとって私は何なのか知りたい」

「由依は、由依だよ。由依が俺にとって何者であるかなんて定義やカテゴライズには意味がないよ」

「私たちはもう二年セックスをしてないし、話をしてもいつも桂は自分の考えてることを一方的に話すだけだよね。同居人とか、自分の思いついた話をマンスプレイニングするための相手なら、私じゃなくてもいいんじゃない？」

「あのさ由依、確かにこの数年由依には心配も迷惑もかけたかもしれないよ。でも俺だって大変だったんだよ。分かるよね？　性的な関係や、互いの思いを伝え合うための時間が持てなかったのは悪かったと思ってるよ。でも由依は俺の状況を分かってくれてるって、そういう安心感があったから、ここまでやってこれたんだよ。ほら、今回だって悩んだけど、文学祭に参加できたし、参加していい結果を残せたんだよ。向こうの作家や編集者と知り合って、刺激を受けていろんな情報交換をしてきた。仕事の目処《めど》も立ってきて、少しずつ風向きが良くなってきてるんだよ。分かるよね？」

「分からない」

彼女の声は機械音のアナウンスのように抑揚がなく、本当に人の声かと思うほど冷たく一定のリズムを刻む。

「桂のこと、分かりたいって思わない」

「何で突然そんなことを言うのか、教えてくれないかな。何が不満だったのか、言ってくれれば何でもきちんと説明するし、改善もするよ」

「もう桂と一緒にいたいって思わない」

「何だよそれ。いきなりどうしたの」

「離婚した方がいいと思う」

「何なんだよ、この間まで普通にしてたじゃない。ほら、台湾行く前タイスキ食べに行ったりしたよね？　普通に一緒にいたじゃない。どうしたのいきなり」

「さっきの話で言うと、必然性のルールが変わったんだと思う。優先順位が変わった。桂とか、桂との生活は今私にとって重要じゃないの」

「何か決定的なことがあったの？　それとも我慢が限界に達した的なこと？」

「クッパがいくつ火の玉に当たったら死ぬか知ってる？」

「クッパって、あのクッパ？」

「決定的な痛みが無数にあった、気がついたら死んでた、そんな感じ」

「もちろん、これまで由依に不満を感じさせてきた部分はあったのかもしれないけどさ、でも俺は由依とうまくやっていきたいってずっと思ってきたよ。マンスプレイニングと思われてたならそういうところはもちろん改めるし、これから仕事も軌道にのれば少しずつ精神的にも余裕ができてくると思うし、とにかく俺は……」

「俺がどうしたいのかはもういい。私は離婚したいと思ってる」

「そんなのさ、どうかと思うよ。そんないきなり、何の前触れもなく突然、別れたいって言い始めて、お前の話は聞きたくないなんて。大人ならちゃんと話し合うべきだ」

「これまで話し合いを避けてきたのは桂だと思うけど」

「悪かったよ、確かに精一杯だったよ。余裕がなくて、由依の気持ちにも気づいてやれなかったのかもしれないし、でも俺としては突然離婚とか言われて、面食らってるんだよ。ちゃんと話そうよ話せば分かるから。ちゃんと話し合えば解決できる問題だよ」

　由依は無表情のままデスクの方を向いていたけれど、俺の言葉の後に沈黙が訪れるとゆっくりと俺の顔を見つめた。

「離婚してって言ったら、二つ返事で同意してくれると思ってた」

「ねえ、何かあったの？」

黙ったまま、俺を見つめたまま、彼女は目を逸らさない。

「もう好きじゃないの」

「俺のこと？」

「うん」

「どうして好きじゃなくなったの？」

「必然性のルールは偶然によって変わるんでしょ？」

どんな偶然が彼女に訪れたのか、どうしてこれまで好きだったものが、好きでなくなるのか。いや、彼女が俺を好きだったことなんてこれまでもなかったのだろうか。テーブルに置いたままの手から力が抜けていた。さっきまで偶然性が必然性の世界に投石するのだと話していたのに、何がどうしてという因果関係を探っている自分がいる。理由はあるに違いない。自分の不甲斐《ふがい》なさ、自分の仕事上の問題、経済面への不安も与えていたかもしれないし、確かに性的な関係はもう二年以上ない。それでも彼女の不満になり得たであろうそれらと、彼女が突然発した離婚という言葉との間に、そこまで強固な繋がりが見出《みいだ》せない。隕石《いんせき》が落ちてきたように、それはあまりにも脈絡のない事故のような言葉だった。もちろん隕石が落ちるのにだって理由はあるが、その理由は俺たち夫婦とは無関係で、あまりにもかけ離れているように思えるのだ。

「私は離婚したい。もう桂と話したくないの。桂が何を考えてるのかも知りたくない」

じっと俺を見つめながらそう言い捨てた彼女は、無表情で、声にも抑揚がなく、そこには何の感情も籠もっていないように見えた。きっと本当に何の感情もないのだろう。出来の良いロボットが喋り、動いているようだった。スマホとグラスを両手に持った彼女は、器用にドアを開けてリビングを出て行った。つい数日前に見た、不気味な六本足のロボットがドアを開けて部屋を出て行く動画を思い出した。寝室のドアが閉まる音がする。

今は千駄ヶ谷《せんだがや》にある明誠社《めいせいしゃ》は、九年前は四谷《よつや》にあった。三年前の移転と同時に第一本社ビルと第二本社ビルに分かれたが、当時は四谷の巨大なビルに子会社を除いてほぼオールインワンされていて、その頃少なくともこれまでの人生の中で最も収入の多かった俺でさえ目の前に立つとその威圧感と一流企業感にすぐにでも帰りたい気持ちにさせられた。

すぐにでも帰りたい気持ちのまま強面《こわもて》の警備員の横を通り過ぎ、一階受付で担当の小野《おの》くんの名前を伝えた時、奥にある打ち合わせスペースで話している女性が目に入った。今参りますのでお掛けになってお待ちくださいと言われたが、受付の脇に移動して彼女を観察し続けた。受付嬢が不審そうに見ているのに気づいて、携帯を取り出しじっと画面を見つめている振りをしながら、ちらちらと彼女を見る。せめてどこの部署の編集者との打ち合わせなのか知りたかったけれど、手元にある原稿らしき紙の内容は読めないし、彼女と向かい合っているのであろう編集者はこちらからは一ミリも見えなかった。雑誌のポスターを見ている振りをしながら少しずつ移動して彼女の方に近づくと、「『デザビエ』のフランス支局には二人しかスタッフがいなくて」という言葉が聞こえた。彼女ではなく編集者の声だった。デザビエ……と繰り返しながら視線を巡らすとすぐにポスターが見つかった。まだ創刊から間もない、フランスに本誌のあるファッション誌のようだった。モデルか。とどこかで落胆している自分に気づく。モデルには相手にされないと踏んでいる自分が情けなかった。こんにちはー水島《みずしま》さん。間延びしたダウナーな声で呼びかけながら近づいてきた寝起きのような顔をした小野くんにこんにちはと頭を下げる。

「今日ここでいいですか？」

「あ、もちろんいいですよ」

すみません予約してないんですけどいいですか？　と小野くんはウィスパーボイスで受付嬢に聞き、あ、今KとLしか入ってないのでそこ以外なら大丈夫ですと受付嬢が嬉しそうに答える。小野くんはイケメンだ。落ち着いた態度も、ウィスパーボイスも、ほぼ十割の編集者がラフな格好なのに一人スーツとネクタイを貫くところも、冷笑的な態度も、いわゆる腐女子を中心に人気らしい。彼は少女漫画などの編集部にいた方が力を発揮するのかもしれない。小野くんに促されて入ったスペースはGで、彼女の斜め後ろのスペースだった。三面パーティションで覆われているけれど一面は完全に開放されているため、彼女の後ろ姿が僅かに覗けた。小野くんが取り出したゲラの指摘だしの説明を受けながら、彼女の後ろ姿をちらちらと見やった。

「どうかしましたか水島さん」

「はい？」

「心ここに在らずっぽいですけど」

「そうですか？　すいませんちょっと寝不足かもしれないです」

「ああ連載ですよね。読んでますよ。そっか年末進行だから今きつい時期ですね」

「あ、そうなんですよ。もう全然寝れてなくて」

「俺も忘年会続きで倒れそうですよほんとまじ忘年会ってシステムどうにかなんないすかね。あんな無駄な会に人生の中の何百時間費やすことになるんでしょうね。俺が社長になったら絶対忘年会新年会歓送迎会禁止令出しますよ。破った奴らは即解雇っすね」

「社長になりたかったらそういうことは上司の前では言わないに限るね」

まそのくらいは心得てますよ、と冷ややかに笑う小野くんは、えーとそれで次の指摘がですねえとゲラをめくった。心ここに在らずなまま指摘を時折書き留めながら聞いている内、彼女が席を立った。黒い薄手のコートを羽織った彼女は予想よりも背が高く、百七十はありそうに見えた。帰り道が一緒になればとどこかで願っていた自分に苛立ちながら、女性編集者に会釈をして帰っていく彼女の背中を見つめていると、小野くんが俺の視線に気づいたのか首を捻《ひね》ってパーティションの向こうを見やった。

「あ、佐倉《さくら》ですね、彼女ファッション誌に異動したんですよ」

「え？」

「この間創刊したファッション誌に異動したんです」

「え、あの方ですか？　え、俺会ったことありますか？」

「ありませんでしたっけ？　文芸の文庫編集部にいたんで、パーティとかで挨拶くらいしてるんじゃないですかね」

「あ、覚えてないですね。ちなみに打ち合わせしてた相手は、誰だか分かる？」

「打ち合わせしてたんですか？　ここで？」

「あ、いや知らなかったならいいんだ」

「なんか気になったんすか？」

ああいや別に、と言うと小野くんは持ち前の無関心さで「はあ」と流して次の指摘点について喋り始めた。イケメンは鈍感だ。そして無関心、無神経だ。人の気持ちを想像する余力があるなら、如何《いか》に自分を魅力的に見せるかを考えた方が、より多くの女性と寝れるのだろう。これは僻みだろうか。人の気持ちが分かる男というのは、自信のない男かブサイクだけだと思っていたけれど、それは自分がそっち側の人間であり、あっち側の人間をそうして酸っぱいぶどうとしているだけなのだろうか。上の空のまま打ち合わせを終えると、ちょっと一杯行きます？　と言う小野くんに首を振り、今日これから抜歯なんだよと答えた。

「抜歯？　親知らずっすか？」

「うん。突然痛み始めてさ」

「俺親知らず抜いてからずっと顎がおかしいんすよ。絶対町医者で抜かない方がいいっすよ」

「ええ？　近所の歯医者で予約しちゃったよ」

「絶対だめっすよ医科歯科大とかで抜いた方がいいっすよ。下ですか上ですか？」

「下」

「だったら尚更《なおさら》だめっすよ。昔歯医者の友達から聞いたんすけど、上の親知らずは誰でも簡単に抜けるけど、下はやっぱ技術ないとだめみたいっすよ。何か歯の根元がぐいってこう、UFOキャッチャーみたいになってるみたいで抜くの難しいらしいっすよ」

　何か嫌なこと聞いちゃったな。と顔を歪《ゆが》めながらゲラの入った封筒を小脇に抱え、ゲストバッジを小野くんに返す。帰り道でゆっくり考えるよと言うと、じゃ三週間後戻しですからね、三週間後の金曜日ですからね、えっと、時間は夜の十時まででお願いしますね、月曜には印刷所に入れるんで絶対遅れないでくださいねと念を押す小野くんと別れた。歯医者の予約時間まであと一時間と迫っていた。行くか、止めるか、そもそも小野くんの言っていたことは本当なのか。悪意や裏表があるタイプではないが、彼は常に自分の思い込みで物事を語りがちだ。いかにもタイミングが重なっただけで顎がおかしいのは抜歯のせいと思い込み周囲に吹聴するタイプに見える。担当の歯医者の顔を思い浮かべながら、別にそんなに信頼できないような人には見えなかったし、それなりの経験も腕もあるように見えた、と何となく予約をキャンセルするのが面倒になってきて頭の中で擁護し始めた時、足が止まった。通りかかった全面ガラス張りのカフェに、さっきまで打ち合わせスペースにいたあの女性が外を向く形で座っていたのだ。もう二度と見かけることもないだろうと思っていたその姿に目を疑い、かなりの至近距離からまじまじと見つめてしまう。携帯を片手に、手元にはマグカップが置かれている。その場で立ち止まっていることもできず、少し離れたところまで通り過ぎ、自動販売機の陰に隠れて彼女の姿を眺めながら何分か逡巡《しゅんじゅん》した後、歯医者に電話を掛けて抜歯の予約をキャンセルした。カフェに入ろうかどうか散々迷った挙句、彼女が明誠社を出てから、俺が出るまでにはゆうに二十分はあった。そろそろカフェを出るに違いないという結論が出て彼女が出てくるのを待っている間、携帯で限界までズームして彼女の写真を何枚か撮った。気がつくと、二十枚ほどの画像が携帯に保存されていた。彼女はこの店を出たら駅に向かうだろうと思った瞬間、PASMOの残金がいくらだっただろうと懸念が過《よぎ》る。さっき改札を出た時、帰りの電車に乗る前にチャージしないとと思ったことだけは覚えている。乗る前にチャージと、改札を出る前に精算と、一体どちらの方がタイムロスが少ないだろうか。

十分ほどして店を出た彼女が向かったのは駅ではなく大型の本屋で、彼女は一階でファッション誌数冊をぱらぱらめくり、次に新刊コーナーに向かった。もしも彼女が俺の本を手に取るようなドラマのような都合の良い展開があったとしたら、俺はきっと声を掛けられるだろう。サインしましょうか？　とか、いつも読んでくれてるんですか？とか、作家らしい言葉をかけるだろう。でももしそんな好都合なシチュエーションが奇跡的に実現したとして、そこから進展が望めるだろうか。そこから連絡先を聞き出したりできるだろうか。自分のスキルではまず無理だ。そんなことに思い悩む必要などなく、やはり彼女は小説コーナーに見向きもせず通り過ぎ、エレベーターの昇りボタンを押した。降りた階にしばらく滞在するだろうとふみ、彼女の乗り込んだエレベーターが五階で止まったのを確認してから、次のエレベーターに乗り込んだ。

五階は参考書、語学、辞書のフロアで、もしかしたら大学生なのだろうかと考える。

カフェで見かけて足を止めた時には、声を掛けようなどとは考えてもいなかったのに、少しずつ声を掛けた方が諦めもつくんじゃないかという思いに支配され始めていた。フロアをうろうろして見つけた彼女は、『Le DELF』という本を持っていた。ＤＥＬＦはフランス語版のＴＯＥＩＣ的なものだったはずだ。ちゃらちゃらしたエッセイ本やタレント本ではなく、フランス語の参考書を手に取った彼女に親近感が芽生えた。例えばさっき小野くんからもらった明誠社のこの封筒をちらつかせ、ファッション誌の編集やってるんだけどモデルに興味ない？　などと声を掛けるのはどうだろう。きっと彼女は、今明誠社に行ってきたところなんです、と嫌な顔せずに答えるだろう。世間の有名出版社への信頼は憎いほどに厚い。しかしそんな嘘をついて名前や連絡先を聞き出したところで、あの佐倉さんにこんな人に声掛けられたんですけどと相談でもされたら詐欺師だとバレるかもしれないしそんな危ない橋は渡りたくない。いやしかし、佐倉さんの名前を出すのはどうだろう。俺は記憶になかったが、一度か二度パーティなんかで顔を合わせたことは確かにあったのかもしれない。尾行を続けるか、それともここで声を掛けるか。でも声を掛けたところでどうするんだ。お茶でもどうですかと誘うのか、それとも夕飯でもと誘うのか、連絡先だけでも教えてくれとナンパ師のように縋るようなことが自分にできるのか。想像が想像を呼びどんどん自信が目減りし、やっぱり遠くから尾行しようと決めた瞬間、彼女が俺に気づいた。目が合った瞬間、ここから尾行を続けたらきっとバレるであろうこと、目を逸らしたら声を掛けるきっかけは永遠に失われるであろうことを察し、足を踏み出した。

「すみません」

彼女は不思議そうな顔はしなかった。はい、と答えた声には怯《おび》えも戸惑いも僅かな疑問さえも含まれていなかった。その「はい」の滑らかさに活力を得て、俺は上ずりそうになる次の声をゆっくりと発音することができた。

「さっき、明誠社で佐倉さんと打ち合わせしてませんでしたか？」

「はい。さっき、私も見かけました」

「え、僕をですか？」

「はい」

驚いた様子もなくそう答える彼女だったが、目が合った記憶はこちらにはなかった。俺がまだ彼女に気づく前、会社に入ってから受付で小野くんを呼び出すまでの間だろうか。彼女がこちらを認識していたという事実に、俺は用意してあった次の言葉がビリヤードのブレイクショットのように飛び散ったのを感じた。

「佐倉さんと、お知り合いなんですか？」

「あ、はい。彼女が文庫編集部にいた頃、挨拶だけ。ファッション誌に異動されたんですよね」

「私はそのファッション誌の方でお世話になっていて」

「モデルさんですか？」

「違います」

違いますと言ったきり何者であるか明言しない彼女に、意を決して口を開いた。

「あの、僕、水島桂といいます。小説を書いていて、それで明誠社とも仕事をしていて。さっきも新刊の打ち合わせであそこに。さっき、打ち合わせスペースであなたのことを見かけて、何ていうかずっと気になってて、そしたらここで、こんなマイナーなコーナーであなたを見つけたんで、驚いてじろじろ見てしまって、すみませんでした」

「ここには、何か探しに？」

「ああ、今連載中の小説でフランス語の単語をいくつか使ってるんですけど、校閲が頼りにならないから、ちゃんと自分でも調べた方がいいだろうと思って、辞書を探しに来たんです」

完全に嘘だった。でも我ながら信憑性《しんぴょうせい》がある嘘だと思った。フランス語の辞書だったら、オススメがありますよ。彼女は少し表情を明るくしてそう言った。

「由依っていいます」

「え？」

「高梨《たかなし》由依です」

「あ、よろしく。高梨さんは、フランス語できるの？」

「ちょっと前までフランスで、モデルをやってたんです。ほんの数年ですけど」

「すごいな。ほら、やっぱりモデルなんじゃない」

「もう辞めたんです。今は、『デザビエ』の主にウェブ版で、本誌の記事を翻訳したり、ライターみたいな仕事をしてて」

「あ、そうなの。すごいな翻訳なんて」

「はったりですよ。フランスいたんですよって涼しい顔で言って、電子辞書片手に小手先でやってるだけです」

　彼女は笑いながら言った。薦めてもらった辞書を購入すると、今度お礼をさせてくれと、多少強引な感はあったけれどメールアドレスを交換した。こちらを拒絶する様子もなさそうだが、歓迎しているというほどでもなく、彼女が自分のことをどう感じているのかはさっぱり分からなかった。きっと彼女は佐倉さんに俺のことを聞くだろうと思った。佐倉さんは何と言うだろうと思うと恐ろしかった。謎めいた美女たちが次々主人公のことを好きになる非モテ男の承認欲求を満たすためのミステリもどきを書いてる三流作家。オタクに女が群がる有りえない話ばっかり書いてるオナニー作家。きっとそんなところだろう。笑顔の下に隠された女性編集者たちの嫌悪は、これまでずっと感じ続けてきた。佐倉さんの言葉によって彼女の俺に対するイメージが固まってしまう前に、彼女がこれから聞くであろう言葉に対して先手を打って言い訳をしておきたいという思いから、俺はその日の晩、引かれない程度に長く、しかし過剰な好意も自尊心も感じ取られないように絶妙なバランスで成立させた自己紹介と緩やかな誘いのメールを送った。顔を突き合わせての会話に自信はないが、メールでのやり取りには自信があった。小説はいわば、敢《あ》えてやっているのだ。自分の文章がどんな印象を与えるかは、人を不快にさせることが多い小説を書いているぶん分かっているつもりだった。

デスクチェアに座ったまま振り返ると、彼女に薦められて買った『Le Dico』という仏和辞典と、『PETIT ROYAL』という和仏辞典が本棚に並んでいる。本当は、仏文科に通っていたため仏和も和仏も持っていた。フランス語もある程度はできた。でも彼女に取り入るため、黙っていた。そのことは付き合いが長くなるにつれて結局バレてしまったけれど、あの日カフェで彼女を見かけたこと、そこから尾行していたことは、今も彼女には話していない。あの日カフェにいる彼女を盗撮した画像は、今もあの頃使っていた携帯の中に残っている。一目見た時彼女に対して抱いた、この人は何を考えているのだろうという疑問は、今もほとんど変わらない形でここにある。

彼女と知り合って九年、結婚して八年だ。一体どこで糸が絡まったのか、そもそも俺たちは互いを好きだという気持ちだけでスムーズに繋がっていたことなどなかったのかもしれない。最初からずっと不信感を持っていた。彼女は俺のことが好きで結婚したのだろうか。好きだから結婚するという、そういう川のように一直線な流れが、彼女の中に存在するのだろうか。離婚したい、彼女の言葉が脳裏に蘇る。強力な磁気によって、世界中の俺以外の全てのものが、俺とは別方向に引きつけられているような気がした。俺だけが磁気から取り残され、どこを向いたら良いのかも分からず佇《たたず》んでいる。震えがきそうになって右手で左肩を押さえる。二年前にも感じた、全てのものから取り残され迫害されていく感覚が蘇る。この感覚を排除しない限り、生きていくことはできない。水に沈められた人が水面を目指して足掻《あが》くような切実さで、力の入らない足を押さえ付け、椅子から立ち上がる。

寝室のドアを開くと中は真っ暗で、しんとしていた。じっとその場でベッドを見つめる。僅かに聞こえる寝息にゆっくりと近づき、ベッドに手をつく。横を向いて寝ていた彼女の肩を押さえ仰向《あおむ》けにすると、短い悲鳴が上がった。掛け布団を剝《は》いで馬乗りになると、自分の体を押しのけようとする二つの手のひらを感じる。やめてという声も手のひらも、本気で自分を拒絶しているとは思えない。もともと、多少の無理をしなければこうならなかった関係だった。それなりの無理があるのが前提だった。彼女の体をしっかりと押さえつけ、服を脱がせていく。手首を摑まれ押し返されては、僅かずつ彼女を覆う布を外していく。最後にこうして直に触れたのは随分前のことだった。何も変わらない肌の感触に何も変わらないウエストのくびれ、何も変わらない太ももの柔らかさ。しかしパンツを脱がせようと手を滑らせた時、何か硬いものに触れた。臍《へそ》ピアスだった。少なくとも前にした時はなかったはずだけれど、その最後は彼女の言った通り二年以上前だ。このピアスは一体いつからここに入っていたのだろう。何かに怯《ひる》んで一瞬手が止まったその次の瞬間、怒りとも憤りともつかない感情が湧き上がって征服欲が抑えきれなくなっていく。パンツに手をかけた瞬間、「やめて」と彼女が大きな声で言った。彼女の体が戦慄《せんりつ》した。半身を起こしかけた彼女の目元からシーツへ涙が落ちる音が聞こえた。微《かす》かな音なのに、はっきりと聞こえたその音に、激しく揺さぶられた。彼女の感情に触れるのはいつぶりだろう。彼女の戦慄《おのの》きに触れるのは。泣きじゃくる彼女をうつ伏せにすると、肩を押さえつけたまま挿入した。性器が解放されていく感覚と共に、恐ろしさも感じていた。なぜ彼女はこれほどまでに泣くのか。彼女を黙って犯しながら、解せなかった。再び仰向けにした彼女はもう抵抗しなかったが、中に出さないでと言われた瞬間、左手で口を塞《ふさ》いだ。突き上げながら彼女の涙が自分の手と彼女の口もとの隙間を湿らせていくのを感じる。

ずっとどうしたらいいのか分からなかった。ずっと、何をしたら彼女が幸せになるのか、何も分からなかった。自分が彼女にできることをしてきたつもりだった。でも彼女は俺と知り合ってから一度も幸せだったことなどなかったのかもしれない。中に出した後、黙ったまま寝室を出て行く裸の後ろ姿を見つめながら思う。いくら待っていても、彼女はバスルームから出て来ず、いつまでも抑揚のないシャワーの音が届くばかりだった。見に行こうかと思ったけれど、そんなことをされたらきっと怯えるだろうと思った。今自分がしたことが何だったのか、唐突に分からなくなった。ふと、枕元で振動を感じて手を伸ばす。彼女のスマホが光っていた。「新着メッセージあり」の文字が浮かび上がっていたけれど、内容は表示されていない。ロックを解除しようにもコードは全く想像もつかない。彼女が戻ってきて眠りについたら彼女の指を使って指紋認証で解除してみようかと思うが、彼女がここに戻ってきてここで眠りにつく可能性はゼロに近かった。思った通り、バスルームからシャワーの音が止んですぐ、バスタオル一枚で彼女は寝室にやってきて、服とスマホを持ってリビングに戻った。寝たふりをしながら、身じろぎせずその姿を薄目で見ていた。

仕事部屋にシングルベッドを置いてからは、こうして寝室で寝ることはなくなっていた。もう、三年以上だろうか。アウェーな気分のまま、もうここで寝てしまいたいと思うものの、やはり落ち着かずパンツを穿《は》き部屋着をかき集めて乱暴に着ると自分の部屋に戻った。リビングの電気は消えている。彼女はソファで朝まで過ごすのだろうか。寝室空いたよと教えたい気持ちに、そんなことをしても喜ばないだろうと、臆する気持ちが先行した。離婚という言葉を聞いてから、彼女への恐怖心がどくどくと傷口から流れる血のように辺りを濡《ぬ》らしている。そしてその傷口を塞ごうと彼女を押さえつけてしたセックスは、より鋭い刃物となって傷口に突き立った。このまま刃物を抜かず、何事もなかったかのように突き立った刃物さえ一体化するように傷口が治癒してくれないだろうか。

自分の部屋のベッドに倒れこみ仰向けになって電気を見上げていると、性器と胸がドクドクと脈打っているのが分かって、その瞬間裸で精液と血を垂れ流して息絶えている自分の画《え》が浮かんだ。今、全てが滑稽だった。

真《ま》奈《な》美《み》

佐倉さま。遅くなって申し訳ありません。そんな出だしで始まった由依からのメールには、テキストファイルの原稿が添付され、今度飲みに行かない？　と敢えてくだいたような一言が添えられていた。ざっと原稿を確認して、ＬＩＮＥで「原稿拝受。おつかれ」「前話してたおでん居酒屋でも行く？　なんかあった？」と立て続けに送った。

「なに、仕事？」

「うん、別に急ぎじゃないから大丈夫」

「真奈美は忙しすぎるよ」

「忙しいのは君のせいでもあるんですけど」

そう言うと荒木《あらき》は笑って私を抱き寄せた。ピュイッと音を鳴らしたスマホを見ると、「別にないです。都合の良い日分かったら連絡ください」と由依からＬＩＮＥが入っていた。もう十年くらいの付き合いになるし、話している時は普通に友達感覚で話すのに、未だに由依のメールは敬語だ。空気やノリや人との距離感を摑めない人なんだろうと、出会った頃から感じていた。その事実を気に病んでいれば単なるコミュ障に見えるのだけれど、彼女は気に病んでいないどころか堂々と距離を摑まないため、何となく自分の方が小さいことを気にしているような気にさせられる。誰とでもうまくやれて、誰にも違和感を与えないように振る舞え、誰にも違和感を与えないメールを送れる自分が、つまらない人間に思えてくるのだ。

「ねえ真奈美。来週は？」

「校了明けたら連絡する。ご飯行こうよ」

「うん。炉端焼きでも行こうぜー」

荒木は私の下に滑り込ませた腕にぐっと力を入れ、自分の上に乗せた。馬乗りになって荒木の胸元に両手のひらをつけると、お尻に彼の性器を感じて思わず手を伸ばす。先端に手のひらを擦り付けるように刺激すると、またすぐに芯が通っていくのが分かる。もっかいしよっかと胸を揉《も》み始める彼に、ごめんごめん、もう帰らないといけないんだったと手首を摑んで押しとどめる。

「ねえ真奈美。今度旅行とかどう？」

「ああ、行きたいね」

「本気だよ？」

「私も本気だよ。温泉とか行っちゃう？」

「いいね。有休とか取っちゃう？」

「あ、私この間夏休みに有休合わせて取ったからもう今完全にゼロなの」

「やっぱ消化する人はしてんだよなあ。俺もう溜まりに溜まってるんだよ」

「有休取ってもそのために仕事を繰り上げ繰り下げしないといけないから、結局仕事量は変わらないいんだけどね」

そこまで言ったところで、四年前に編集を離れて広報に異動した荒木に何か卑屈な思いを抱かせるかもしれないと言葉を止めた。広報だって担当制だから当然替えのきく仕事ではないけれど、男のプライドは女の予想の大体三倍だと思った方がいいと、社会人になって以来思い知ってきた。荒木が私に皮肉を言うことはない。何一つ、妬んだりすることはない。何より雑誌や書籍を作ることに大した思い入れを持っていなかった様子の彼は、広報に異動してから持ち前の調子の良さと愛嬌《あいきょう》で評価を上げ続けているのだ。それでもこのタイミングで言葉を止め嫌な思いをさせなかっただろうかと勘ぐってしまうほどに、私は男の自尊心に辟易《へきえき》してきたのだ。

「ねえ真奈美」

「うん？」

「最近は大丈夫なの？」

何がと聞き返したくなったけれど、何でそんな意地悪なことを言いたくなるのか自分でもよく分からなかった。うん、大丈夫。と言って荒木の頭を撫でる。覆いかぶさるようにしてキスをすると、荒木は良かったと微笑んだ。あと一分ここにいたら犯すよと尻を揉んで腰を突き上げてくる彼に長いキスをして、ベッドを降りた。「今五十九秒だったよすごい危機管理能力だな」と茶化す荒木に笑いながら服を身につけるとテーブルに残っていた缶ビールを飲み干した。

じゃあまたねと手を振ると、LINEする、と荒木は火のついた煙草《たばこ》を持ったままの手を振った。きつい天パーの髪から覗く眼は平行二重で、いわゆる桃花眼《とうかがん》の三白眼だ。いかにも女誑《おんなたら》しな風貌で、入社当時から女の子たちの話題になっていた。手当たり次第言い寄ってくる女の子たちと寝まくっていると噂《うわさ》されていた彼は、あまりに悪評が立ちすぎてもう社内の女が言い寄らなくなった頃、広告代理店に勤める同年代の女性と結婚した。キャリア志向の強い奥さんで結婚後も仕事を続けていたものの、ある部署に異動してから上司のモラハラとセクハラに苦しみ、鬱を発症し退職したのだという。荒木のことだから、結婚後も不倫してたんだろうしな。荒木の結婚の経緯を教えてくれた同期の小野はそう続けた。小野は暗くオタク気質で残念なタイプのイケメンだが、イケメン同士気が合うのか部署が一緒だったこともないくせにどこで繋がったのか荒木とは時々飲みに行っているようだった。結婚した時期も曖昧だから、結婚生活が何年続いたのかは分からないけれど、きっと五年前後といったところだろう。荒木は三年前に離婚した。離婚する数年前から、荒木の様子はおかしくなっていた。奥さんの鬱がうつったのではないかと思うほど、生気がなくやつれていた。実際に鬱だったのか、離婚調停などで揉めていたのか、聞いたことはないけれどあの頃に比べると見た目も精神状態も随分改善したように見える。それでも、結婚前手当たり次第女の子に手を出していた頃の愚かさと無邪気さがバランス良く入り混じったような憎めない青年らしさは失われ、年齢のせいもあるのだろうが健康的な男性性の枯渇が否めない。しかしそれでも、きっと私以外にもこうして定期的に寝る女はいるのだろう。

「もし私が死んだら夫が殺したと思ってね」。初めて寝た時、私は冗談まじりに荒木にそう言った。あれから一年半が過ぎた。当時ひどく荒れていた夫は、二転三転しながら少しずつ、落ち着きを取り戻しつつあるように見える。最近では絢斗《けんと》の勉強をみたり、料理を作って待っていてくれることもある。荒れた、暴力、お酒、といったマイナス要素については話しても、今日はご飯作って待っててくれた、子供と仲良くしてる、子供の学校行事に行ってくれた、などのプラス要素は荒木に話さないため、荒木はずっと私が暴力夫と暮らしていると思っているのだろう。騙《だま》しているわけではないし、どうせ荒木にとって私はしがらみなく寝れるだけの女でしかないのだから、お互い正直に別の相手とどうなっているこうなっているとぶちまけて都合よく遊べればいいのかもしれない。でも不倫関係というのは進行するにしたがって何となくこういう話は避けようと思ったり、こういう話を避けられていると感じる中で暗黙のルールが出来上がってしまうもので、どちらもそこまで作為的にでないにせよ、だいたいここまで触れて良いという、例えば荒木が、旦那の暴力はどうなのかと聞かずに、最近は大丈夫なのという言葉でその意を伝えたように、お互いがぎょっとしない心地よい距離感と言葉遣いで構成されていくものなのだ。そしてその距離感を無視して極端に重たい言葉、軽い言葉を吐けば一瞬で崩壊したりするものなのだ。

ビジネスホテルを出て、駅前のドラッグストアで買い物をしてから電車に乗った。人と体がぶつかるかぶつからないかくらいの混み具合の中、栄養ドリンクやビタミン剤の入った袋がかさかさと音を立てる。ふと窓を見やると何となく瞼《まぶた》が腫れぼったく見える。寝不足だった。電車に乗るのは二十分。最寄り駅から家までは歩いて十五分だ。この歩いて十五分の距離の間、三ヶ所あるコンビニのどれかに必ず寄ってしまうのは、どこかでできるだけ帰る時間を遅らせたいと思っているからなのだろうか。

「ただいま」

声を掛けると、俊輔《しゅんすけ》はギターを持ったまま振り返った。おかえり、と言いながら弦に指を走らせ続ける。絢斗は、と言いかけたところで「おかえりー」と後ろから声を掛けられた。

「まだ起きてたの？」

「うん。明日休みだもん」

「もう十一時半だよ。言ってるでしょ、十時には寝ること」

はあい、と絢斗は笑いながら答えて、テーブルにテストがあるから見てね、そうだママ明日は家にいる？　と立て続けに言うので、昼過ぎに一回会社行くけど、遅くはならないよと答える。

「パパとね、明日はハンバーガー食べたいなって話してたんだよ。ママ一緒に行ける？」

「うん。いいよ。いつものあそこでいい？」

「うん。俺ベーコンチーズバーガーね」

屈託のない笑顔で言うと絢斗はおやすみーと部屋に戻っていった。絢斗はどこかで、私たちが円滑に関係を保てるように気を遣っているのかもしれない。もちろんもう十一歳だ、物分かりが良くて当たり前だが、やけに素直になったなと思った時期が、俊輔が荒れた時期と重なったため、どこかで彼のことを無理やり大人にさせてしまったのではないかという後ろめたさがある。

「絢斗すごいよ。国語も算数も九十点台。最近宿題もあっという間に終わらせるんだよ」

「本当に？　すごい」

笑顔のまま冷蔵庫を開けると、夕飯のピラフが残ってるよと俊輔が後ろから声を掛けた。

「うーん、何かおつまみ的なものある？」

「ポテトサラダと、昨日の煮物の残りがあったかな」

あ、じゃあ煮物食べよう、と呟いて手前にあったタッパーを取り出す。イカと大根の煮物だった。俊輔は買い物には行かない。私が宅配で取り寄せている出来合いのお惣菜《そうざい》と、カット済みの食材を炒めるなり煮るなりして、すでに混ざっている調味料を投入するだけの、誰でも簡単お惣菜セットを説明書き通り作っているだけだ。だからつまり、食材がそこにあったとしても彼は切り方も分からなければ、調味料の分量も全くもって分からないということだ。それでいいのだ。私は野菜を切っている俊輔や、スーパーで買い物をしている俊輔を見たくない。これ以上幻想が壊れることに、俊輔自身よりも私の方が耐えられなくて、私が耐えられないことを知っているから、彼はギター以外の仕事をすることができない。私たちはまるで呪いを掛け合っているようだ。現に、きっと彼は私に煮物を温めてあげようかと一瞬思ったものの、それを私が嫌がるのを知っているからちゃんとその言葉を喉の奥で止めたのだ。

俊輔の弾く、アンプに繫がっていないギターの乾いた音を聞きながら、煮物をつつき日本酒を飲む。私は幸せだった。もはや、夫に何をしてもらっても、たとえ私の望むことを全てしてもらっても、私は満たされない。荒木とセックスをした後に、美味しい食べ物と夫と子供の待つ自宅に帰る。それが私の幸福なのだ。そこまで端的に言い切れる自分に驚くが、不倫を始めて一年半経った今、私の幸福とはそういう、私一人でも、夫と私だけでも、私たち夫婦と子供だけでも完成しない、私と荒木と夫と子供の四人で初めて完成されるものとなったのだ。実際、そんなものは幸せでも何でもなくて、ただただ全ての欲が満たされた状態でしかないのかもしれない。でもじゃあ幸福とは何なのだろう。人類に何かを啓蒙《けいもう》したり、政治を動かしたり、宗教を立ち上げたりするような力が自分にあるとは思えないしそんなことは求めていない。だとしたら、満足のいくものを食べること、満足のいく家に住むこと、仕事で成功したり出世すること、男女一対一の番《つがい》で仲良くやること、子供を産み育て満足のいく人格に育て上げること、それら全てを叶えることが私の幸せなのだろうか。私の思いつく幸福は、どこまでいってもこういう下界の幸福でしかない。でもあらゆる試行錯誤と経験を経て今ここにいるのだから、きっとここから大きく逸脱することなく今の会社で働き続け、これからもこれまでのような人生を送っていくのだろう。新卒で出版社に就職して十五年、ずっと編集を続けてきて、周りには会社を辞めていった同僚もいた。新しいエージェントを設立する、別の出版社に転職する、田舎で農業をやる、大学院に入って修士を取る、結婚して家庭に入る、皆それぞれの目的を持って辞めていったが、その誰の未来にも私は希望を見出せなかった。その誰にもなりたいと思えなかった。「ああなるなら今の方がまし」。私が今の自分であり続けたのは、そういう萎える理由でしかなかった。第一志望だった出版社に就職した時は、バンドで成功している彼と結婚した時は、絢斗を出産した時は、私はこの人生の主役で自分には輝かしい未来が待っているのだと思った。でも今、仕事は如何に上司に評価されるかということに重点を置き、夫婦生活は如何に俊輔のプライドと自分の幻想を壊さず穏便に婚姻関係を維持するかということを優先させ、どこかで絶対に悪いことや困らせることをしないで欲しいと願いながら育ててきて実際きちんと望み通りに育った息子と、まあ多分こんな風になっていくんだろうという予想の中で、輝かしい未来も何もない今を生き続けている。荒木は、こんな風になっていくんだろうという予想の外側にいた。雷が目の前に落ちるのを見たような、そういう落下の仕方をした。だから荒木は、意外性という意味で私にとって大きな存在だった。そしてもはや意外性がなくなった今も、彼はその象徴として私の人生に君臨し続けているのだ。それが、私の彼への執着心の一因になっていることも自覚している。

「俺も一杯飲もうかな」

俊輔がそう言っておちょこを持って私の前に座った。胸がざわつくのを、表に出さないよう気をつけた。俊輔が怒りませんように、怒ってもそれを表に出しませんように、傷つきませんように、傷ついてもそれを私に見せませんように、泣きませんように、泣いても私には見せませんように。荒木に対しても俊輔に対しても、きっと絢斗に対しても会社に対してすら、私は逃げ腰だ。何かを失わないように、気をつけてばかりいる。私は何に対しても一定の距離を保って接する。だから、周りにいる人たちにもそうでいて欲しいのだ。暑苦しかったり苦しかったり辛かったりするのは嫌なのだ。暴力というのはその真骨頂で、こちらにとっては痛みよりもその暑苦しさの方が地獄なのだ。殴られるのも泣いて謝られるのも嫌だし、両親の不仲に悩む息子のお涙頂戴劇場も嫌だし、そんな重苦しいことに悩む自分自身も嫌なのだ。ドラマチックなことなど何もない、自分の身の丈にあった温《ぬる》い幸せを享受しながら生きていたいのだ。

まったく大胆に黄身をつける。由依がつくねを手にとって黄身に浸す様子を見て思う。その一口でほとんど黄身を持って行かれたのではと思うほどの浸し具合だった。そして由依の唐突な話の展開に、私はついていけていなかった。

「え、もう別れることは本当に決めたの？」

「別れるしかないと思う」

「じゃあ、酛島さんと結婚するの？」

「そういう話はしてないし、瑛人さんと桂のことにそこまで関連性はないよ」

「もう少し様子を見る気はないの？　離婚してさ、それで酛島さんとうまくいかなくなったら、一人っきりになるんだよ？」

「真奈美は一人になるのが怖い人なの？」

その服値札ついてるよ、と人に指摘するような言い方で、由依はそう言った。別にそんなことないけど、と言いながら、私は一人になるのが怖いのだとはっきり自覚する。荒木が本気で好きだと思ったこともあるけれど、だからといって離婚したいと思ったことはなかった。俊輔を傷つけたくないし、遊び人の荒木とうまくいくはずがない。夫も荒木も失ったら、私はシングルマザーとなり途方に暮れるだろうし、当然絢斗のメンタル面も無視できない。もちろん由依には子供がいないから私より身軽であることに不思議はないが、それにしたって十年近く連れ添った夫に対して、しかも浮気や暴力で自分を傷つけたり裏切ったりしたわけでもない夫に対して、そんな風にあっさり切り捨てようと思う由依の気持ちが私にはよく分からなかった。そもそも二ヶ月くらい前に食事をした時は、旦那に対する不満一つなく、不倫の予兆も皆無だったのだ。

昔からの友達がお店出すからと誘われて、蓜島さんのお店のオープン初日にランチをしに行ったのが確か三年くらい前で、それからも何度か一緒にお店に行き、どことなく彼らが親密であることには気づいていたけれど、若い頃海外で仲良くなった友達なんてそんなもんかなと片付けていた。

「何か由依のその恋愛関係に適当な感じ見てると、蓜島さんと付き合ったり、結婚したりしても、また同じ道を辿《たど》るような気がしなくもないっていうか」

「同じ道を辿ったら何が問題なの？」

「これは由依の一生を左右する問題だよ。真剣に考えてごらんよ。桂さんは確かにあんな事件起こしちゃったし、あれ以来仕事もできてないみたいだし、不安になる気持ちも分かるよ。ほらうちの旦那ももう年季の入ったスランプに入ってるからその終わりの見えない不安は分かるよ。でもほら、桂さんも仕事また再開するんでしょ？　新連載に向けて準備してるって聞いたよ」

「桂が仕事するしないとか、生活とか、そういうものと離婚は別だよ。それに車に轢《ひ》かれる可能性考えたら、帰り道歩くか電車乗るか、右に曲がるか左に曲がるかだって一生を左右する問題だよ」

「由依さ、今は気持ちが盛り上がってるだけだよ。でもそんなに盛り上がってるのって、結局日常イコール桂さん、非日常イコール鄗島さん、だからだよ。結婚生活が長くなるとさ、日常を共に過ごす相手を見るだけで日常を思い出すようになるけど、ふらっと現れた不倫相手って非日常でしょ？　美味しいご飯食べてお酒飲んでホテル行って、浮き足立ったまま愛を囁《ささや》き合ってまたねって別れる。離れてる間は会えない寂しさに思いが募る。不倫相手とは食費とか光熱費の話もしないし、家買う買わないだの子供を作る作らないだの面倒なこと考えなくていいし、相手の家族と会う必要もないし、ただ会ってる瞬間だけ心身共に相手を満たしてれば百点満点の関係なんだよ。相手に求めるハードルが限定されてるから満足度が高くて抜け出せなくなるんだよ不倫って」

何をこんなに必死になっているのだろう。話しながら自分の滑稽さに気づき始めたけれど、止まらなかった。由依が一本つくねを食べ終えた。もう黄身はほとんど残っておらず、私は黄身なしでつくねを食べ始める。

「それは真奈美のことでしょ？　私は桂にも彼にも何も求めてないよ」

「いや、何も求めてないってことはないでしょ」

「今、桂のことが好きじゃなくて、瑛人さんのことが好きだっていうだけだよ」

「そんな、恋愛感情ってそんな分かりやすいもの？　好きになった、もう好きじゃない、嫌いになった、そういう何か、人生ゲームじゃないんだからはきはき決まってるものじゃなくない？」

「そうかな。私は自分の感情は分かるし、それに背いて生きるのは苦痛だけど」

昔、大学生の頃、アメリカ人の男の子と付き合った時も、私はこんな理不尽さを感じた。日本に留学していた彼は、日本人には有りえないような熱烈なアピールをして半ば無理やり口説き落とした挙句、交際半年も経たない内に悪いけど君への気持ちが冷めてしまったんだと私を振った。あんなに愛してるって言ったのにと責めると、何を言っているのか分からないとでも言いたげな表情で、仕方ないだろうもう君のことが好きじゃないんだ、と彼は言った。君は君のことを好きじゃない僕をつなぎとめたいの？ と言われ、その共感能力の低さに私はまるでサイコパスを見るような思いになって怖気付《おじけ》いた。彼はあまりに正直で、こんなにも正直な人と私は付き合うべきじゃなかったのだと思い知った。情や馴《な》れ合いが通用しない人と一緒にいると、蝕《むしば》まれる。自分がそれを持ち合わせているが故に、そんな自分が惨めに見える。その価値を認めていない人とは、付き合えない。だから俊輔だったのだろうか。俊輔は情に厚く、自分の親や私たち家族への思い入れも強い。暑苦しいとも思う。それが耐え難いと思うこともある。あっても辛い、でもなくても辛い。結局いい塩梅《あんばい》で、いいバランスで、ぬくぬくと結婚生活も不倫相手ともうまくやっていきたいというのが私の望みなのだとしたら、由依のこのサイコ的な平衡さに対して自分が苛立ちと焦りを感じるのも当たり前なのかもしれない。

「ビーフカツとおでんです」

カタコトで言いながら皿を出す韓国人らしき男の子にまで何となく苛立ちが募り、ハイボールお代わりくださいと言った後、黄身もう一つもらえない？ と聞く。

「きみ、ですか？」

「これ、このつくねにつける黄身、なくなっちゃったんだけど」

「あ、ちょっと聞いてみますね」

戸惑ったように言って立ち上がる彼に「お金かかってもいいからね」と由依が声を掛

けた。ちゃんと外国人の彼に分かるような言い方で、さらに私が張り詰めさせた空気を和らげるような口調で言った由依に、この人はサイコパスではなくて、全部計算ずくでサイコパス的な人格を演じているだけなのではないかと思う。そして私はなぜ、さほど黄身が食べたかったわけではないのに、黄身がないことに苛立ってみせたのだろう。

「もうちょっと、様子を見る気はないの？　蓜島さんだって、自分とそうなってすぐに離婚するってなったら引くかもよ」

「桂がおかしくなったの」

「おかしくって？」

「離婚したいって話したら、桂がおかしくなった。だからもう一緒にいられない」

不倫して離婚を要求したら、夫がおかしくなったからもう一緒にいられない。自分でも予想外の怒りが芽生えた。お前は犬か！　いや犬ならもっと飼い主に忠実だ。いやもちろん夫を飼い主とするのはおかしいかもしれない、でも由依が飼い主だったとしても、飼い犬がおかしくなったから捨てたい、と同義だ。お互いの信頼と愛情によって築かれてきた関係をそんな理由で破棄しようとするなんて、そんな人間がいることを嘆かずにはいられない。この女はなんて非情なんだろう。多頭飼いして夫を欺いていることを棚に上げて私は胸を痛める。

「あの、黄身は、五十円で出せるそうです」

「もう食べちゃったからいいや。ごめんね朴《パク》くん」

名札を見て謝ると、あ、そですかー、と安心したような顔をして彼は去って行った。

「単純な疑問なんだけど、真奈美はどうして不倫を継続してるの？」

私は両方がないと駄目なんだ。どちらが好きとかどっちの方が好きとかじゃない。両方好きで、両方を必要としている状況に依存しているのだ。そうでないと、もう自分を保てないのだ。ずっとそんな自分に後ろめたさと情けなさを感じてきた。でも今日ほど、「なぜそうでなければならないのか」と考えさせられた日もなかった。

「真奈美は、旦那さんに悪いと思ってるの？」

思ってる。毎日毎日思っている。荒木のことが好きだと思うたび、荒木と会うたび寝るたび思っているし、俊輔が私に労《ねぎら》いの言葉や感謝の言葉を掛けるたびに思っているし、絢斗に対してもそうだ。愛されていると感じるたび申し訳なさを感じる。むしろその申し訳ない思いのない不倫関係などというものは、私には全くもって想像できない。たまに自分は突然死をするだろうと考える。ある日突然死ぬだろうと考える。そうでなければ私の世界は成り立たない。悪いものは罰を受け淘汰《とうた》される。その秩序を、悪い患部である私が求めているのだ。だから私は消える。消えなければならない。そうしなければ私の世界の秩序は崩壊してしまう。

「不倫相手も旦那さんも大切にすればいいじゃん。真奈美が二人とも好きなら、二人と付き合ったって別に問題ないと思うけど」

彼女に欠けているのは、恐らく良心だ。彼女には悪であるか善であるかの物差しがない。そんなことはどうでも良いのだ。彼女はただ自分の感情にのみ従って生きている。だから好きか好きでないかということにこだわるのだろう。でもそんな考え方は受け入れられない。だって、好きか嫌いかだけを基準に生きていたら、どんな我慢や忍耐もできなくなり、好きなものだけを食べ好きな仕事だけをして好きな人とだけ付き合って、ただひたすらに快楽や悦楽に溺れてしまうじゃないか。人生には忍耐や我慢が必要で、人のために自分の感情を殺したり我慢したりすることも必要だ、そういう認識で生きている自分は間違っているのだろうか。そんなはずはない。それは必ず、人間として生きる上で、自覚的に生きる上で必要な認識だ。

「蒞島さんのことがバレたら、桂さんを傷つけるとは思わない？　それに、蒞島さんは？　蒞島さんはそうやって由依が都合の良い時に連絡したり遊びに来て、桂さんのところに帰っていくことをどう感じてると思う？　私が言うのもなんだけど、由依にモラルはないの？」

「じゃあ真奈美は、誰も傷つけずに生きていくの？　誰も傷つけずにユートピアみたいに皆が幸せな世界を築いてその中で生きていくつもりなの？　そんなことが可能だって本当に思ってるの？　世界中で戦争が起こってるのも自分でどうにかするつもり？　それとも自分の周りの人間にだけは幸せでいて欲しいってこと？」

「私は、最後まで理想を持ってそれを追求していくのが当たり前だと思ってるよ。間違っているものを見たら間違ってるって言いたいし、正しいことをしたいと思ってる。悪いものに加担したくはない。私は自分の中の倫理と自分自身の行動が矛盾してることに戸惑ってるし、どうにかしなきゃって思ってる。犬みたいに本能のままに生きることはしたくない」

「動物機械論みたいな話だね。動物には魂がないって思う？」

「そんな風には思わないよ」

「雄犬が一緒に暮らしている雌犬以外の雌犬と交尾してたら、真奈美はそれを裏切りであると感じたり、雌犬への憐憫《れんびん》に駆られたりする？」

「そんな風には思わないよ。彼らには彼らの秩序がある」

「本能に支配されない、理性で統制された世界に生きる自分でありたいって、人間ならそうであるのが当然だって、真奈美は思ってるんでしょ」

「当たり前じゃない。もちろん犬にその理性を強要したりしないよ」

「でも真奈美は人間と犬を分ける時に何を基準にしてるの？　真奈美の言う人間っていうのは『我々』の意味の人間でしょ？　多分私は真奈美の思う『我々』に入ってないと思うし、もしかしたら真奈美の旦那さんとか、不倫相手も、『我々』には入ってないかもしれないよ。真奈美の思っている『我々』は、生物としてヒト科に分類される者であったとしても誰にでも適応できるものではないんだよ。そうである以上、真奈美のそういう資質は個人の傾向と呼ばれるものでしかないと思うけど」

確かにそうかもしれない。私はこうでありたい自分であり続けようとしてもがき、そうでない人たちを断罪するばかりだ。断罪できる立場ではなくなっても尚、そういう人たちを見ると耐え難くなる。私は許せない。自分を許せないし、由依を許せない、荒木のような人間も本来であれば許せなかったはずなのに、そこに性的、感情的な面で救いを求めた、そして感情を暴力に転化する俊輔も許せなければ、その暴力に抵抗できず穏便にやり過ごそうとする自分自身もまた許せない。矛盾しかない。生まれてこのかた、ここまで自分の理想と現実が乖離《かいり》したことはなかった。その乖離に直面しているだけでこんなにも耐え難いというのに、由依の言う、自分を取り巻く者たちがやはり自分の理想を否定する存在であるという可能性を冷静に考えることは不可能だった。

「待って、由依」

「え？」

「あんたカラシ取りすぎ。さっきから思ってたんだけど、つくねの黄身も全部つけちゃうし、さっきのお新香盛り合わせのきゅうりも全部あんたが食べたんだよ？」

「そうだった？　ごめん、これ使っていいよ」

由依はそう言って自分の取り皿の端に取り分けたカラシを差し出した。言ってくれればいいのにと笑う由依に、邪気はない。

「あ、でもさほら、カラシあるよここに」

テーブルに並ぶ調味料の中から小さな壺《つぼ》を手に取って彼女は言った。ここおでんが売りだからきっとカラシは常備なんだよ、そう言ってカラシをおでんの皿に塗りたくる彼女を見ながら、最初から言えば良かったのかもしれないと改めて思う。あなたは間違っていると、間違っているあなたともう一緒にいたくないと、私にはもう耐えられないと、俊輔の暴力とモラハラが始まった時に、もう随分前のことだけれど、あの時私は声を上げるべきだったのかもしれない。そうすれば案外と、「ほらここにカラシあるじゃん」みたいに、私たちは簡単に解決策にたどり着けたかもしれないのだ。感情を殺して批判を飲み込み続けたから、事態はここまでこじれてしまったのかもしれない。いや、そんなことあるだろうか。私はここまで必死に関係改善を目指してやってきた。そしてそれがうまくいかず、這々《ほうほう》の体《てい》で生きながらえている途中で荒木に手を取られて引き上げてもらったのだ。荒木とセックスをした後に、夫と子供の待つ自宅に帰る。それが私の幸福。数日前に、自分で考えていたことだ。私は自分の下劣さを棚に上げて、自分よりも下劣に感じられる由依を批判しているけれど、実際には私の方が無自覚で、私の方が下劣なのかもしれない、いや、どっちが下劣かと考えている時点で、救いようがないことだけは確かだ。

「これからどうするの？　離婚、桂さんは絶対受け入れないよ」

「どうして真奈美には分かるの？　私は離婚したいって言ったら、桂は二つ返事で受け入れてくれるものだろうと思ってたのに、桂は受け入れてくれなかった」

「桂さんは、あんたと知り合うためにも私の知り合いだって嘘ついたような人だよ？　私と会社でちらっと顔合わせてもあんたの話しかしないんだよあの人？　あれだけ理解のある人で、のらりくらり稼げもしない書き仕事も尊重してくれて、家事も強要されなければモラハラも暴力もなくて、彼の収入で食わせてもらって……」

そこまで言ったところで自主的に言葉を止めた。あからさまに軽蔑の色を浮かべる由依に、その先何を言おうとしていたのか全て飛んでしまった。

「真奈美の言ってることはおかしいよ。全てを自分の物差しで測ってる。愛されてるかどうかなんて当人にしか測れないし、家事とか生活費とかそういうものが判断基準に入るなんてどうかしてる」

「でも、そんな相対的に、人それぞれっていうのもおかしいよ。そんなこと言ったら人と人とが話し合う意味なんてなくなっちゃうじゃない。皆が自分の意見も言わず面白い話と楽しい話だけするの？　正しいことと間違っていることについて話し合えなきゃ、これまでもこれからも人類は停滞するだけじゃない」

「結局モラルを人の心の中に求めるのは不可能だから、モラルを外部化しようって流れの方が主流だと思うよ。人の外にあるルールとして、例えば監視カメラが記録してる、SNSもネットも監視されてる、そういう形で人の生きやすい世界の秩序を管理する世の中になってきてるんだよ。私は世の中なんてそれでいいと思ってる。他人に対する優しい気持ちも大切にしたいって気持ちも、モラルからじゃなくて抗《あらが》えない感情から生じるものであって欲しい、私はモラルから引き起こされる愛情なんて欲しくない。この人を愛するべきだ、なんて思われて愛されるのは嫌だし、モラル的にこの人を傷つけるべきじゃないと思われて、心は離れてるのに一緒にいられるのも嫌。真奈美だって、いくらモラル的にこの人を裏切りたくない傷つけたくないって思っても、結局感情に流されて不倫を始めたんでしょ？」

　ちくわにカラシを載せ、かぶりつく。モラルは、このカラシ程度の意味しか持たないのだろうか。確かに、私の思うモラルはところ違えば、宗教が違えば、環境が違えば、状況が違えば、全くもって共有できるものではなくなってしまう。それでも人として、人間として、と粘るこの思いは、驕《おご》りなのだろうか。いや、自分のこれまでの生き方や価値観を肯定するための下らない意地なのかもしれない。ちくわを見つめたままぼんやりしていると、テーブルに置いてあったスマホが震えてびくりとする。なぜか、誰かに自分の浅はかさを見透かされたような気がした。メールは絢斗からで、「今日は何時頃に帰る？」とだけ入っていた。「終電前には帰るよ、もう十一時半じゃない、まだ起きてるの？」と怒った絵文字と一緒に返信する。

「絢斗。まだ起きてるみたい。最近夜更かし気味で」

「真奈美の信じる正しさの影響を一番に受けるのは絢斗くんだよね。真奈美の言う正しさに、絢斗くんも縛られてるかもしれない。だとしたら、真奈美とか旦那さんみたいに不倫とかアルコールみたいな逃げ場のない絢斗くんのことを一番に心配するべきかもしれないよ」

そんなことをあんたに言われる筋合いはない。苛立ちと共に、次はがんもにカラシを擦り付ける。また震えたスマホのロックを解除すると「パパがずっとお酒飲んでる」と入っていて青ざめる。

「ごめん、由依、帰らないと」

「そう。ここ払っとくから、いいよ行きな」

ごめん、と言いながら荷物をかき集めて財布から一万円出し、いいよと言う由依に押し付けてまた連絡すると言い残してコートを羽織りながら店を出る。駅まで向かう途中、暴れてる？　と送り、暴れてないよと返ってきてほっとしながら、「もし何か暴れる音がしたら二階のトイレに入って鍵閉めてね」と送ってスマホをバッグにしまう。超満員ではないがそれなりに混み合った車内で、何度もスマホを確認する。まだ十一歳だ。まだ十一歳の子供だ。なぜ彼がこんなことに巻き込まれないとならないのか。この憤りもまた、私の個人的なモラルなのだろうか。そんなはずはない。どんな状況や理由があっても十一歳の子供を親の怒りや悲しみに巻き込んではならない。そんなことをしたら、可哀想《かわいそう》だからだ。でも由依の言うように、本人からしたら違うのだろうか。可哀想だという同情心から発生する私のこういう思考や言動は、本人にとっては有難迷惑な話なのだろうか。何が正しくて、何が間違っているのか、もう何も分からなかった。

　駅からタクシーに乗って自宅まで帰ると、外の空気は生ぬるいのに手が冷たくなっているのが分かった。微かに震える右手を左手で押さえて鍵を鍵穴に差し込む。カシンと小さな音を立てて鍵が開くと、リビングに行く前に二階に上がる。子供部屋をノックしてゆっくりとドアを開くと、ママとくぐもった声がした。ごめんね遅くなったね、言いながらベッドの脇に座り込む。

「大丈夫。パパ寝ちゃったみたい。さっきから音がしない」

「ごめんね絢斗、怖い思いさせて。何かあったらいつでも電話していいんだよ。メールじゃなくて電話していいんだからね。どう？　眠れそう？」

「うん。今寝かけてたよ」

「明日の朝、サンドイッチ作ってあげる。何サンドがいい？」

「うーん、あれがいいな、ベーコンとレタスとトマトの入った」

「BLTサンド?」

「うん。それ」

「分かった。じゃあもう眠ってね。明日の朝、一緒にサンドイッチ食べよう」

一階に降りると、リビングに物が散乱しているのがドアのガラス越しに見えた。缶ビールやワインや焼酎の瓶がローテーブルに置いてあり、いつも必ずスタンドに立てているギターが床に放置されたままだ。俊輔は苦悩の表情を浮かべて口を開けたままソファで眠っている。ダイニングテーブルには譜面が散乱していて、絢斗がご飯を食べた形跡はない。いつから飲んでいるのだろう。流しを覗くと、何か残り物を食べたのであろうお皿があってほっとするが、逆に何か古いものを食べたりしていないだろうかとも気になる。ふと、チェストの上に置いてあるバッグが目に入り、足が止まる。昨日、ここのところずっと使っていたバレンシアガのバッグから、クロエのバッグに替えたのだ。バレンシアガはもう、一ヶ月くらい毎日持ち歩いていた。もしかして何か、夫に見られてまずいものが入っていただろうか。ホテルの領収書ももらわないし、ポイントカードなんかも作っていない、怪しいものなんて何も持っていないはずなのに、最近どこか意識が緩んでいた気がして確証が持てない。ずっと絢斗の身を案じるばかりで、夫がなぜ酒に溺れているのかについては全く思いを馳《は》せていなかった。音を立てないように気をつけながら冷蔵庫の中を漁《あさ》ると、レタスとトマトはあるがベーコンが見当たらない。ロースハムがあるからこれで作ってしまおうか、それとも買いに行こうか、悩んだ挙句やっぱりせっかくだから買いに行こう、帰り道でコンビニに寄らなかったことも思い出しそう決めて踵《きびす》を返した瞬間、悲鳴を上げそうになった。

「おかえり」

驚きを隠せない私にどこか傷ついたような表情を浮かべて、夫は言った。

「ただいま。どうしたの？　部屋、めちゃくちゃで驚いた」

「コンペ落ちたよ」

「え？」

「Groovy の新作のコンペ、落ちた」

人気グループへの楽曲提供の話は、確かにちょっと前にしていて、珍しく最終選考まで残っていると喜んでいたのは知っていたが、人気グループのコンペに落ちるなんて、星の数ほど経験しているはずだ。宝くじみたいなものだと、私たちの間では笑い話になってきた。残念だったねと言い終わる前に、「社内でのメールのやり取りが誤送されてきた」と夫は続ける。

「誤送……？」

「プロデューサーとレコード会社の担当者が俺を揶揄するメールのやり取りしてて、それが俺のところに誤送されてきたんだよ」

あちこちとやり取りしている会社員なら何度かは経験のある、気づいた瞬間凍りつくあの誤送だろう。私も何度かやってしまったことがある。しかし実際、悪意を持っていない人の誤送は大した問題になることはない。彼の受け取ったメールにはきっとどちらかの、あるいは二人の悪意が籠もっていたのだろう。

「分かったようなこと言い合って俺の曲批判の後に、大場《おおば》さんの手法は現代では通用しないってさ。それで誤送に気づいた担当者なんて言ってきたと思う？　プロデューサーが大場さんのライバルの小宮拓郎《こみやたくろう》の楽曲を起用したからどうしても話を合わせなきゃいけなくてあんなことを書いてしまいました、って謝ってきた挙句に、でも確かに大場さんがやりたいことを実現させるほどには今の日本の音楽の土壌は育っていないかもしれません、って開き直りやがったよ。お前みたいな無能な太鼓持ちに何が分かるんだっつーの」

この人は怒っていない。メールを受け取った時は怒っていたかもしれない。でも今彼は、ただただ傷ついている。傷ついて、怖くて、泣き出しそうなのだ。今にも泣き出しそうで、泣き出さないよう、お酒を飲み続けていたのだろう。そんな悲しみは、そんな苦しみは自分の中で何とかしなさいと、どうして私は言えないのだろう。どうして彼の悲しみ苦しみを、どうにかしたいと思ってしまうのだろう。若い頃好きだったアーティストやバンドが、メンバー変更をしたり、解散して新しいバンドを作ったりして、方向性の変化にどこかしらがっかりする思いを持ちながらも、やっぱり好きなところも残っていて、なんだかんだでだらだらとCDを買い続けるのに似ている。

私はもともと俊輔のファンだった。俊輔の音楽が大好きだった。今は大好きではないけれど、それでも好きではあるのだ。同じように、俊輔のことが大好きだったけど、今はそこまでではない、でもまあまあ好きではある。そんな気持ちで一緒にいられる俊輔は、本当は不幸なのかもしれない。最初からそこそこ好き、で付き合っていれば話は違ったかもしれない。でも、私は最初大好きで、それから、そこそこ好き、に成り下がったのだ。口で言わなくても、きっと彼は分かっているだろう。私が彼をそこそこ好きであることを。自分の固定ファンが、自分の音楽にもう熱狂しておらず、まあまあいいな、と思いながら聴いていることを。もう私を自分に夢中にさせられないことに、ファンを自分の音楽に熱狂させられないことに、プロデューサーとレコード会社の人に揶揄される現状に、彼は傷ついている。彼は精一杯音楽に向き合っている。苦しみ、もがきながら音楽に向き合っている。それなのになぜ彼の作る音楽は私からも、世間からも「それなりに良い」あるいは「悪くない」という評価しかされなくなってしまったのだろう。最初から売れていないバンドマンやギタリストだったら、もっと違ったはずだ。彼は一度名声も地位も手に入れてしまった。彼のいたバンドが解散を決めた時、ずっと作詞作曲を担ってきた俊輔だけは安泰だと、誰もが思っていたはずだ。そもそも一番強い意志を持って解散に踏み切ったのは俊輔だったし、すぐに新しいバンドを作るだろうと、私も思っていた。結局一緒にやりたいと思っていた人たちの都合がつかずソロ活動をするようになり、インディーズで出す楽曲はどんどん売れなくなり、解散から五年も経つ頃には前歴のバンドのギタリストという肩書きさえも世間からは忘れ去られていた。最初は足掻いていた俊輔が、稼げないことに引け目を感じ始めたのか少しずつ家事をするようになり、絢斗の世話をするようになってきた頃から、私もどこからか少しずつ、俊輔をミュージシャンであるというより、家族であるという風に捉えるようになっていた。それはどこか受動的な失恋のようなもので、勝手に憧れられて勝手に失恋された俊輔にとっては耐え難いに違いないと、私はずっと気を遣いながら俊輔に接してきた。

「気にしない方がいいよ。確かにGroovyみたいなアイドル系のグループには俊輔の曲は向いてないかも。楽曲提供して欲しいって指名してくるアーティストもいるんだし、今はそういう人たちとか、自分のために曲作った方がいい時期なのかもしれないよ」

「このまま真奈美の荷物になるのは嫌だ」

「荷物なんかじゃないよ。見てれば分かるでしょ？　私は適当に流れてくる仕事をこなしてるだけだよ。そんな仕事で家族三人生きていけてるんだから、俊輔が引け目に感じるようなことじゃないよ」

言いながら苦しくなる。慢性的な寝不足、眼精疲労、校了前の徹夜、あらゆる人たちの思惑の中で何とか理想に近づけようと雑誌作りに邁進《まいしん》している自分を、自分自身で否定しているのに等しかった。何でこんなことを言わなきゃいけないんだと行き場のない憤りが体内を駆け巡っていた。俊輔が手を伸ばしてきて、咄嗟《とっさ》に殴られるのかと身を固くしたけれど、彼は私のジャケットを引っ張り私を引き寄せ抱きしめた。こんなはずじゃなかった。くぐもった俊輔の声をこぼさないで拾い上げるように、向こう側に手を伸ばして彼の背中をさする。大丈夫だよ、と呟いて抱きしめる。嘘だ、この状況を大丈夫だなんて思っていない。俊輔もそのことを分かっている。俊輔は私のことなんか本当はどうでも良いのだ。音楽で上手くいかない苦しみを、稼げないことや私たちを養ってやれないことへの申し訳なさにすり替えているだけだ。この人はずっと、音楽しか見ていない。私も絢斗も、この人にとっては音楽のスパイス程度のものなのだ。音楽によって、音楽を認められることによってのみ彼の承認欲求は満たされるのだ。私や絢斗に対する態度は、ポーズでしかない。もちろんそんなに簡単に割り切れるようなものではないのかもしれない。でも彼の本質的な苦しみに、家庭は入っていない。彼は情に厚く、仲間や家族を裏切ったりはしない人だ、でも彼の幸福も不幸も、音楽によってのみ与えられる。そんな俊輔といるのが前は幸せだったのに、今はそんな俊輔といるのが苦痛で仕方ない。

「愛してる」

この言葉は彼の私に対する愛を模した言葉ではなく、とにかく何にでもいいから縋りたい気持ちが、簡単に縋らせてくれる妻に対して偶発的にこの言葉になっただけなのではないだろうか。彼の願いはずっと二つで、「いい音楽を作りたい」「いい音楽で認められたい」だけなのだ。仕事でアーティストや俳優、作家などに会うと、彼らの専門分野で認められることへの卑しいまでの希求に戸惑うことがある。今現在認められている人は、自分がそこから受けている恩恵に無頓着だが、認められていない人、認められなくなった人たちは、その評価に一喜一憂しながらまるで自分の命をベットしているように、剝き出しでなりふり構わず、何かに嚙みついて痕を残そうと必死で、見ているだけで苦しくなる。おこがましいのは承知で、がんばらなくていい、解放されていいんだと言いたくなる。でも彼らは解放されたいなどとこれっぽっちも思っていない。それしか彼らの生きる術《すべ》はないのだ。

「愛してるよ。大丈夫」

私のこの大丈夫は、何にかかっているのだろう。私は不倫しているけれど私たちは大丈夫、あなたの音楽はもう人々を夢中にさせないけどあなたは大丈夫、あなたは嫌なことがあるとすぐに酒に逃げて暴れたりもするけれどこの家庭は大丈夫。どれを取っても、こんなに無責任な大丈夫はない。私は大丈夫ではない。俊輔も絢斗も、この家庭も、大丈夫ではない。逃げ場のない今、本当にいたいのは荒木の腕の中だった。大丈夫でも大丈夫じゃなくてもどうでもいい、どうにでもなれ、そう思えるのは荒木の腕の中しかないのだ。今すぐこの家から逃げ出したかった。

「明日、絢斗がBLTサンド食べたいって言ってたから、ベーコン買ってくるね。部屋片付けとくから、先寝てて」

背中をトントンと叩いて腕の力を緩めると、私は俊輔から離れてバッグを持って家を出た。歩いて五分のコンビニの中、雑誌コーナーの前でじっと立ち尽くす。何にも興味は湧かない。読モが教える着回しコーデ、バイヤーオススメシューズ100、トレンチコートに夢中！　お前らどっかで見たことあるようなくだらない特集ばっか組みやがって！　俊輔が私にするように、私も誰かにいつも思っている不満や苛立ちをぶつけてみたかった。スライスベーコンときらしていたロックアイスを手に持ったまま、私はポケットの中に手を伸ばしスマホのロックを解除する。荒木に電話を掛けたことは、数えるほどしかない。待ち合わせに遅れる時や店の場所が分からない時に、LINE通話をしたことがあるくらいだ。それでも何の抵抗もなくスムーズに、私は電話のマークに人差し指を押し付ける。

「もしもし真奈美？　どうしたの？」

「ううん。何でもないんだけど、何してるかなって」

「何でもない時に電話しないでしょ真奈美は。俺明日から出張で、まだ片付けなきゃいけない仕事あって会社いるけど」

「あ、前話してた小野寺《おのでら》さんの講演会のアテンド？」

「ううん、大阪。どうしたの？」

「うん、今もう家の近くなんだけど、なんか今日はちょっと疲れたなあって思ったら、荒木の声が聞きたくなって」

「本当にそれだけ？　何かあった？」

「それだけ。ごめんね仕事中に邪魔して」

「ねえ、今から来ない？」

「会社に？」

「うん。もう誰もいないんだ」

「誰もいない会社で何するつもり」

「誰もいない会社で悪いことしようよ。もちろん内容は応相談」

思わず笑って、店内にある時計を見やって、今からタクシーで会社に行くとしたら一時過ぎに着いて、二時間くらい過ごしてから帰っても三時半過ぎには戻れると計算している自分に気づく。俊輔はあのテンションになるともう暴れたり暴力を振るったりはしない。あの様子ではもう寝てるかもしれないし、会社に資料忘れてきたとメールでもしておけば何とかなるかもしれない。逃げたいという気持ちが、逃げられるとなった途端、勢い良く増幅していくのが分かる。ベーコンと氷を戻しに行こうかどうか悩みながら、雑誌コーナーがさっきとは打って変わってどれも楽しげに見えることに感心していると、ガラスの向こうに見慣れた服を見つける。このライダースはアレキサンダー・マックイーンのもので、彼がまだバンドに所属していた頃、人気絶頂の時に買ったものだ。もう十年以上前のよく手入れされたライダースは、その中身だけが経年劣化したことを浮き彫りにさせる。ガラス越しに私を見つめる俊輔は無表情で、私はまだ笑顔を消せないまま、スマホを耳に当てたまま、俊輔と見つめ合う。この笑顔を消して慌てて電話を切ったら怪しまれる。

「迎えに来てくれたの？」という驚きの表情を笑顔に交えつつ手を振ると、俊輔は少しだけ唇の両端を上げた。

「ごめん、やっぱり今は行けないや。また明日ＬＩＮＥするね」

笑顔のまま一方的にそう言って電話を切ると、私はロックアイスとベーコンを持ってレジに向かった。自分でも不思議なほど動揺していた。会社の会議室やトイレでのセックスを想像しているところを見られたのだから、当然かもしれない。レジ袋を提げてレジに背を向けた瞬間、もしかしたら私が今当然のようにやろうとしていることは、不可能なことなのかもしれないという思いが不意に体に突き刺さる。

「遅いから心配で見にきたよ」

そう言う俊輔にさっきまで由依と飲んでたんだけど、私結構酔ってたから、ちゃんと帰れた？　って電話してくれたのと嘘をつきながら、やはり不可能なのだという思いが強くなっていく。私と俊輔と絢斗と荒木の四人で、この家庭を成り立たせるのは不可能だ。自分の女性としての欲望を荒木で満たし、監督者として絢斗を養育し、不良債権に成り下がってしまった俊輔のアルコール依存やＤＶ気質をフォローしつつ、仕事と美容に生きがいを見出しながらそれなりに人生を楽しんで生きていく。それは不可能で非現実的で、夢見がちなアラフォー女の底なしに自分本位な望みでしかない。レジ袋を持って半歩先を歩く俊輔の斜め後ろを歩きながら、空を見上げる。何やってるんだろう。私の疑問に答えるように、星たちが小さく瞬《またた》いた。

枝《え》　里《り》

NOPE、NOPE、NOPE、NOPE、NOPE、NOPEばっかりだ。別に出会い系アプリに特別な男を求めているわけじゃないのに、写真を見ただけでNOPEの男が多すぎる。左スワイプはもう機械的でいい人が現れても間違えてNOPEに振り分けてしまいそうだ。誰ともマッチングしたくない全くロクな男がいない。やっぱり課金系のアプリじゃないとロクな男には出会えないんだろうか。ハピクラいいよと勧めてきたサキにＬＩＮＥで「ハピクラロクな男いねーし」と怒り顔と一緒に入れる。放り出したい気持ちのままもう一度起動させ、また無限NOPEを繰り返す。アプリを始めて三日経つのにLIKEできる男の人はまだ三人しか見ていない。また写真を見て左スワイプをしようとした時、スマホが震えだしてぎょっとする。今NOPEにしようとした三十代チャラオヤジが怒りでスマホを震わせたのかと思った。画面には「水島桂」と出ていて、私は思わず右にスワイプしてLIKEしたくなる。彼はなかなかいい男だ。まあでも見た目的にはもちろんNOPEだし、世間から後ろ指を差されるような人もやっぱりNOPEだ。

「あ、枝里ちゃん？　こんにちは水島です」

ひそひそという言葉がぴったりな声で桂さんは挨拶して、思わず少し笑いながらどうしたの？　と聞くと、逡巡するような間があってまた笑ってしまう。

「あのさ、由依、そっちに行ってない？　一昨日《おととい》の深夜何も言わずに出て行って、今日も帰ってこないから心配で」

「来てないよ。喧嘩したの？」

「あ、いやそういうわけじゃなくて、そうか来てないのかじゃあいいんだ。あの、もしも由依から連絡があったりしたら、連絡してくれないかな」

「どうしよっかなー。まずは由依ちゃんに何があったのか聞かないと」

「……うん、まあそうだよね枝里ちゃんには枝里ちゃんの立場があるし、でもじゃあ、本当に僕が本気で心配してるってことだけは伝えてくれないかな」

「別にいいよ。そうだ、桂さん今度出版社の人と合コン組んでくれない？　作家はやだなー不安定だし」

「え、合コン？　あ、じゃあちょっとそういうの詳しそうな人に聞いてみるよ。枝里ちゃんはいいねいつもなんか、楽しそうで」

「それなに誰比較？　由依ちゃん？」

「もしもし」

「あ、別にそういうわけじゃないんだけど」

「由依ちゃん何考えてるか分かんないもんね。ほんとよくあんな人と暮らせるよ桂さん」

「いや、俺は全然平気だよ」

「ほんとにー？　私は由依ちゃん苦手だけどなあ」

「俺にとっては、由依と出会ったことが人生最大の幸福だからね」

「何、その言い方」

「え？」

「自分に言い聞かせてるみたい」

別に自分に言い聞かせてる風でもなかったけど、何となくイライラしてそう言い捨てると、じゃあ切るねと続けて桂さんが何か言いかけたのが聞こえたけど一方的に電話を切った。片や出会い系でNOPEし続ける妹で、片や出会ったことが最大の幸福だと夫に言われる姉だ。仲が悪いのは当然と言えば当然だろう。いや、仲が悪いのとも違う。私たちは別の星に生まれた。だから、一緒に住んでいたことなんて一度もなかった。お互いをエイリアンだと思っていたから、お互い妹がいたことも姉がいたことも一度もなかった。

ハピクラはもう開く気になれず、溜まっているＬＩＮＥを返すことにした。百件以上溜まっているサークルのＬＩＮＥグループは放置して、一対一のＬＩＮＥだけをチェックしていく。パパたちに今度友達と京都に遊びに行くことになったんだけど金欠なのとせびっておいた返事が届いていた。今度ご飯行こうよ、援助するよ、と大手パソコンメーカーのシステムエンジニアから、リエちゃんごめんね今月忙しくて会えないんだけど振り込みで良かったら幾らか送るよ、と大学病院勤務の医者から入っていた。駄目だ、銀行口座は本名だから教えたくない。口座情報を教えろだなんて気の利かない奴だと思いながら、「会わないで振り込んでもらうなんて申し訳ないです！　その代わり時間ができたらまたご飯連れて行ってくださいね」と絵文字つきで送る。エンジニアの方には「ありがとパパ。嬉しい。来週だったら何曜日がいい？　リエは月、木、金曜以外なら空いてるよー」と返信し、素也《もとや》から来ていた「えりっち何色のパンツはいてる？」というメッセージに「おめーは何色なのか先に言えやボケカス」と返す。ヒロムの名前に触れる時、指が震えそうになったのに気づいて、やっぱり見るのは止めようかと躊躇う。昨日の夕方にＬＩＮＥが来た時は、怒りと喜びと悲しみと、色んな感情が溢れかえってヒロムの名前を見ただけで涙が出てきて、その場に座り込んだ。心の準備ができなくて、ずっと開けずにいた。一秒に一度「ヒロム」という名前を頭に思い浮かべながら普通に何事もないような顔で出会い系とかゲームをやりながら一日過ごしてきた。大丈夫だ私は断ち切った、ヒロムからどんな言葉をかけられても心は揺らがないし泣きもしない。

鉄の心で立ち向かえる。そう頭の中で呟き、呟きを残るものにしたくてツイッターを開き「大丈夫何があっても私は揺らがない泣かない大丈夫私は鉄」とツイートしてからLINEを開き思い切ってヒロムの自撮りアイコンをタップする。

「ここんとこ連絡できなくてごめんなエリ。めっちゃ忙しかってん。でもエリの気持ちはちゃんと届いててんで。俺もめっちゃエリのこと考えててんで」「いつも自分勝手でごめんやけど、エリのこと大好きやねんで」「何も気にせんと一緒にたこ焼き食べてられんのエリしかおれへんねん。いつ会える？」。三通立て続けに入っていたLINEに、気が抜けた。連絡が取れなくなって一ヶ月半、私がどれだけ辛い思いをしてきたか、こいつは一ミリも理解していない。もうヒロムとは無理だ。連絡が取れなくなって二週間もした頃にはそう思っていた。もう二度と自分からは連絡しないと心に決めた。だから出会い系も始めた。それなのにヒロムの名前を見ただけで気持ちが揺らいでる自分がいた。何度も何度も打ち直した挙句「既読スルーする人とはもう会わない」と返す。誘えばいつでもほいほいやって来ると思いやがってと苛立つが実際呼び出されるたび何度もほいほいやって行ったのは私だ。何度LINEを入れても既読無視してたくせに、こうして呼び出したい時にはすぐに返信が返ってくるのも腹立たしい。

「やっと連絡くれたなーエリ。冷たくせんでよ」

「もう都合よく使うのやめて。私もう結婚相手探してるから」

「何それ、婚活いうやつ？　エリは俺の彼女やろ？」

「一ヶ月半既読無視する人を彼氏って思えない。私がどんな気持ちでいたか分かる？」

「ごめんてめっちゃ忙しかってん。色々あって別店舗のヘルプにも行ってててんて。でも俺はエリとはこれまで築いてきた絆《きずな》があるから大丈夫やって思ってってん」

「私結婚したいの」

「エリまだ二十歳やん」

「ママは十九お姉ちゃん二十一で結婚したもん」

「早く結婚したっていいことないで。それにエリは俺のもんやろ」

「じゃあ結婚して」

「昼職になったら結婚考えようや。俺がこの仕事のまま結婚すんのエリも嫌やろ」

のらりくらりとかわしやがって。最初から結婚するつもりなんてないくせに。ちゃんと付き合う気も結婚する気も、それどころか私のヒロムが好きな気持ちに向き合う気もないくせに適当なこと言いやがって。返事をしないでいると、「ねえって。無視せんでよエリ」とバナーに出た。既読をつけたくなくてそのままにしておくと、もう一通追送された。

「会いたなったら連絡してや。ほんまに俺はいつでも枝里のこと考えてんで」

こうして決めゼリフ的なことを言う時だけ名前を漢字にするのは、ホストクラブの太客を摑むための何ヶ条かに書いてあるテクニックなんだろうか。私は客じゃないしパパ活でお金を稼ぐしか能がない貧乏な大学生なのに、こんな無駄な営業をして何になるんだろう。いつか風俗に沈めてやるとか思ってるんだろうか。ヒロムと一緒にいて感じるのは虚無だけだ。ヒロムは向き合ってても何か、３Ｄ映像に向かっているように手応えがない。セックスしていても好きだよと言われても、あまりの虚構感に鳥肌が立つことさえある。ヒロムのことを一番感じられるのはこのＬＩＮＥのメッセージを交わしている時で、こんなに軽く薄っぺらいことしか入れてこないこのメッセージにのみ本質を感じられるような男を好きになるなんて全く厄介な生き物な自分が疎ましい。嘘と虚構で固められていて、その本人自身が自分が嘘と虚構で固められていることに気づいていないという取り返しのつかない、どうやっても覆せない軽薄さを持ったキングオブ軽薄を好きになってもう二年だ。ヒロムのことを血迷った十代の思い出にするために、私は婚活を始めた。でも友達と相席居酒屋に何度か行ってみたけどパパ活には活かせてもまともに付き合えるような男には出会えなかったし、ハピクラも駄目そうだし、まともに考えれば就活に力を入れて商社や広告辺りの花形企業に就職して職場や合コンでハイスペ男を漁った方が近道だと分かっている。でも今必要なのだ。私には今、大丈夫だ君はそこにいるだけで生きているだけで十分すぎるほどの価値がある、と認めてくれる男が必要なのだ。それなしでは生きていけない。ただ厄介なのはその私の承認欲求を満たせるのが私の好きな男だけということだ。承認欲求に苦しんでるくせに相手を選ぶなんてと思われるかもしれないけど、でも承認欲求なんて自分勝手でエゴイスティックな願望なんだからそんなの当たり前と言えば当たり前だし、臭いオヤジに可愛いね大好きだよなんて言われても一ミリも嬉しくないのも当たり前だ。第一私が可愛いなんてことは私が一番よく知ってる。生まれてから今まで、私の可愛さについて最も熟考し考察し深く理解してきたのはこの私なんだから。

ヒロムに連絡してしまいそうな自分を止めるため、誰か遊ぶ相手を探そうとLINEの友達をスクロールする。今は女と会いたくない。まあそもそも女と会いたい時なんて基本ない。ブスは見てて気が滅入《めい》るし、可愛い子は闘争心を煽《あお》られて気が休まらない。男、男、男、と漁るけどヒロム以上に会いたい人はいない。そもそもそんな条件で男を探す時点で頭がおかしい。インターホンの音がして、ママが廊下を歩く音がした。この間代引きで買ったニットならこのままママに払ってもらおうと思っていると、ママの「どうしたの急に」という大きな声がした。返事が聞き取れなくて私はドアの隙間から顔を出す。

「電話一本くらい寄越せるでしょ」

「スマホの充電が少なくて」

うんざりした顔の由依は、すでにここに来たことを後悔していそうだった。ここに来ても誰にも歓迎されないことを知っているはずなのに、どうして来たのだろう。もしかしたら、空気の読めない由依は幼い頃から自分が母親からも妹からも嫌われているという事実を未だに知らないのかもしれない。

「由依ちゃん久しぶり」

「枝里、久しぶり」

一ミリの笑みもなく由依は言って、パンプスを脱ぐとさっさとスリッパを履いてリビングに向かった。やーねいきなり、とママはぶつぶつ言いながらその後に続き、私もスマホとモバイルバッテリーを持ってリビングに続いた。

「ビールもらっていい？」

「いいよ。おつまみ何にもないけど」

「柿の種あるじゃんこれ食べていい？」

いいけどと言いながら、ママは怯んでいるように見えた。何か悪いことをしている人が監査に入られたらこんな感じの態度をとるのかなという感じだ。そうだ、由依といて感じるのは、何か自分が悪い人間なのではないか、悪いことや間違ったことをしているのではないかという不安だ。だから、私はこの十も歳の離れた種違いの姉が大嫌いなのだ。こんな女と一緒に暮らしていられる桂さんは、よっぽど神経が太いに違いない。自分が間違ったことをしているかもなどという疑問を抱いたことのない自信満々な自己完結型の人間なのかもしれない。だとしたら彼らは在り方は違うにしても似た者同士と言える。

「枝里も飲む？」

「いらなーい。これから飲み行くかもだから」

「お母さんは？」

「いい。最近あんまり飲んでないの」

じゃあ、いただきます、そう言って由依はビールと柿の種をテーブルに置いて一人でプルタブを引き上げ缶のままビールを飲み始めた。

「泊まる場所はないよ。ここ２ＤＫだし、そっちの引き戸の向こうで私は寝てて、あっちは枝里の部屋だから、もう人が泊まるスペースはないの」

「泊まらせてって言ってからそういうことは言ってくれない？」

「泊まらないの？　泊まらないんだったらいいんだけど」

「こんなこと言われた後に泊まらせてなんて言えると思う？」

「ほらやっぱり泊まろうとしてたんでしょ。何なの、桂さんと喧嘩？」

「私は誰とも喧嘩なんてしないよ」

由依は無表情のままそう言った。三流でも無名でも元モデルの姉なんて持つもんじゃない。いつもいつも容姿を人と比べる癖がついたのは由依のせいだ。由依は別に綺麗じゃない。見ていると不安にさせられる顔だ。不気味で能面みたいな顔だ。私の方が全体的に整って非の打ち所のない全国区向けの顔をしているのに、いやでも、非の打ち所のない顔だからこそ、私はまるでモデル向きではない。昔から何度も言われてきた。記憶に残らない顔だと。前に聞いたことがある。最も美しい顔とは、最も平均的な顔であると。だからこそ、美しい顔は人の記憶に残らない。会って別れた瞬間には思い出せなくなる。由依みたいに恐ろしい能面のように印象づけられる顔とは違って、私のように整いすぎた顔は商品にならないのだ。日常レベルでは可愛いね綺麗だねと言われるが、商品にした時、私の顔は「印象に残らない覚えられない顔」でしかない。身長だって由依は百七十以上あるけど私は百六十二センチだ。顔も覚えられず、背丈も普通、手足も長くなく、ショーモデルは不可能、読モになったとしても特徴がなさすぎて売れないだろう。だったらそもそもそんな熾烈《しれつ》な世界ではなくて、自分を愛してくれる誰かの奥さんになって特別扱いされながらその誰かの金でぬくぬくと余裕のある生活を送りたい、幾つかのモデル事務所のオーディションに落ちた私が出した結論はそれで、またその結果が、人並みにメンヘラで人並みに摂食障害をこじらせたパパ活に勤《いそ》しむホストのセフレだ。

「家に帰りたくないからここに来た」

「だから言ったでしょここには泊まる場所はないって。そんな、ここをホテルみたいに考えられてちゃ困るわよこっちも」

何があったのか話さない由依も、何があったのか聞かずに批判するママも、同レベルの憎しみを抱えているのだろう。それでも憎しみがあってもここを頼ろうとしている由依の方に興味は湧いていた。

「何か一つや二つゴシップ的な話題でも提供しなきゃここには泊まれないってことだよ由依ちゃん」

「そんなこと言ってないでしょ枝里。とにかくここに場所はないの」

ママは由依がやって来てからずっと眉間に皺《しわ》を寄せたままだ。由依を目の前にする不安と苦悩から一刻も早く解放されたいと願っているのがひしひしと伝わってくる。私が子供の頃から実年齢よりも若く見えると言われ、自分でもそれなりの努力を続けている様子だったママはここ数年白髪染めをサボるようになり、ほうれい線がくっきりと目立つようになって一気に老け込んだというのに、由依を目の前にしてからの数分は実年齢を十ほど越したような、おばさんというよりもおばあちゃんという印象を与える顔になっている。ママは由依を怖がっている。ママには由依が分からないのだ。私にも彼女が分からない。十年前、由依がフランスから突然帰国してきた時もそうだった。まだ十歳だった私には特に、数年前にモデルやりに行くと突然出て行って、突然帰ってきたという事件でしかなく、何があったのかさっぱり分からないままただでさえ歳が離れていて距離のあった姉と同居せざるを得なくなり仄《ほの》かに迷惑だったという記憶しかない。

「私は何も話さない」

毅然《きぜん》としたという様子でもなく、柿の種美味しいねと言うくらいのテンションで由依は言った。

「いつ家出たの？」

ママの言葉に一昨日らしいよと私は答える。由依は私を見やって、また柿の種に手を伸ばした。私が何かを聞いていることに驚きも苛立ちもしていない様子だった。

「あんた何か知ってるの？」

「さっき桂さんから電話あったの」

「桂さん何て？」

「編集者との合コンセッティングしてくれるってさ」

何よそれと不快そうに顔を歪めたママに対して、由依は一ミリも表情を変えず、ポケットからスマホを取り出して見始めた。

「由依ちゃん昨日は何してたの？」

「友達とおでん食べに行ったけど」

「ふうん。女？」

「女性だよ」

「どうせ由依ちゃん浮気でもしたんでしょ？　私男の人が浮気されて子犬みたいになる感じ分かるんだ。捨てないでって潤んだ目する感じ。桂さんまさにそんな感じだったよ」

そうなの？　由依、あんたそんなことしたの？　と眉間の皺をさらに寄せて怒りと軽蔑の入り混じった表情を向けるママに、由依はまた「私は何も話さないよ」とゴボウみたいに無骨に答えた。

「違うんだったら否定するでしょう。あんたの父親も女癖が悪くて何度浮気されたことか。桂さんも可哀想に。私はあんたの軽薄な行動に加担することはできないわよ。我が子だからってあなたの肩を持つことなんてしないからね私は」

「何が軽薄で何が軽薄でないか、あなたは知ってるの？　それともワイドショーの言う軽薄を軽薄と言ってるだけ？」

「私は軽薄な人間は許さない。あんたの父親も、枝里の父親も、前の彼だってそうだった皆軽薄で、適当な言葉と嘘ばっかりついた。あんたもあの人たちと同じよ。私はあんたたちみたいな人間とは違うの。もっと正しく生きてる。何も悪いことはしてない。私は浮気なんてしてないのにどうしてこんな思いをさせられないといけないの？」

由依の質問に答えるどころか、ママはこれまで浮気してきた全ての夫、恋人たちへの怒りを由依にぶちまけた。ママはなぜか涙目になっていて、ティッシュで涙を拭っている途中で由依が私に視線をやった。ゲテモノ料理を出されたような表情で肩をすくめる由依に、私は肩を震わせて笑ってしまった。こんなにも由依に距離を感じるのに、たまにこうして彼女の言動に共感するところがあるのが不思議だ。

「あなたが言ってるのは自分に非がないことを証明するための正しさ、自分に都合の良いルールを他人に押し付けるためだけの正しさでしょ。それはどう見積もってもあなたにとっての正しさでしかない」

「あんたらみたいな軽薄でモラルのない奴らがのさばってんの本当に不愉快。家帰りなさいよ。ちゃんと旦那と話し合いなさいよ。都合悪くなると逃げ出すなんて最低よ」

「何があったのかも知らないのにどうしてそんなことが言えるの？　私は自分の身に危険を感じたから家を出たの」

「桂さんが暴力振るったってこと？　そんな人じゃないでしょあの人は」

「あなたは桂のことを知ってるの？　私はあの人のことがよく分からないけど」

分からないのは由依の方だ。私はまた、由依の不気味さを感じてそわそわする。いつもの憂鬱な一日だったはずの今日が、異世界に飛び込んだような不可思議なおどろおどろしいものに姿を変えていく。ママもまた、その感覚に襲われているのかびくりと一度身震いすると何かを振り払うように頭を左右に振った。ママは不安神経症の気があって、腹も目も据わっている系サイコの由依とは正反対の多動系サイコっぷりを見せることがある。

「私はあなたの言葉や思考回路が全く理解できない。どんなに言葉を尽くして伝えようとしても何一つ伝わらない。私にとってあなたは昆虫みたいな、いや、無駄な被害妄想と劣等感と周囲への怒りのせいで、昆虫よりもずっと意味の分からない支離滅裂な生き物にしか見えない」

言われたママは確かに、自分には理解できない言語を話す生き物を見るような顔で由依を見つめ、次第に馬鹿にされているのに気づいたのか肩を上下させて「もうここに来ないで！」と怒鳴った。

「ごちそうさま」

由依はそう呟くとスマホをポケットに入れて立ち上がった。薄い素材のひざ下まであるノースリーブベストに、フルラのメトロポリスのミニバッグは背の高い由依によく似合っている。はあっと大きなため息をついてテーブルに突っ伏したママを尻目に、私は由依と共にリビングを出た。

「あんたあんな人と暮らしてて大丈夫なの？」

「ママの声は蟬《せみ》の声だから大丈夫」

「蟬は家で飼うもんじゃないでしょ」

「桂さんのところにはもう戻らないの？」

「必要が生じれば帰るよ」

「ねえ由依ちゃん」

パンプスに足を入れた由依は私を振り返ってなに？と聞いた。目が据わっている。

由依は昔からずっとこの目で世界を見ている。この目を見ると、私はいつも蛇に睨《にら》まれたみたいに気圧《けお》される。そうして怯んで、何も伝えられないまま、由依のことを何も分からないまま、今に至っている。

「由依ちゃんはどうしていつも誰かの一番になれるの？」

「私は自分が誰かの一番だって思ったことないけど」

「桂さんにとって特別でしょ、フランスから由依ちゃん追いかけてきたあのアルジェリア人の元彼も、由依ちゃんのことが本当に好きだった」

「国籍に拘《こだ》わるわけじゃないけど、見た目で国籍を予想するのが如何に野蛮な行為か自覚した方がいいと思うよ。彼はアルジェリア系移民二世でフランス生まれのフランス国籍。彼の両親も今はフランス国籍を取得してる。国籍は出身国とか祖先と関わりのないものになりつつあるって、知っておいた方がいいと思う」

「そう言った方が分かりやすいかなって思って言っただけだよ」

「なんで自分がセカンドなのか悩んでるってこと？」

「なんでそういう言い方するの？　別に私セカンドじゃないし」

「桂にとっては小説が一番、フランスで付き合ってた彼も大学生だったけど夢を持ってた。私は誰の一番にもなったことはないよ」

「やな感じ。余裕ありますアピールみたい。じゃあ由依ちゃんにとってはどうなの？　由依ちゃんにとって男よりも上位なもの、あるの？」

「私はモデルを諦めたから、もう夢はないけど」

「桂さんとか彼氏とかはくり上がり一位にならないの？」

「それは、ならないよ」

「じゃあ由依ちゃんにとって一番大切なものは何なの？　何もないの？　夢もなくなって、自分自身なんて空っぽなの？」

「私は空っぽの人間だよ。でもそれを取り立てて卑下するつもりもない。最近皆自己主張だとか個性だとか、意識的であることに囚《とら》われすぎてると思う。一番になりたいとか誰かの特別な存在でありたいなんて、強迫神経症的な欲望でしかないよ。誰も愛してなくても、誰からも愛されてなくても、普通に生きていける人間になった方がいい」

感じわるっ、そうやって余裕ぶって、全部失えばいい。そう思いながらふうんと呟くと、枝里も早くここから出なよという由依の言葉に返事をせず背を向け自分の部屋に戻った。ベッドに寝っ転がってスマホのロックを解除すると、ツイッターのダイレクトメッセージの通知が来ていた。珍しいなと思いながら開くと、コウボクノマックさんから

「デスちゃんこんにちはー。今日オフ会するけど来るー？」と入っていた。ずっとフォローしていてちょっと前からダイレクトメッセージをするようになったフォロワー一万人のツイッタラーだった。下らない下ネタばっかりツイートしていて、しょっちゅういいねをしていたら向こうからダイレクトメッセージをくれたのだ。たまに自撮りを載せていて、いつも鮮明な画像ではなく加工されてはいるけど雰囲気が好きな俳優に似ていて、良かったら加工なしの自撮りくださいと頼んで送ってもらった自撮りがやっぱりその俳優似で一人で盛り上がっていた。「えっ嬉しいどこで何時からですか？　何人くらい集まります？」と返事を書いてわくわくしながらクローゼットを開ける。コウボクノマックはきっと、いわゆるパステルカラーのワンピースよりもメンヘラ臭のするファッションの方が好きなはずだ。そんなことを考えていると、スマホが鳴った。コウボクさんからかと思って手に取ると、今日六時だよね！　お茶しかできないの残念だけど楽しみにしてるよ！　と画面にバナーが表示された。あれ今日予定入れてたっけと一瞬考えて、デブのシルエットが思い出される。そうだった、今日は麻酔医とアポを入れてたんだった。一瞬断ろうかと思ったけどお茶だけでいつも二万払ってくれる麻酔医はできるだけ切りたくない。デブだけど異常者臭のしない彼だったら月極《つきぎめ》のパパになってもらってもいいと思っていたところだった。「吉住《よしずみ》さんごめん！　もしかしたら十分か十五分、遅れちゃうかもー。待っててくれますか？」。そう送ると同時に、「池袋の二丁目酒蔵って居酒屋で七時半開始〜。人数はまあ五人くらいかな」とコウボクさんからメッセージが入った。麻酔医との待ち合わせが渋谷だから、山手線で一本、着替え時間入れてまあ八時には着くかなと思いつつ、「ちょっと遅れて参加になっちゃうんですけど行きまーす！」と返信する。またしばらくクローゼットの前で迷って、仕事着のようになっているパステルイエローのワンピースを着た。これは前にエンジニアが買ってくれたワンピースで、オヤジの買うワンピースなんてキモいと思ったけど着てみるとさすがにオヤジたちに好評で、なんだかんだでパパ相手に活用している。着替え用にデニムのミニスカと肩がレースになっている黒の半袖シャツに長い薄手のガウンをショッパーに詰めると、眉毛を少しだけ描き足してマスカラとリップオイルを塗り家を出た。

吉住さん、ごめんなさい。待った？　そう聞くと彼はううん大丈夫だよちょっと読まなきゃいけない資料があって時間潰せたから、とタブレットを手放し温和な笑顔を浮かべて私にメニューを差し出した。

「あ、じゃあリエはダージリンにしようかな」

「何かケーキはいらない？」

「うーん、太っちゃうからいいや」

「リエちゃんそんなに痩せてるのに気にしてるの？　じゃあさ僕が一個ケーキ頼むから、

一口食べる？」

デブとフォークを共有するとデブが移りそうで嫌だと思ったけど、うん！　嬉しい吉住さん！　と目を輝かせて頷く。相手の好意を拒否してはいけない。パパ活にはそういう掟《おきて》がある。パパの機嫌を損ねたらお金は巡ってこない。私たちの間にはそういう上から下へ水が流れるような法則があって、私が強く何かを拒否すれば流しそうめんは売り切れもう私の元にそうめんは流れてこないのだ。そうめんを流す人の機嫌を損ねてはならない。今日のオフ会の飲み代だって、目の前にいるデブのお金で払うのだ。

「あのね吉住さん、今度友達と旅行に行くんだ」

「へえ、どこに行くの？」

吉住さんはデブでセンター分けの絶望的な見た目で、さらにそれに輪をかけてキモいのがそのセンター分けを両手で撫で付ける癖だ。髪を耳にかけるでも掻き上げるでもなく、両手の指をおでこの上の髪に載せ、耳の下までペッタリと撫で付けるのだ。どこに行くの？　の質問をその動作と同時に発した吉住さんに歪みかけた顔をどうにかとどめ、「京都行くの！」と顔を綻ばせる。

「いいよねえ京都。なになに、女友達と？」

「うん。高校から仲のいい二人の親友と三人で行くの」

吉住さんオススメの観光地とかお店知ってる？　吉住さんお土産何がいい？　そう

散々京都話をした後、でも今ちょっと経済的に困窮してて、と顔を曇らせる。

「他の二人は親が甘くていっぱいお小遣いもらってるんだけど、うちは母子家庭だからママに迷惑かけたくないし」

「ちょっと援助しようか？　今日これからご飯一緒に行ってくれるならプラス一出すよ」

本当に？　と食いつきそうになるが、一時間程度のお茶でいつも二万出してくれる割には、ご飯まで付き合って三は少なくないか。

「うーん、実は今日飲み会があって、ＯＢの先輩たちに就活について聞けるチャンスで、どうしても外せないの」

「じゃあさ、京都行く前にどこかで夕飯どう？　あとさ、僕たちこれまでそういう話はしてこなかったけど、このタイミングで言うのもあれかもしれないんだけど、性的な関係についてリエちゃんどう思ってる？　リエちゃんもともと月極でのパパ活希望してたよね？」

性的とか言うな気持ち悪い。デブはデブらしくエッチとか言ってればいいものをどうしてそんな気持ち悪い言い方をするんだろう。

「うーん、条件次第かなって思ってます。吉住さんいい人だし、もし月極にしてくれるなら私も不安な思いしなくて済むし」

「嬉しいな。リエちゃんにナシって思われてないだけで本当に嬉しいよ。えっと、月極にする前に一回、体の相性もあるし一回とりあえずホテルに行ってみるっていうのはどう？　最初の一回は六万出すよ。もし良かったら今日その飲み会終わった後でもいいし、あ、その飲み会はどこでやるの？」

「今日ですか？　今日はちょっと、何時に終わるか分からなくてあれなんですけど」

実際何度かお金につられて何人かのパパとホテルに行ったことはあったけど、吉住さんレベルのキモさの男と金で寝たことはなかった。吉住さんと寝るのは、やっぱり心の準備をして綿密にイメージトレーニングをしないと無理な気がした。でもそもそもそんな絶望的な容姿の男と月極契約するなんて無謀なのかもしれない。この目の前の男と寝るのかといざ考えてみると、少しずつ腰が引けていくのが分かった。でもお茶二でホテル六なら今日私は八万稼げるということだ。

「じゃあ、体の相性に問題がなくて、月極にするとなった場合、吉住さんは月に何回、幾らくらいで想定してます？」

「月に三回、十五万でどう？　ホテル代はもちろん別で。ただ仕事柄、急に明日どうとか、いついつ駄目になったとか、スケジュールが不安定ってことは了承してもらいたいんだ」

一回五万は美味しい。月に三回なら、身体的な負担もさほどない。

「大切なことなので確認したいんですけど、避妊についてはどうするつもりですか？あと、一回は何時間くらいを想定してますか？」

「避妊はコンドームでもいいし、もしリエちゃんが飲んでもいいって思ってるならこっちでピルを用意してもいいよ。一回は、できれば二時間くらい、時と場合によっては一時間くらい増減するくらいの、がちがちに決めないでその空気を楽しめるような関係が好ましいかな」

　言い終えると同時に吉住さんはまたセンター分けの髪の毛を撫で付けた。毎月二千五百円払っているピル代も浮くし、定期的に産婦人科に通う手間がなくなることに意外に心が動く。隣に座ったカップルの女はさっきから興味津々で私たちの話に聞き耳を立て、彼氏が熱弁をふるうナイキエアマックスの話にかろうじて相槌《あいづち》を打っている。援交の交渉だよ文句あるかよという気持ちと、デート中に隣でこんな汚物みたいな話してごめんという気持ちと両方ある。

「あ、リエちゃんイチゴは好き？」

「うん。大好き」

　そう言うと吉住さんはショートケーキの上に載る大きなイチゴとスポンジをたっぷりフォークに載せて「はい」と私に差し出した。まじかよ、と思いながら口を開ける。隣のカップルの男もさすがに私たちの様子に気づいたようで、エアマックスの話を止めてあーんされている私をぽかんと見ている。そりゃ私だってこんな自分が惨めだ。本当はヒロムに会いに行きたいのに、絶望的な見た目のパパにショートケーキをあーんされて、これから見ず知らずのツイッタラーの集うオフ会に行くのだ。ぱくんとショートケーキを口に入れると、不意に徹夜明けで行ったスタバでヒロムがフラペチーノのホイップクリームを掬《すく》ってあーんしてくれた時の記憶が蘇った。あの時の幸福は消えてしまった。どうしてヒロムは私のことを一番にしてくれないんだろう。エリが一番や、エリなしじゃ生きていけへん、愛してんで、ずっと好きやで、こんな風に心を開けんのエリだけや、俺もずっと母子家庭やっててんエリの気持ち分かんねん、俺前世でもエリと一緒におったと思うねん、そんな軽薄な男しか言わないような言葉でも嬉しかった。麻薬みたいだった。脳天からつま先まで痺《しび》れるように幸福だった。街でどんなカップルを見ても、映画やドラマでどんなに幸せそうなカップルや夫婦を見ても、誰よりも世界で一番自分が幸せだと思えた。そして何度も何度も彼が他の女に同じような言葉をＬＩＮＥで送っているのを見つけてはどれも客だという言葉を震えながら信じて、何度も何度も連絡が取れなくなって泣き暮らしては「エリちん何してるー？」と何事もなかったかのような態度をとるヒロムに縋るようにまた会いに行った。でももう嫌だ。もう二度とヒロムに振り回されたくない。精神がもたない。身の危険を感じていた。今回の音信不通が始まってからスマホの音に敏感になって不眠症になって、涙が止まらなくて友達から抗鬱剤をもらって飲むようになり、ヒロムの記憶を一ミリでも思い出すと頭が混乱するから何度も見返していたLINEのトーク履歴をテキスト化してパソコンにバックアップした後に全消去し、気を抜くと二分おきに開いてしまうLINEのアイコンはフォルダの一番奥の四ページ目に入れ、一緒に聴いた歌や一緒に行った場所を避け、一緒の匂いにしたくて買い集めたヒロムとお揃《そろ》いの香水やシャンプーやハンドクリームを全部クローゼットの奥にしまいこみ、頭の中を食べ物や友達や婚活や大学の勉強やヒロムのいない未来のことでいっぱいにすることに全力を傾けた。

どんなカップルを見ても、皆私より幸せだと思った。幸せそうなカップルを見ると動《どう》悸《き》がして、私はあれよりも幸せだったはずなのにとパニックになるから、伏し目がちに歩きテレビも動画も見ないようにした。頭を空っぽにしようとスマホでパズルゲームをやれば俺にもやらせてと手を出しては超下手くそだったヒロムを思い出してトラウマに怯えるようにゲームを消去し、暇潰しに天気予報を見てはヒロムの住んでいる新宿区の天気を一番に見れるようにしていたのに気づいて慌てて設定を消去し、終いにはヒロムの家にある家具に似ている家具や、ヒロムの服やそういうヒロムの物に似ている物を見ても動悸がするようになり、ヒロムと食べたことのあるものを見ても涙が流れて、ヒロムと話した全ての話題がテレビやツイッターで流れるのを見ては息が止まりそうになった。一生この人の呪いにかかったまま生きていくのかと思ったら恐ろしかった。その恐ろしさに震えながらも、ひとたびＬＩＮＥが来てしまえば一瞬で私の心はヒロムに対してばんと開き好きがだだ漏れてしまう。そんなことを何度繰り返しただろう。昨日、一ヶ月半ぶりに来たヒロムのＬＩＮＥに飛びつかなかったのは、大いなる進歩だ。本当なら連絡先も全部消してＬＩＮＥもブロックするのが一番なのは分かっているけど、それができていない現段階では私はまだまだヒロムの呪いにかかっていて何一つ抜け出せてはいないのだろう。

「どうしたのリエちゃん？」

ヒロムのことを考えながら、このイチゴのつぶつぶはまるで胡麻《ごま》みたいに歯ごたえがあって気持ち悪い、と思っていた私は「え？」と顔を上げて、自分が目に涙を溜めていることに気がついた。涙は溢れなかったけど、激しく動揺していた。

「あっ、美味しくなかった？　僕は美味しいと思ったんだけどな、あ、もしかして太りたくないって言ってたのに無理に食べさせちゃった？」

「ううん、大丈夫。ちょっと噎《む》せちゃった」

と言いながら小さく咳き込んで見せる。違う。美味しくないでも太りたくないでもない。ヒロムに会いたくて、ヒロムに会いたいということがこんなに絶望的なことであることに、生きる希望を見出せなくて泣いているのだ。私の気持ちは本当は一つだ。都合の良い女でいいから永遠にヒロムに甘い言葉を吐かれ続けたい。ヤク中と一緒だ。私はヒロムの甘い言葉でシャブ中にさせられた。どんなにボロボロになってもあの幸福が恋しくてヒロムの元に戻ってしまう。でもそれはヒロムが好きということと同じなのだろうか。へろへろにシャブがキマってる状態に戻りたい、ヤク中のそれと同じなのだとしたら、それは恋愛感情とは違うのかもしれない。いや、そのシャブ中の多幸感と恋愛感情とが切り離せない形で絡まりあっているから、だから面倒なんだ。だから私はシャブ中的多幸感への欲求には「でもヒロムが好きだし」という言い訳をし、ヒロムを好きな気持ちには「だって一緒にいると幸せだから」という言い訳をして、いつまでもヒロムの軽薄な言葉と乱暴なセックスに溺れる。

「吉住さん」

「うん、どうする？　ホテル行く？」

「もうちょっとだけ、考えていいですか？　今日は飲み会があるんで、また明日にでも、そのお試しのホテルのことＬＩＮＥしますね」

「あのねえリエちゃん。実は僕今日ホテルとってるんだ」

「え？　でも、今日はお茶だけって言いましたよね？」

「うん、いいよここでバイバイで。でも僕泊まってくから、もし飲み会の後来れそうだったら連絡してくれる？」

「たぶん、今日は無理だと思うんですけど」

「もし今日来てくれるなら十万出してもいいよ」
十万、と思わず呟きが溢れる。このお茶で二万もらうわけだから、日当十二万になるわけだ。とりあえず今はこれ、そう言って吉住さんは封筒を手渡した。この中には二万円が入ってて、私はこれからオフ会の間ずっと、吉住さんと寝るか寝まいか考えるのだろう。ありがとパパ。そう言って微笑むと、吉住さんは満足そうに笑って髪の毛を撫で付けた。

遅くなりました、デスペラートＪＤです。唯一送ってもらった自撮りで顔を知っていたコウボクノマックさんを目印にテーブルを見つけると、私はそう言って軽く会釈した。ツイッターのオフ会は初めてだったし、皆初対面の飲み会も初めてだった。緊張していた私に「デスペラートＪＤ？　あ、もしかしてさ肉まんのアイコン使ってる？　前に彼氏のことツイートしてバズってなかった？」と言う恐らく二十代半ばの女に、「あ、そうです。前ホストと付き合ってて、その人のツイートでちょっとバズりました」と、肉まんと小籠包《ショーロンポー》の違いも分かんねえのかと心の中で毒づきながら言うと彼女は何が嬉しいのか手を叩いて声を上げて笑った。参加者は、コウボクノマックさんとその女性、後は三人の恐らく二十代半ばから三十くらいの男性で、ヒロとかノリとかありがちなニックネームを言うからすぐにどれがどれだか分からなくなってしまった。

「デスペラートJDちゃん、何て呼んだらいい？」

「あ、じゃあリエって呼んでください」

「私はノンピルユーザーって名前でツイッターやってるから、この人たちからはノンちゃんって呼ばれてる」

「分かりました。コウボクさんは何て呼べばいいですか？」

「俺？　マックさんかな」

「え、マックさんでいいんですか？」

「いや、うそうそ、ユウトって呼んで」

ユウトと男三人はツイッター繋がりですでに何度も遊んでいるらしく、全ての人に初対面なのは私だけのようだった。一人だけ新参者なんて聞かされていなかったから騙されたような気分で、なんとなく気後れしたままですでに酔っ払い始めていた彼らとレモンサワーで乾杯した。バカバカしい下ネタに中学生男子のようにはしゃぐ男たちに、はしゃがせて楽しそうなノンちゃん。ノンちゃんはサブカルメンヘラにビッチが混じったタイプで、ツイッターによくいる拗《こじ》らせ系のようだった。私は自分のこともそれなりにビッチなサブカルメンヘラだと思っていたけど、彼女が露悪的に言う「うんこ」とか「ちんこ」とか「まんこ」とかいうワードを聞いている内に自分は彼女よりずっと繊細なサブカルメンヘラビッチなのだという自覚が生まれた。「おめーら童貞かよ」と罵倒して嬉しそうなノンちゃんと罵倒されて嬉しそうな男たちには哀れみさえ感じる。これならパパと高級ホテルに泊まって十万稼いだ方が有益な時間を過ごせるかもしれない。さっきまで吉住さんと一緒にいるのを地獄のように感じていたけど、今の地獄に比べたらさほど地獄じゃなかったようにさえ思える。吉住さんとホテルで過ごす二時間だって、実際にやってみればさほど地獄でもないのかもしれない。底辺で生きる私が陥る状況は、金太郎飴《きんたろうあめ》みたいにどこをどう切っても底辺の地獄でしかないという現実に薄ら寒い思いがして、ノンちゃんの元彼早漏ネタに応えた愛想笑いが顔に凍りつき中々溶けない。全く場のノリにノリきれないままサワーを飲み続けていると、ユウトが気にかけたのか、隣に来て大丈夫？　と聞いた。ユウトはやっぱり私の好きな俳優に似ていて、リエちゃん何か食べたいものあーる？　とメニューを差し出し一緒に覗き込む近さに少しどきどきした。

「うーん、エイヒレと、ツブ貝」

「渋いなー。じゃあ日本酒いこっか」

「うん。日本酒大好き」

二十歳のくせにー、と言いながらユウトは私の頭をくしゃっと撫でた。この人はヒロムに似ている。ヒロムみたいに甘い言葉を吐くタイプじゃないけど、女が何を喜ぶのか分かっている。彼がこの手下みたいなバカ三人を連れ歩いて飲んでいるのも、そういう自分を引き立たせるためなのかもしれない。そう思ったら、途端にユウトが計算高い男に思えて怖くなる。ヒロムに対する警戒心とは違う警戒心が体を身構えさせた。ヒロムは愛してると言っても好きだと言っても、ずっと一緒にいたいと言ってもどこかその言葉を利用していると言うよりは、ヒロム自身がその言葉に振り回されている印象を持つのに、このユウトという男は全ての言動が計算ずくで、どんな小さな要素も自分に都合よく使い回しているような気がした。さっきまでヒロムが極悪人のように思えていたのに、ユウトという上位互換を見てヒロムへの苛立ちが薄れていることに気づく。でも結局私はこういうタイプが好きなのだ。ツイッターを見ていた時からそうだった。私はこの手の軽薄で女を軽く弄《もてあそ》ぶ男が好きなのだ。好きだ愛してると言われて高揚して、ちょっとしたら洟《はな》をかんだティッシュみたいに捨てられて、それでまた通りかかって「あ、まだあるあの鼻紙」くらいの気持ちで拾われて「くしゃくしゃだけど乾いてるからまだ洟かめるじゃん」とまた洟をかまれてまた捨てられる。そういうことを繰り返して、これからも生きていくのだろうか。それは絶望的だと思うと同時に、私はきっとそんな人生以外歩めないだろうという気もしてくる。誰かに猛烈に愛されたい。殺されるくらい愛されたい。熱烈に愛されて愛の言葉を囁かれその瞬間に殺されたい。それが私の思う至上の幸福だから、結局私は幸せになんてなれなくて、一時的な擬似愛の麻薬を男に与えてもらう他ない。

「リエちゃんどんなセックスが好きなの？」

「ユウトさんは？」

「男の好きなセックスなんてエロい女とのエロいセックスに決まってるよ」

「私は首絞められるのが好き」

「メンヘラツイッタラーは皆そう言うね」

「責任押し付けたいんだよ。生きることも死ぬことも自分で決めたくないから、私が生きるか死ぬか相手が決めてくれる状況にほっとして興奮する。あ、でも好きな人じゃないと興奮しないいんだけどね」

「逆にさ、セックスしてない時は責任押し付けなくてもいいの？」

「セックスしてない時に自分の生き死にの責任を相手に押し付けるってこと？」

「そう」

「セックスの時に生き死にの責任を委ねるのだって祭りの勢いに任せてダイナマイト手渡すようなもんなのに、シラフの時にそんな責任押し付けられてくれる人いないよ」

「俺は責任押し付けられても平気だよ。リエちゃんが生きるか死ぬか、俺は決めてあげられる。ダイナマイト爆発しても俺は平気」

　こっちがメンヘラだと思って、メンヘラのツボをつこうとしているのだろうか。不信感と共におちょこを渡され日本酒を注いでもらう。

「じゃあ、私がユウトさんのこと好きになったら、その時はお願いします」

「リエちゃんはエイヒレもツブ貝も好きなのに、俺のことは好きじゃないの？」

エイヒレの炙《あぶ》りをちぎって私に手渡しながらそう聞くユウトに笑ってしまう。食べてみないと好きかどうか分からないからね。と言うと、じゃあちょっと食べてみて、とユウトは人差し指を私の眼の前に突き出す。咀嚼していたエイヒレをごくんと飲み込むと、日本酒をぐっと大きく呷《あお》り、右手でユウトの手首を摑んで引き寄せ彼の人差し指を前歯で噛みつけた。引くかなという強さで噛んだ私の歯を撫でるようにして口の中に指を押し進めるユウトに不安を抱きながら口の中をまさぐられていると、何エロいことしてんだよユウトー、と男の一人が声を上げた。

「歯に挟まったエイヒレ取ってあげてた」

「挟まってないし」

呆《あき》れて笑うと、何となく気が抜けてようやく少しリラックスできていることに気づく。見ているだけでくすぐったくなるような目元にかかるウェーブした長い前髪、ワイシャツに緩めたネクタイに黒のカーディガンという服装、右手中指にはめられた何の意味があるのか分からないシンプルな指輪、定期的にスマホを手に取り画面を覗いたりタップしたりしながらたまに両端の上がる少し厚い唇、ユウトの細かい色々なところが気に入った。

「ユウトさんいくつ？　結婚してないの？」

「三十一。バツイチだよ」

「そうなの？」

「意外？」

「三十代の結婚経験者が、ツイッターでちんことかまんことか書くと思わなかった」

「ひどい偏見だな。何歳になっても離婚経験しても心の叫びを表現できるのがツイッターの良いところだよ」

　この人が誰かと結婚していたなんて、信じられなかった。誰かが料理を作る家に、毎日帰る生活を送っていただなんて、想像できない。少なくとも今の彼は毎日カップラーメンやスナック菓子、コンビニのホットスナックなんかで夕飯を済ませていそうに見える。そう見えるのはきっと顎の辺りの肌荒れが原因だ。剃刀《かみそり》負けかもしれないけど、ところどころに赤みがあって痛々しく、彼の怠惰さと生活への無頓着さの象徴のように見える。

「ねえ、今日何で私呼ばれたの？」

「君とセックスしたかったから」

　エイヒレからじわっと濃い味が染み出すこの瞬間が大好きだ。でも嚙み続ける内にその味はどんどん薄まり、もう早く飲み込んでしまおうあるいは吐き出してしまおうかという気になる。恋愛もそうだ。「枝里は俺の、俺は枝里の」。何度もセックスして二人で朝を迎えたあの時、ガウンを羽織って二人でベランダに出て、手を繋いだまま明るみ始めた空を見上げながらヒロムが言った言葉だ。手に力を込めると、ヒロムは「ね」とこっちを覗き込んで地球を包み込むように私を両腕で抱きしめた。あの時が一番濃かったかもしれない。どうして私はこんな出がらしみたいになってしまったエイヒレをもう一度もう一度と求めてしまうのだろう。ヒロムにあの時と同じ言葉を言われたとしても、もうそれをあの頃のように無邪気に信じることなどできないのに、枝里は俺の、俺は枝里の、ともう一度でいいから嘘でいいから言ってもらいたいと願ってしまうのだろう。言葉を信用できない人を好きになるのは地獄だ。信用できないのに好きでい続けられる才能を持った私は、きっと永遠に地獄の住人だ。

「男の人ってどうして嘘つくの？」

「リエちゃんは嘘つかないの？」

「愛してるとか好きだとかいう嘘はつかないよ」

「本当に愛してるし好きなんだよその時は。瞬間的な愛だって愛でしょう」

「瞬間的な愛なら瞬間的な愛だって前置きして欲しい」

「そんなこと言ったら誰もヤラせてくれないよ。俺からしたらずっと愛してるって言いながらある日突然別に好きな人ができたってあっさり乗り換える女の方が罪深いよ」

「そんな器用なことできる女、そんなにいないと思うよ」

「男はじたばた浮気するけど、女は息するように浮気するだろ」

「息するように浮気してたの？　元奥さん」

「女一般の話だよ」

　ふと、由依のことを思い出す。あの無表情で目の据わった女は、息をするように浮気をするのかもしれない。あの死んだような目をした由依は、例えば桂さんや浮気相手に甘えたり、彼らの話に大笑いしたりしたことはあるのだろうか。男の人の言葉一つで救われたり、男の人の言葉一つで世界が終わったと感じることはあるのだろうか。

　居酒屋で大量の日本酒を飲んだ後、カラオケに移動した。ふと気づくと男が一人離脱していて、五人になっていた。その離脱に全く気づいていなかったことに気づいて、自分が相当酔っ払っていることを改めて自覚する。時間は十一時で、終電のことを考えると一時間が限界だし、吉住さんのことも忘れていたわけではなかった。この酔っ払った勢いで吉住さんと寝てしまうのもアリかもしれないと思った。

　カラオケに入っても一人二曲ほど歌ったところで音楽は途切れた。皆だらだらと飲み、ノンちゃんはヒロという男にくっついてブラジャーの中に手を入れさせていた。ラムコークがやけに濃くて、一杯飲んだところで自分が限界に近づいていることが分かった。一回吐こうかとトイレに立ったけど、ちゃんとバッグを持っていく程度には理性が働いている自分にほっとする。廊下に出ると淀《よど》んでいた空気が少し軽くなり、気分も良くなった。充満する煙草の煙のせいでくらくらしていたのかもしれない。そう思ったけどトイレに着くとやっぱり吐いた。二日に一回は過食嘔吐《おうと》をしている私にとって酔った時のゲロなんてお手の物で、底の底まで吐くと胃液の酸っぱい味と共に吉住さんにあーんされたイチゴの欠片《かけら》まで出てきた。手を洗い、冷たい手で両ほほを覆うとほっとした。涙が滲《にじ》んだ目元のメイクを手直しして、スマホをチェックするとヒロムからＬＩＮＥが入っていた。「会って話できん？　俺やっぱ枝里やないとだめや。他の誰とも枝里とみたいな安心できる関係築けへんねん」。ヒロムじゃないとだめなのは私だ。それを知っててこんな言い方するなんてヒロムは残酷だ。今すぐにヒロムの家に駆け出してしまいそうな自分を押しとどめる意味はあるんだろうか。最後までシャブに浸りきってシャブ中で死ぬのでもいいんじゃないか。堤防が決壊して洪水が巻き起こるように、ヒロムと過ごしてきた断片的な時間の記憶が溢れかえる。ヒロムの匂い、手触り、舌触り、ちくちくする傷んだ毛先の感触、両耳の小さなキャプティブビーズリング、中学生の頃版画を彫っていて彫刻刀で切ったという左手の傷痕、子供の頃初めてエロ本を見せてくれた近所のお兄ちゃんの話、小さい頃お母さんが帰ってこなくて三日三晩泣き続けた話、それを話す何でか少し恥ずかしげなヒロムの表情、いつも一本だけ爪が伸びるのが速い薬指、自分で切って一束だけやけに短くなってしまった前髪、いつも私に触れる時その最初に触れる一瞬だけ手に走る多分ヒロムも気づいていない緊張。嗚咽《おえつ》がこぼれそうになって、慌てて口を手で押さえその場でしゃがみこむ。過呼吸になったように手が震えて、涙がこぼれた。両手をぐっと握りしめて震えを押しとどめる。このままカラオケを出てヒロムのところに行こうか。そう考えて立ち上がると、ドアがノックされる音がした。涙を拭って大きく息を吐くと、ドアを開ける。リエちゃん大丈夫？　そう言いながらユウトはトイレに押し入ってきて、そのまま後ろ手に鍵を閉めると私を抱きしめた。ちょっとユウトさん、と体を押し返そうとすると強い力で抱きすくめられ、ユウトの肩を叩いてやめてよと声を上げる。本気でここでやる気かと身をよじるけど、ごつごつしたユウトの体は私の力ではびくともしない。やせ細ったヒロムの背中に比べて、ユウトの背中はがっしりしている。胸を揉むその手もヒロムの女の子のような指とは全く違う、厚みのある手のひらと一本一本が強固な意志を持っているように動く太い指だった。

「いいでしょ」

ユウトはそう言うと同時にスカートをたくし上げ乱暴にパンツの中に指を入れた。

「やめてよねえ、ここですんの？」

その言葉に答えないままいきなり指を入れられてその冷たさと迷いのなさに腰が引ける。

「俺リエちゃんの裏アカ見つけちゃったんだよね」

は？　と呟き、二本目の指を入れキスをしてくるユウトを、キスをされたまま睨みつける。

「何言ってんの？」

「パパ活してるんでしょ？　パパたちのこと罵《ののし》ってるアカウント見つけたよ。あとさ色々検索してたら彼氏のアカウントも分かっちゃった。元彼とか言ってたけど普通に付き合ってんじゃん。若い子は危機感薄くて危ないなあ」

「やめてよ気持ち悪い。それネトストってやつ？」

ユウトは答えず指の動きを速めた。激しく混乱しているのに、刺激に水分が溜まっていくのが分かった。散々お酒を飲んだせいかいつもよりも水分が下りてくるのが早い気がする。私の心を読んだのか「出るの？」とユウトが聞いた瞬間飛沫《しぶき》が足元に飛び散った。

「歌舞伎町《かぶきちょう》のホストでしょ？　源氏名はカイ。イケメンだけど頭悪いだろあれ。田舎もんで上昇志向だけ強いケチなホスト、よくいるんだよなああいうやつ。バカみたいな小っちぇえ夢に本気になっててさ。パパ活で稼いだ金ってあいつに貢いでんの？」

私はヒロムに貢いだことはない。彼の店に飲みに行ったことはあるけど全部ヒロムが払ってくれた。そう思いながらヒロムに貢いだことはないという事実が、どこかで私の最後の砦《とりで》になっていたことに気づく。

「お前目黒《めぐろ》出身なんだろ？　俺麹町《こうじまち》なんだよ。だから分かるんだよお前がホストに熱上げんの。存在自体が負け組の田舎もんのホスト見て内心小馬鹿にしながらそういう男に振り回される自分に酔ってんだろ？　俺も昔田舎もんの若い女ばっか引っ掛けてたんだよ。あいつら東京の男でちょっと見た目良けりゃすぐ股開くからさ」

抵抗しようか、すぐそこにある陶器のハンドソープをこの人の頭に打ち付けようかと肩で息をしたまま考えていると、ユウトは私の潮でびしょびしょになった右手で勢い良く私の首を摑んだ。その勢いでトイレのタイルの壁に私の後頭部は打ち付けられ、苦しさよりも先に脳がチカチカするような眩暈がして吐いた後の脱水症状も相まって内臓が暴れ出すような熱さを感じる。お前みたいな安い女が好きだよ。そう言いながら首を絞め、ユウトは私の顔を舐めまくった。顎の下の頸動脈《けいどうみゃく》をしっかり右手で締め付けながら、器用に左手だけでズボンのベルトを外した。左利きなのかもしれない。さっき居酒屋でユウトがどっちの手で箸を持っていたか思い出そうとするけどそんなことを思い出してる場合じゃないと思い直す。顔が赤くなっているのが分かる。死ぬことはないであろう絞め方だったけど、抵抗したら殺すのかもしれないと思う力ではあった。ユウトは唇にキスをして唾液を流し込むと、勃《た》った性器を何度も擦《こす》り付けた後挿入した。潮を吹いた後の性器には引っかかるような感覚があったけど、乱暴な出し入れの後に根元まで入りきった。入れた途端両手で首を絞め始めたユウトは、視界が狭まってきてもう意識が落ちるかと思った瞬間右手を離し、その手で私の髪の毛を摑んでまた背後のタイルの壁に私の頭を打ち付けた。ゴン、ゴン、という衝撃のたびに頭が割れるんじゃないかと思う。次はどんな痛みが走るのか恐怖に足がすくみそうになるけど、その衝撃のたびに首を締め付ける左手が少し離れて苦しさが軽減される、という痛みと苦しさの奇妙なパラドクスに陥っていた。何かとてつもない怒りが湧き上がって私はほとんど力の入らない右手でユウトの首を摑む。思い切り爪を立てて力を入れると予想以上に柔らかい肌の奥にどくどくと脈打つ血液の流れを感じた。私の手は皮膚の内側に入り込んでいるようだった。お互い静かに首を絞め合ったまま、私たちはセックスをしていた。犯されているという意識は少しずつ薄れていた。首から手を離しユウトの髪の毛を撫でた後鷲摑《わしづか》みにする。私は首を摑まれたままユウトのおでこに頭突きしそうな勢いで顔を突き出し、頭突きの寸前で止めると数センチの距離でユウトをじっと見る。愛してる、好きだよ、ずっと一緒にいよう、ずっとヒロムとそう言い合っていたかった。ベッドの中で布団の中で抱き合ってずっとそう言い合っていたかった。それが叶わない人生の中で何が起ころうともうどうでも良かった。

「変態ぶってるくせにぬるいセックスすんだな」

突き上げられながら、ユウトが振りかぶった右の拳は私にぶつかる直前に平手に変わり、中途半端な開き方のせいでユウトの爪がこめかみの辺りを引っ掻き、手のひらのぶつかった勢いで首の骨がぼき、と奇妙な音を立てた。熱いと思った次の瞬間には、滴るものを感じた。引っ掻かれたこめかみから出血しているようだった。「このヤリマンが」ユウトは唾を飛ばしてそう言うと私の右足を洗面台に載せ、乱暴にピストンをして最後は外に出した。ピル飲んでるのにと、首から手を離して肩で息をするユウトに呟くと、彼は黙って足元に下ろしたままだったパンツとズボンを穿き、洗面台で手を洗い始めた。

「結局彼もあんたも責任取ってくれない」

言いながらパンツを上げ、ぐしゃぐしゃになった髪に乱暴に手ぐしを通しながら鏡を覗く。左の目尻と耳の間に傷ができていて、でも血はすでに止まって固まりかけていた。前髪を撫で付けていると吉住さんの顔が浮かんだ。例えば麻酔医なら、私に死ぬ薬をくれるだろうか。

「何なんだよメンヘラって。首絞めてだの殺してだの、そのくらいてめーで何とかしろよ」

「自殺するくらいなら俺が殺してやるって彼が言った」

「お前も彼氏もゴミだな。死にたい殺すって言いふらすばっかりで死なないし殺さない。お前らみたいな奴らが量産されて薄汚いネズミみたいに走り回って、目障りなんだよ」

「お前みたいな暴力もセックスもぬるい奴に言われる筋合いねえよ！」

ファッション変態のクソが！　手を洗ってるユウトの背中に大声を浴びせると私はド

アのフックに掛けていたバッグを取りトイレの鍵を開けた。吉住さんのところに行くか、ヒロムのところに行くか、まだ心は決まっていない。いっそのこと、吉住さんと寝て十万もらった後にヒロムのところに行こうか。ユウトに犯されて吉住さんに体を売って、ボロボロになってヒロムのところに行こうか。そうしたらヒロムは、あの時泣きながら「俺が殺してあげるから」と言った時のように、私が死んでもいいと思えるような麻薬を与えてくれるだろうか。あの麻薬に溺れたくて、私は毎日泣いてばかりいる。毎日毎日ヒロムを思い、ヒロムの与えてくれる甘やかな快楽を思い、泣いている。体内の全てが捻《ねじ》れちぎれそうになりながら、泣いている。ヒロムに会いたかった。ヒロムに会いたいという理由で、世界が終わるような気がした。

瑛　人

Vingt sur vingtって、テストの点数？　三年前、開店初日に友達とランチに来てくれた由依はそう言って笑った。

「どういうこと？　テストの点数？」

ファッション誌の編集者だという由依の友達は不思議そうに聞いた。

「フランスの学校のテストって、百点満点じゃなくて、二十点満点なの。それで、満点の時は20、じゃなくて、20分の20って書くの。それをフランス語読みすると、ヴァン・シュル・ヴァン。だから、零点の時は、ゼロ・シュル・ヴァン」

「へえ。じゃあ、百点満点って意味の店名なんだ」

目をきらきらさせて言う由依の友人の視線に苦笑いして、やめてよ由依さんそんな恥ずかしい解説、と情けない声を出すと、由依はいいんだよと言って俺の腕に一瞬手を触れさせた。

「この店は開店初日だからまだ誰も知らないかもしれないけど、私は百点満点だって知ってるから」

気恥ずかしさと共に、彼女が自分の料理についてそんな風に言葉を発してくれたのが初めてだと気づいた。フランスで店に食べに来てくれた時は、彼女はどこか本心ではなさそうな表情で、嬉しそうでも苦痛そうでもあるような表情で、俺のことを嫌いなような、それでいて何かのアピールをしているような態度で、「美味しかったです」か「美味しかった」と寡黙な料理評論家が本音を悟られまいとしているかのごとく、頑《かたく》ななまでに簡潔に感想を述べただけだったのだ。

「俺、フランスに行って最初の一年語学学校に通ってたんですけど、何か手違いで実力以上のクラスに入れられちゃったみたいで、皆レポートもプレゼンももののすごく上手くて、でもクラスを替えてくれって交渉しようにも俺は英語も下手だし、当時はフランス語も全然できなくて、仕方なくそのクラスで孤軍奮闘してて」

「それ、想像しただけでかなりストレス」

由依の友達が眉間に皺を寄せて言った。

「それで、テストがあるたび俺は十点前後をうろうろしてて、ひどい時は五点とかで。いつか他のクラスメイトみたいにヴァン・シュル・ヴァンを取りたいって思ってたんです。まあ、結局一回も取れなかったんですけどね」

「私も語学学校では大抵十点前後だったよ」

「ほんとに？」

「うん」

「何か、由依さんはすごく優秀な成績を取るイメージだったよ」

「そんなことないよ。私のひどいフランス語、よく笑われてたじゃない。マリアとかエンゾーに」

「そういう親近感、あの頃は全然なかったなあ」

「私もそういう親しみやすさ、瑛人さんに全然感じてなかった」

「どう？　一度も取れなかったヴァン・シュル・ヴァンを店名に掲げた今の俺は」

「そういうところ、もっと早く知りたかった」

　こちらの言葉を無視したようなその彼女の答えに、どこかで含みを感じたのは俺だけではなかったはずだ。彼女の友達もまたその時、何か言いたげに彼女を見やったのだ。由依はこの友達に俺のことを何と話したのだろうと考えながら、一杯目は何にする？と聞くと二人はシャンパン、と声を揃えた。ご馳走《ちそう》するよと言って厨房に戻ろうとすると、「おめでとう」と由依が声を掛けた。振り返って目に入った彼女は、久しぶりにあのフランスにいた頃のどこか苛立ちと心細さの入り混じったような表情をしていたけれど、まるで自分のことのように喜んでいるような、誉れと感嘆の入り混じったような柔らかい表情がすぐにそれを覆い隠した。求められているような牽制《けんせい》されているような、そんなアンバランスな態度を彼女から感じ取っていた。あの日の彼女のオーダーは、パテ・ド・カンパーニュと子羊のグリエだった。

あれから三年が経った。立地の良さと、開店当時から雑誌の取材などもあって、客の入りは安定していて危なげないまま今に至っていることにどこか自分でも拍子抜けしている。フロアとキッチン補助は入れ替わってきたが、開店当時からのメンバーであり共同経営者の本田とパティシエの藤岡さんは今も健在で、二人の子供がいる本田には学校行事がある時には融通がきくように配慮しているし、実母に子供を任せて仕事をしている藤岡さんには帰宅が遅くならないよう最終客には最初にデザートのオーダーを取ったり、俺や本田で仕上げのできる状態に一定数仕上げておいてもらうというやり方で、できるだけ閉店前に帰れる体制を取っている。でも店が安定しているというその事実とは裏腹に、不安がないわけではなかった。どこかで、自分がオーナーシェフ、トップシェフに抱いていたイメージと、今の自分は重ならない。こうなりたい、こうでありたい、というイメージに今の自分がほど遠いという事実に苦しむのは、三十代の男にはありがちなことなのかもしれない。若い頃は、技術が上がれば、評価が上がれば、いい店で働けば、自分の店を持てば、自分の在り方に自信が持てるようになるだろうと思っていた。経営が安定し、店の今後のことを冷静に考え始めながら、若い頃とさほど変わらない自分への不安を抱えていることに、改めて気づいた。

　カウンターの中のスツールに腰掛けて業者への注文書にチェックを入れながら後ろを振り返る。藤岡さんは仕込み、見習いの柳原くんは皿洗いをしている。本田は控え室で仮眠を取るとさっき厨房を出て行った。最近葉物野菜の価格が上がっている。ケース数を悩んでいると、パソコンと繋げて充電しているスマホが震えた。「今日の夜、お店が終わった後会えない？」。由依からだった。何かあったのだろうかと電話を掛けたくなるのを抑えて、「十二時過ぎちゃっても大丈夫？」と平静を装って聞く。「うん。じゃあその頃駅前辺りにいるから、終わったら連絡して」。すぐに届いた返信に「分かった。仕事やる気出てきたよ」と返す。何かもう一言くらい届くかと思ったけど、もう返信はこなかった。家で何かあったのだろうか。スマホを置き、パソコンに向き合う。注文書に数量やチェックを入れながら、集中力が少しずつ削《そ》がれていくのが分かる。「数量」の欄が埋まっていくのに反比例して、自分を自分たらしめているものが一つずつ、蝶《ちょう》が飛んでいくようにこの体から抜け出ているように感じられた。リンゴをいっぱいに詰めたカゴを一瞬の気の緩みでひっくり返してしまったように唐突に頭が空っぽになって、焦るというよりも無心でリンゴを拾い集めるようにブラウザの新規タブを開き、「水島桂」と打って虫眼鏡のマークをクリックする。切り替わったページに映ったのは彼の近影、著作の装幀、その下にはウィキペディア、その下にはインタビュー記事、その下には「水島桂パクリ確定！　検証サイトで新刊『フラジャイル』に盗作疑惑浮上↓明誠社が謝罪へ」というまとめサイトが出ている。「画像」をクリックすると、本人の画像と著書の画像とが一対三くらいの比率で出てくる。例えばデザイナーであったり、ユーチューバーであったり、画家と言われたって「ああ」と思えそうな見た目だ。パッと見で受けるのはまさにその、どこかに籠もっていそうな、あまり体力を使わない仕事をしていそうなイメージだ。前から書店やネットで、偶発的に見たことはあった。それでもこうして、検索したのは初めてだった。何かのパーティのような画像や、仕事部屋で撮られたような画像もあって、由依と写っている画像があるかもしれないと思ったら落ち着かなくなって、何かから隠れるようにウェブ検索に戻りウィキペディアをクリックした。もしかしてと思ってはいたが、『フラジャイル』の刊行以来、一冊も本を出していなかった。あの騒動があったのは店を出して割とすぐの頃で、時事的な情報に疎い俺ですらニュースサイトで目を留めたくらいだから、話題にはなっていたのだろう。そのことについて、特に由依に連絡はしなかったけど、それからしばらくした頃店に友達とランチに来た由依に、旦那さんは大丈夫？　と軽く聞いた。え、盗作のこと？　と由依がぽかんとしたように言うのを見て思わず笑ってしまったが、「私には関係ないから」と本当に何とも思っていないような晴れやかな表情で言う彼女に、思わずその笑みが薄まったのを覚えている。

今改めて彼女のあの時の様子を思い出すと、この間二週間一緒に過ごし、何度もセックスをした彼女が、いつか自分に関して「あの人のことは私には関係ないから」と言うことがあるのかもしれないという想像が生々しく湧き上がり、空恐ろしくなる。そもそも彼女は、旦那さんとあの盗作事件について話し合ったり、これからのことについて話し合ったりなどしたのだろうか。共通の友人から由依が結婚したと聞いたのが八年くらい前だったけど、彼女の口から旦那について語られる言葉はほとんど聞いたことがなかった。彼女の旦那が作家だという事実も、人づてに聞いた情報だった。

注文書を完成させて送信した時、トーンという音と共にメールが入った。ほとんど業者とのやりとりに使っているパソコンアドレスに届いたのはフランス語のメールで、僅かにフランス語への懐かしさを感じるが、その言葉は魚の鱗を逆なでするようにざらざらした感触でなかなか頭に入ってこない。

店のメニューにもフランス語表記を載せているし、注文の伝達にもフランス語を取り入れているのに、ネイティブのフランス語から立ち上るジビエ的生臭さに思わず顔をしかめる。例えば由依がたまに口にするフランス語の文章には、語学学校的な安心感がある。フランス語がネイティブではない外国人は、変な言い回しや凝った言い方はせず、シンプルに、分かりやすさを心がける。それがネイティブのフランス語になると途端に、否定形と否定形の掛け合わせや、はっきりとした断定を避ける曖昧なニュアンスなど、書いた人の意思に拘《かかわ》らずこねくり回されたような印象を与えるものになるのだ。

「Lucas de BRETON」という差出人は、フランスで最後に働いていたLe fondの同僚だった。名前の中に「de」が入っているのは貴族の証《あか》しだって知ってる？　知ってるの？　じゃあHonoré de Balzac（オノレ・ド・バルザック）は貴族階級に憧れて「de」を自称してただけだって知ってる？　うちは本物の「de」なんだけど、何世代前に貴族だったのか分かんないくらいもう何世代も庶民階級で、逆に恥ずかしいから人に名乗る時はもう「de」を取ってるんだけど君は外国人だから例外ね、と初対面の俺に話してくるような空気の読めなさと人を拒絶する力とを持ち合わせた男で、そんな性格だから仲のいい友達はいないようだった。帰国してすぐの頃に一度か二度メールをしただけだった彼が突然メールを入れてきたことに、何か不穏なものを感じる。ざらざらしてなかなか飲み込めない久しぶりの言語を読み進めながら、少しずつ体に力が入っていくのが分かった。

「親愛なるエイトへ。日本でもシェフをやってるって聞いたけど、まさか日本食じゃないよな？　フレンチだって信じてるぞ。ところでこの間ニコラが倒れたんだ。白血病の再発らしくて、復帰の目処は立ってない。現場はもうあんまり出てなかったけど、それでもニコラがいないとなると現場の混乱はまあ想像通り。笑えるくらい新メニューがいつまで経っても完成しないんだ。それでこの間見舞いに行った時ニコラに人員不足の相談したら、エイトに戻ってもらえないか打診してみろって言われたんだ。給料は今のところより出すし、ビザと住居は任せろって言ってる。俺は中立だから、来いとも来るなとも言わないよ。とにかく言われたから聞いてるだけだ。パリに戻ってLe fondで働かないか？」

全ての意味を理解した瞬間、返信ボタンを押していた。「親愛なる」の意の「Cher」の後にLucasと入れる。日本に戻ってから、「様」「さん」をつけた名称に慣れていたせいで、ルカがとても仲の良い男に感じられるが、それは思い違いだと自分に言い聞かせるように奥歯を噛みしめる。すっかり遠いものとなったフランス語を引っ張り出すのは、沈没船の錆《さ》びついたドアを無理やりこじ開け、泥と砂にまみれた遺骨を掘り出していくような作業だった。俺にとってのフランスは死んだのだろうか。地面にうずたかく積まれたコシのない昆布のようにペラペラなフランス語を拾い上げ、これじゃない、この表現じゃない、と一つ一つ選びとっていくような珍妙なイメージが頭に浮かぶ。三年前に自分の店を出したこと、カジュアルなビストロ料理を中心にメニュー展開をしていること、自分はオーナーシェフであり店を離れられないこと、ニコラのことは心配しているが海外には行けないことを、動詞の活用や性数一致は後で確認しようと雑に綴っていく。必死になってキーボードを叩いている内に、肩の辺りが固まっているのに気づいて手を止めた。Le fondで働いていた頃もそうだった。ふと気づくとこうして肩が痛いほどに凝っているのだ。久しく感じていなかった肩の違和感にぞっとして、キーボードに置いたままの動きを止めた手を見つめる。頭も手も、働くことを止めていた。訝《いぶか》るというよりも、何か幻を見ていたかのような気分だった。もう辞めて五年近く経つ店の元同僚からのメールに、なぜこんなに慌てて返信を書いているんだろう。重たい右手をマウスに載せると「×」をクリックした。「このメールを下書きとして保存しますか？」の問いに、「保存しない」をクリックする。すぐにルカからのメールも削除して、ゴミ箱の中のものを全て削除した。何も見なかった。ルカからのメールもニコラの話も帰ってこないかという打診も、全てなかったことになった。日本国内からのメールだったら、こんなに雑になかったことにはできなかったかもしれない。でも俺がこのメールを無視したところでルカが訪ねてくるわけでもないし、電話番号すら知らないわけで、誰かに責められることはないのだ。俺には自分の店がある。自分の店で働く今のスタッフがいる。今日店が終わった後由依と会う。何も不足はない。もともと、あのメールは迷惑メールのフォルダに振り分けられて気づかぬ内に消去していたものなのだと想像してみる。そうすると、本当に何も見なかったような気がしてきた。「これでいい」と、どこかで満足感があった。切り捨てるわけじゃない。俺はただ「気づかなかった」のだ。

「なあ、注文書もう送った？」

突然声を掛けられてびくりとして振り返る。

「ああ、本田」

「何だよ。エロサイトでも見てた？」

「いや、注文書さっき送ったとこだけど」

「あのさ、ＡＫファームの根菜、特に人参とカブ、最近劣化が早いと思わないか？　あそこちょっと前に農薬減らしたみたいでさ」

「ああ、俺も同じこと思ってたから、ちょっと注文小刻みにしようと思って今回少なめに頼んどいたよ」

「なら良かった。減薬もオーガニックもいいけど、あんなすぐへたる野菜じゃ注文取れなくなるよなあ」

文句を言いながら厨房に戻ろうとする本田に、あのさと声を掛ける。

「今日ちょっとだけ早く出たいんだけど、いいかな」

「いいよ。じゃ明日は俺早めに上がらせろよ」

うんと答え、パソコンを閉じる。水島桂の情報とニコラの情報、触れる者を不愉快にさせるルカの言葉、今このパソコンから漏れ出した全てを洗い流したくて、厨房に入るとコックコートを勢い良く羽織る。由依と二週間過ごしてから、公私でいう私の時間が唐突に増え、自分の中のペースが乱れていた。料理、新作考案、試作、業者への発注、店内の人間関係、といった仕事で統一された物もので頭が満たされていた時にはなかった、頭の中がごっそり持って行かれる感覚が波のように襲ってくる。このままじゃ駄目になる、ニコラの元で働いていた頃の感覚が蘇るようだった。仕事だけで満たされていた時よりも、今の方が充実している。由依に会いたいと言われれば嬉しい。でも自分の感情に自分が蹂躙《じゅうりん》されていく恐怖が拭えない。私に蹂躙された自分は酸に溶かされるように呆気《あっけ》なく一瞬でなくなり、後には何も残らないような気がするのだ。

昨日の昼塩漬けにした鴨の足を水で洗い、ぴったり八十度に温めた鴨の脂の中に鴨足を投入していく。コンフィ・ド・カナールを作るのが昔から好きだった。工程が簡単だから、作る人の性格が味にそのまま反映される。どんな塩を選ぶか、マリネする時にハーブを入れるか入れないか、オーブンに入れる時間、そして脂の中でどれくらい保存するかにもその人の人となりが表れる。

「人はこの世に生きる以上理性を身につけなければならない。しかしその理性を身につける過程で失ってしまったものへアクセスする道筋を人は持っている。それはアートであり、音楽であり小説であり、映画や一枚の写真であったりする。そして料理もまた、そこへの一つの道筋だ。だから料理人は理性に縛られてはならない。理性やルールを超越したところでのみ、料理人は人々をまだ見ぬ世界に連れて行ける」

出会った頃ニコラが話していたことだ。結局最後まで、エイトの料理はパッションが足りない、理性に縛られていると言われ続けた。あらゆる国のシェフを雇ってきたニコラは、日本人は「パッションを解放できない」傾向があると指摘し、教えられたことはすぐに覚え何でもこなせるくせにパッションを解放できないのはなぜなのだ国民病かと揶揄された。そもそも、彼の言う理性やパッションというものは元来日本人の概念として培われておらず、さらに日本人の感覚に置き換えて考えてみるとそれは「Raison＝理性」でも「Passion＝情熱」でもないように感じられた。自分たちには「Raison」も「Passion」もないが、「わび」と「さび」がある。我々日本人には全く違う料理の文化があり、料理人が大切にしているもの、料理というものが人々にとって何であるかも違う。何度か説明しようとしたが、エイトはフランス料理のシェフなのだからパッションを解放しないといけないとしつこく言われるばかりだった。だから今も時々思うのだ。公私を分け、その比率について思い悩むような自分の料理は、今も理性ではないがそれに似た何かに抑圧されているのではないだろうかと。

お客さんが捌《は》けてから一時間後、仕込みを少しとレジ締めだけすると、もう一度本田に謝って先に店を出た。「今出たけど、駅前の交差点待ち合わせでいい？」と由依にメールを入れるとすぐに「駅前いるよ。十分後くらいかな？」と返信があった。「うん。十分後には」と返して足早に駅に向かう。

片側三車線、合計六車線分の距離を挟んだ向こう側に彼女の姿を見つけ、嬉しくなるが手を振ったりはせず、赤信号を待ちながらじっと見つめる。彼女はこちらに気づいていないようだった。青になった横断歩道を半分渡ったところで、次第に盛り上がっていた気分が僅かずつ水位を下げていくのに気がついた。

「由依さん」

顔を上げた彼女は手を振って微笑んだけど、やはりどこか取り繕った表情をしている。昼過ぎの中休みに、今晩会いに行っても良いかというメールが入ったのだから、何かあったのだろうとは思っていた。その何かの詳細はあまり考えないようにしていたけど、何かあった彼女を前にそこを無視して話すのは気遣いや遠慮を装った無責任になるのではないかという思いもあった。彼女の両肩を摑み、その手をどうして良いのか分からなくなって、背中に回して抱き寄せる。

「ごめんね急に」

「いや、大丈夫」

何かあったの？　と聞いたら途端に体を離されそうで、黙ったまま髪を撫でた。

「お腹すいてる？」

腹を満たすことしか提案できない自分に無力感を抱きつつも、すいてる、と笑顔で言う彼女の手を取り、イタリアン、焼き鳥、海産物系居酒屋、焼肉、と思いつく限りこの近くで深夜営業している店を挙げていく。居酒屋。と嬉しそうに言う彼女を見て、飲食という仕事の尊さを感じる。自分で作ったものが人に喜ばれる時もそうだけれど、誰かと食事に行って料理に喜ぶ人を見るのも同じくらい幸せだ。

　貝の盛り合わせでしょ、あと車海老の塩焼きと、ツブ貝のお刺身もいいね。彼女の言葉にうんうんと頷きながら、ハラスも頼もう、卵焼きは？　と提案する。一瞬で決まったメニューを注文すると、小さなコンロを挟んで座った彼女とビールで乾杯する。

「今週から始めたタンシチューがすごく人気なんだ」

「食べに行こうかな」

「言ってくれればいつでも持って帰るよ」

「タン、昔捌いたなあ」

「フランスで？」

「うん。マルシェの、なんていうんだっけ、内臓屋さん」

「トリップリ？」

「そうそう。トリップリで一本買って。初めて買った時はあの舌のざらざらがあまりにグロテスクで引いたんだけど」

「あれってさ、人間のを巨大化させたのと変わらないんだろうなって感じの手触りだよね」

「そうそう、あの皮に鳥肌立てながら汗だくになって皮を削ぎ落として、安い包丁使ってたからなかなかうまく捌けなくてね。でもあまりの美味しさに病みつきになったの」

「ちゃんと根元と先端分けた？」

「分けた分けた。先人の教えに従って、根元はネギタン塩、先端はシチュー」

「先人って？」

「ああ、瑠美《るみ》さん。彼女が、半冷凍して捌くやり方とか、柔らかいところと硬いところがあるとか、付け根の二本の筋は切り取った後シチューに入れるといいとか、いろいろ教えてくれたの」

「へえ。そういえば、由依さん永岡《ながおか》さんたちと連絡取ってる？」

「あ、ちょっと前に連絡きて、永岡さんたちも帰国したの、知ってる？」

え？ そうなの？ と自分の予想よりも細い声が出た。

「うん、永岡さん去年引き抜かれてね、STインターナショナルって出版社の『ラ・プリュム』って雑誌の編集長やってるの。四十代、五十代男性向けの、カルチャーとファッションの中間みたいな雑誌」

「え、じゃあ瑠美さんは？」

「もちろん瑠美さんも一緒に帰国しただろうけど、仕事のことは分からないな」

永岡さんとは、フランスに行って二番目に働いていた店で知り合った。当時すでに在仏歴十年近かった永岡さんは「オムジャパン」のパリ支局長で、日本人シェフが働いている店として記事にしてくれたのだ。もともと女性ファッション誌の編集者としてパリ支局に勤めていた永岡さんは、パリに来てものの数年で「オムジャパン」に引き抜かれたと話していたから、さらに引き抜かれて日本に戻ったというのも彼らしいといえばそうだが、多分私たちはフランスに永住すると思う、と話していたかつての瑠美さんの表情が蘇る。

ファッション系のコーディネーターやライターとして働いていた瑠美さんが、ものすごく芯の強いモデルさんと知り合ってね、今度お店に連れて行くわとある日嬉しそうに電話をしてきたのだ。両親のようにすら見える彼らに連れられ、まだ十八歳なのよと紹介されたのが由依だった。高校中退後にモデルとして働き始め単身渡仏、日本のエージェントを通して所属を決めたフランスのモデル事務所と条件が合わず、自分で交渉して別の事務所に移籍したという経緯、大家と交渉して家賃を値切ったステュディオに住みオーディションに駆けずり回っているという現状、しっかりしてるでしょさすがよねと彼らが絶賛しているのを、自分の話をされているのに気づいていないのではと思うくらいぼんやりと見つめているその様子、彼女の全てが浮世離れしていた。若い日本人の女性を前にどう接していいのか分からず、どんなブランドのショーに出てるの？　くらいは聞いたはずだが、緊張のせいか彼女が挙げたブランド名は一つも覚えていない。

貝の盛り合わせがくると、火のついたコンロに載せようとする由依から皿を奪う。やらせないよ？　と言うと、お任せしますと彼女も笑ってトングを手渡した。牡蠣《かき》、ホタテ、ホンビノス、サザエ、が二つずつで、コンロの火力を調整して大きいものから載せていく。

「由依さんはさ、家ではいつも何作ってるの？」

彼女は一瞬じっと俺を見つめ、首を傾《かし》げた後に「あんまり作らないかな」と答えた。

「外食が多い？」

「そういう意味じゃなくて、お腹がすいたらハムとかチーズとか納豆とか適当に食べるだけで。フランスでは自炊してたしやろうと思えばできるんだけど、今は料理らしい料理はあんまりしないの」

食べ物に無頓着だとは知っていたが、そこまでとは思わなかった。これまで、自分たちが交わしてきた会話のほとんどが、フランスにいた頃の話や、今目の前にあるものの話で、自分がどういう人間であるかということについて俺たちは言葉を交わしてこなかったことを思い知らされる。

「野菜の要素が皆無だね」

「ひどいよね」

そう苦笑する彼女は、今もしかしたら自分の夫に対してひどいと思っているのかもしれないと考える。ナイーブすぎる、と自分の思考回路に対して不信感を抱くと同時に、彼女は僅かに表情を濁らせた気がした。俺が彼女の夫について思いを巡らせたことに気づいたのかもしれないと、またナイーブなことを考える。

「あれ？　耳、腫れてる？」

軽く髪をかけた左耳が赤くなっているのに気づいて言うと、彼女は僅かに顔を傾けて髪の毛で耳を隠した。そうなの、着替える時ピアスに服引っ掛けちゃって、と眉間に皺を寄せて彼女は言う。貝は全て、自分の店で出すのであれば後もう少し焼いただろうという早さで取り分け、くるくる料理くるくる料理をさっさと食べていく俺に苦笑して、どうしたのと彼女は身を乗り出してテーブルの上の俺の手を握った。

「食べるの早すぎでしょ」

「家で食べようって言えば良かった」

「え？」

「ごめんね」

「何で？　美味しいよ」

「なんかあったんでしょ？」

卵焼きを挟んだ箸を口に入れ、彼女の右手が置かれた左手を引き抜きその手を握り直す。

「何があったのって聞きたくなくて、お腹すいてない？　って聞いた」

彼女は視線を手元に落とし、あーあとため息でもつきそうな表情のまま俺と視線を合わせなかった。その表情はどこか、出会った頃の厭世感《えんせいかん》を催涙スプレーのように周囲にばらまいていた彼女を思い出させた。近づくと痛い目見る、あの時感じた危機感と防衛本能は、今もどこかで彼女に全て開いてしまいそうになる自分を躊躇《ちゅうちょ》させる。食べる？　と聞いて彼女が頷くのを確認して、お皿に卵焼きを取り分けようとして、その箸を彼女に向ける。はい、と言うと彼女は箸から卵焼きにかじりついた。

「大丈夫。私は何も言いたくないから」

「俺は大丈夫だよ」

「私は大丈夫じゃないし、瑛人さんも大丈夫じゃないんじゃないかな」

初めて彼女に対して憤りという感情が芽生えたと同時に、きっと彼女の言っていることは正しいと気づいて黙り込んだ。大丈夫って何だ。改めてその言葉の強さと、強さに孕《はら》まれた不確実性とのバランスについて考えさせられる。

「俺は別に、大丈夫じゃなくても大丈夫だよ」

笑うだろうと思ったけれど、彼女は笑わなかった。食べちゃうよ、と確認して、最後の卵焼きと最後のツブ貝を食べ、いいの？　いいのね？　と確認して彼女が一本しか食べなかった車海老の三本目を食べきった。

店を出ると、彼女の手を引いて歩いた。さっきから口数が少なく、気分を害しているのだろうかと思っていたが、生ぬるい空気の中を歩く彼女はどこか楽しげで、隣にいても何の歌か分からないくらいの声で鼻歌を歌っていた。彼女自身と彼女という存在の間には乖離がある。彼女がその乖離にあまりに無頓着であるという事実に、自分の中のその種の乖離に敏感な自分は腰が引けていたのかもしれないと思う。彼女の乖離は徹底していて、彼女はさっき話していた「大丈夫じゃない」ことを今「別世界のこと」のように感じているのだろうと思い至る。今ここにいる彼女は誰とも結婚などしていないただの「由依」という女でしかない。自分に好意を持つ、ただの一人の女でしかない。今ここで彼女の夫の存在を意識しているのは、少なくとも俺だけだ。鼻歌が乱れ、少しずつそこに笑い声が混じる。なに、どうしたの？　左手に力を入れて笑って聞くと、彼女も力を入れ返してくすくすと笑った。

「樹《たつる》さんのこと思い出しちゃった」

「ああ、樹さん？　樹さんの、どの話？」

「前にしてた、メキシコのピストルの話」

彼女は樹さんに会ったことはない。樹さんの話は全て俺から伝え聞いているにも拘らず、俺たちの間には普通に「樹さん」の話題が上る。それくらいエピソードだけで愛嬌のある人だった。フランスで最初に働いたファストフードのような和食店で一緒に働いていた樹さんは、カンボジアやベトナムからの従業員がほとんどのその店で唯一の日本人だった。フレンチを勉強しに来たのにここしか採用されなかったと嘆く俺に、一つ星のレストランを紹介してくれたのは樹さんで、職場が替わった後もちょくちょく呼び出されては飲んでいた。若干アル中の気がある樹さんは、呼び出されて行くと外のベンチでビールやワインを飲んでいることもあって、時々ホームレスのように見えるなと思っていたら、「こないだ寒い中サンダルで歩いてたらいきなり犬に吠《ほ》えられてん。わあってなってたらその犬引いてたおばさんがめっちゃ謝ってきてな、あんたちょっと待ちなさいってバッグ漁って、五ユーロ札渡されてん。多分靴買う金もないホームレスや思われたんやろうな」という話をされて思わず俺もホームレスっぽいなって思ったことありますよと告白したら、何でやねん、となぜか少し恥ずかしげにしていた。

「俺な、昔メキシコのスシショップで働いててん」と樹さんから度々出るメキシコ話は何というか都市伝説的な話が多く話半分に聞いていたのだが、「俺の免許はメキシコで三万で買《こ》うたんを国際免許に切り替えたもんやねん。もちろん日本でもこの国際免許で運転してんで」という樹さんの話の真似が思った以上に由依にウケたため、俺は調子に乗ってそのピストルの話もしたのだ。

「メキシコで車の窓ガラスが割れた時にな、店の常連が安い修理屋知ってんでって連れてってくれたんやけど、物騒なところやから一応これ持っときーってちっちゃなピストル渡されてん。もう怖くてしゃーなくて、捕まったらどうしよーて汗だくになってたら、車の外歩いてたちっちゃい子供が俺のより一回り大きいピストル指に引っ掛けてくるくるくるーって回して歩いててん」。それでちゃんと窓の交換できたの？　と笑いながら苦しそうに聞く由依に、俺はまた樹さんの関西弁を真似しつつ話を続けた。

「ほんで車のスクラップがたくさんある場所行ったらな、いくらでやるで、俺はいくらでやったる、ってあちこちから子供みたいな奴らが出てきて交渉してきて、一番安かった奴に頼んでほんまに破格で交換してもろたんやけど、後で見たらな、灰皿んとこに入れとった小銭がごっそりくすねられててん」。話しきると、彼女は声を上げて笑った。この話をしたのは、彼女が帰国してから数年後、フランスに遊びにきた時で、あの時やっぱり元気のなかった彼女が笑ってくれて、樹さんに救われたと思ったのを覚えている。

「樹さんて、今何してるの？」

「連絡取ってないんだよなあ。今日も仕事終わりで路上で酒飲んでんのかなあ」

「瑛人さんて、誰とも連絡取ってないんだね」

「うん、ここ数年は店のことで手一杯で」

「恋人とかはいたんでしょ？」

「うん。何人か付き合ったよ」

　何で別れたの？　何で結婚とかしなかったの？　彼女にそういう問いを発せさせたくなくて、「俺と付き合ってると、暖簾《のれん》に腕押しみたいな。そういう無力感に駆られるんだって」と軽い口調で言い切る。彼女が何か思案するような表情を浮かべる。何かを計算していているような表情でもあった。

「私も言われたことある。生物として何を求めているのか分からないって。結婚とか繁殖とかプレゼントとか愛情表現とか、そういうものを求めてないから、何をしていいのか分からないって」

それはきっと、彼女の夫が言った言葉だろう。何の根拠もなくそう思う。彼女が求めているものは、俺にも分からない。彼女が求めているものを全て与えたいと願っているのに、彼女が何を求めているのか、特に、俺に何を求めているのか分からない。

「由依さんは、子供とか欲しいと思ったことはないの？」

「ないよ」

どこか驚いたような表情で、彼女は笑って答えた。こんなこと聞かれたくないだろうか、土足で踏み込むような質問だろうかと構えていたためその反応にほっとすると同時に、三十になった彼女が子供について二十歳くらいの女性のような反応であることに違和感が拭えない。彼女の同世代の友達や仕事関係者だって、もう半分くらいは出産経験のある女性たちに違いない。旦那さんは欲しがっていないの？　それとも旦那さんが欲しがってないの？　その問いは口にできなかった。それは彼女と今こういう関係であるという以前に、彼女という人間にもともと備わっているバリアのようなものがそういう類の質問を寄せ付けないのかもしれない。どこかで、彼女の旦那さんが小説家であることが、彼らが子供というものを敬遠する理由の一つになっているのかもしれないと、勝手に想像する。

「何にもないの？　欲しいもの」

「瑛人さんが欲しい」

シンプルな言葉に一瞬気恥ずかしくなるが、子供もプレゼントも愛情表現も欲していない彼女が俺を欲しがっているということがどういうことなのか、俺がその真意を正確に摑むことは不可能な気がした。

「俺はいつでも由依さんのものになるよ。求められた時に、求められただけ」

「求められた時に求められただけ？」

「うん。たまたまコンビニで見つけてこれ食べたいってなる肉まんとかアメリカンドッグとか、あれ食べたいあれ何だっけあのロシアのスープ、って名前も忘れてるのにたまに話題にのぼって食べに行くボルシチとか、こんなんあったよなって懐かしくてつい買っちゃうよっちゃんイカとか、そういう存在でいいんだよ」

「瑛人さんはむしろ、そういう存在でいたいんじゃないの？」

「よっちゃんイカみたいな存在？」

「たまーに思い出して食べたいって思われるくらいでいたいんじゃない？」

そんなことないよと言いかけて、口を噤む。完全にそんなことないわけでもない。でも彼女に何か勘違いされている気がしてならなかった。

「震災後、瑛人さんのところに行ったでしょ？」

「うん」

「あそこで瑛人さんと寝た時、全部捨てて瑛人さんのところに行こうって思った」

手を繋いでいる彼女の体温が一気に下がった気がして、思わず左を向いて彼女の横顔を見つめる。もう何時間も動かないオオサンショウウオを見つめ続けているかのような、どことなくうんざりしているような目を見つめられず、手に力を込めて前を見つめる。

「でも瑛人さんは日本に戻った私と連絡を絶った」

「由依さんがそんな風に思ってたなんて、考えもしなかったよ」

「考えたとしても瑛人さんは何一つ言動を変えなかったと思うけど」

その頃の自分がそんな風に考えていたらという想定が現実からかけ離れていて想像できず、否定も肯定もできないまま、彼女の手を少し急《せ》かすように引っ張る。

「今日泊まってくよね？」

うん、とこともなげに頷く彼女は、手を繋いでいるのに一人で歩いているように見える。

「やっぱり何があったのか話してくれない？」

「どうして連絡絶ったのって、私は聞かなかった」

責める口調ではなかったけど、全部捨てて俺のところに来ようと思ってたというさっきの言葉の重さがじわじわと身に沁《し》み始めていた。彼女が言うように、俺は時々「欲しい」と手を伸ばされる存在であり続け、どんな風に欲されても、欲されなくても傷つかない存在でありたいのだろうか。

七年前、二〇一一年三月十一日の朝、永岡さんからの電話で目が覚めた。あのさ、東北で大きな地震があったみたいで、瑛人くん確か出身東北だったよね岩手だったっけ？と言われ、「いや、うちは神奈川ですけど」と答えると彼は「あ、ごめん勘違いだ。でも関東もかなり揺れたみたいだから、一応親御さんに連絡してあげな」と言って慌ただしく電話を切った。すぐにネットニュースを検索して、一番上に出ている余震の情報だけで自分が経験したことのない規模の地震だと確信した。「由依さん大丈夫？」。携帯の回線は繋がらないとニュースに出ていたから、その一言だけパソコンの方のアドレスに送った。どこかで、彼女に連絡を取るきっかけができたと思っている自分がいた。彼女が帰国してから三年が経っていて、すっかり年に一度か二度、お互い思い出したようにメールをするだけの仲になっていた。「出先にいて、三時間かけて歩いて帰ってきたよ。マンホールの中に殺虫剤撒《ま》くとゴキブリがわさーって出てくる動画知ってる？　電車と会社から人が出るとまさにあれで、ここまで路上に人が湧いて出てくるんだなって、圧巻の光景だった」。彼女のメールは落ち着いているようで、どこか浮き足立っているようにも感じられたけど、この人は大地震に遭遇したばかりなのだという、こっちの色眼鏡のせいだったのかもしれない。

「いつも通りで安心したよ。何はともあれ帰宅できて良かった。ゆっくり休んで」

前回交わしたメールはどんな内容だっただろう。そう思いながら、中休みの休憩時間に返信を送った。こうして未曾有《みぞう》の地震が起こった時にも、次にメールする時にはきっとどんな内容を送ったのか覚えていないような、当たり障りのないメールをする自分たちの関係にどこか興ざめしていた。無意識に当たり障りのなさを心がけるようになったのは、共通の友人から彼女が結婚したと聞いてからかもしれない。

原発事故は、フランスでも話題になった。テレビ番組でも特集が組まれたり、職場の人間からも家族は大丈夫なのかと頻繁に聞かれた。放射能問題が取り上げられるようになってから知り合いの日本料理屋の収益が落ちたという噂を聞いたり、チェルノブイリの時にフランスが受けた被害についても耳にした。由依と共通の友人である日仏ハーフのエンゾーが、東京の水道水から結構な放射性物質が検出されたらしいよとメールをしてきた日、再び彼女にメールを送った。

「無責任なことを言うようだけど、もし東京にいて不安があったら、ちょっとこっちに遊びに来ない？　もちろん仕事もあるだろうしそんな簡単なことじゃないだろうけど、エンゾーもマリアも相変わらず一人暮らしだし、永岡さんたちもきっと歓迎するだろうし、軽くこっちに滞在するのはどうだろう?」。もちろん俺はいつも朝から夜まで仕事だしずっと一緒に遊んでられるわけじゃないんだけど、とか、でも中休みとか深夜は空いてるし、とか、まあ遊ぶためにっていうわけでもないんだけど、とか、うちに泊まってもいいし、とか、そういう言葉を打ったり消したりして、ようやくシンプルな形に落ち着けて送信した。送信してからまたしばらく考えて、「もし忙しかったら気にしないで。でも由依さんに会いたいってずっと思ってた」。と追送した。返事は多分こないだろう。返事がきたとしても、彼女はパリには来ないだろう。という予想を裏切って、じゃあ行こうかなと彼女はあまりにも軽いメールを返した。冗談かと思ったら、次のメールではもう来週発のチケットを買ったという。でも彼女の軽さに救われた。きっと彼女に僅かでもその軽さが欠けていたら、秤《はかり》がぐらぐらした後俺の方にふれ落ちてしまうように、俺はその重さに耐えられなかったかもしれない。俺がなんとかぎりぎりその平衡を保っていられるように、彼女はあれだけ軽々しく渡仏を決めたのかもしれなかった。そう思うくらい彼女はすとんと、俺に自分の提案したことを省みる隙を与えないほど自然にフランスに戻ってきた。

三年ぶりに会った彼女は、ずいぶんやつれたように見えた。地震や原発事故がどんな風に彼女の生活に影響を及ぼしたのか、またこの三年間が彼女にとってどんな時間だったのか、一瞬にしてあれこれ湧き上がりそうな想像を押しとどめるように、トランクを引く彼女に手を上げた。気分が高揚していてハグをしそうになったけど、彼女は日本人で、結婚していて、その相手はそれなりに有名な作家らしいと、少し前に永岡さんから聞いたばかりだったせいか思いとどまり、背中に伸ばしかけた手を彼女の肩に置いた。

「久しぶり」

嬉しそうな顔で言う由依に、久しぶりと言った瞬間、色々な記憶が勢い良く蘇った。由依がフランスに住んでいた頃、会ったのは十回程度で、それも店に食べにきてくれたり、永岡さんのような共通の知り合いの大人数のホームパーティなどで、最初から最後まで二人きりで会ったこともなかった。エンゾーが開いたホームパーティで、がんがんに音楽がかかった中で居心地が悪く、二人でベランダで三十分ほど話したのと、永岡さんの開いたホームパーティの帰りにバスで彼女を家まで送ったのと、長い時間二人きりで話したのはその二回だけだった。その永岡さんの家から帰る深夜のバスに並んで座った時、彼女は本帰国を決めたと告白したのだ。三ヶ月後に帰国を決めた、もう片道チケットも取った、いきなりそう言われて引き止めようのないことを知りつつも、なぜかそれは受け入れ難い事実のように感じた。

「この間、仕事決まったって喜んでたじゃない。こっちでの仕事、波に乗ってきてるんじゃないの？」

「少しずつ顔覚えてもらえて仕事決まるようになってきたけど、どれもアジア人枠として破格の出演料で買い叩かれてるだけ。日本で渡仏費用として細々と貯めてきた貯金も去年尽きちゃった。ブレイクする子は大抵二十歳までにしてるし、この歳でこの収入でモデル続けてても、何年経ったら人並みの生活ができるか先が見えない」

「日本では？　モデル続けるの？」

「こっちに来るまで所属してた事務所に連絡して、とりあえず一年契約することになった」

「そっか」

仲がいいわけではなかったけれど、彼女が帰るということは、何か象徴的な出来事に思えて、彼女のためにも自分のためにも、何かその現実に対して言葉を紡ぎたいのに何も出てこなかった。

「瑛人さんは、いつか日本に帰るの？　それともフランスでお店を出すの？」

「いつか日本に帰るよ」

そんなこと、思ったこともなかった。フランスに来てから一度も、日本に戻るか戻らないかという選択自体、考えたこともなかった。でもこれから日本に帰る彼女に対して、なぜかそう断言したかった。そしてそう断言した途端、実際そうなるのだろうという確信が芽生えた。

「どこかで、割り切れない思いはない？」

「あるよ。私がフランス人でもともと国内に実家があれば、あと五センチ背が高ければ、もっと強いモデル事務所にコネがあればっていつも思ってるし移民モデルが移民を売りにして売り込んでることとかオーディションでのセクハラも裸同然の格好で廊下にモデル待たせて凍えさせてるひどいブランドも、拷問みたいにポーズを取らせ続けるデザイナーも皆死ねばいいって思ってる。なんで私がここで受け入れられなかったのか、思うような結果を出せなかったのか、何一つ解せないまま飢えないために帰るんだから。分かる？　私はこれからご飯を食べるために夢を捨てるんだよ。とてつもなく惨めだよ」

窓際の席に座り外を見つめながら静かな口調でそう話した彼女は全くもって惨めそうではなく、口を閉じたあと少しだけ微笑んだ。

「とか憤ってるふりしてほっとしてる。自分で選んだことだから、って弱音一つ吐けずにやってきて、ようやく、もうだめだ帰るって言えたから。飢える前にちゃんと折れられて良かった。ここまで体の中のあちこちが疲労骨折してボロボロにヒビが入ってて、今ようやくめきめきって全身がちゃんと折れて頽《くずお》れた感じ」

彼女は何も吹っ切れていない。まだ何も吹っ切れていない。でも吹っ切れないまま、それでも次のどこかへ向かわなければならない自分を自覚していた。二十歳になったばかりだった彼女は、それまで知り合ってきた、何かをしにフランスに来た外国人たちの中で最も強くしなやかに見えた。そして静かに窓の外を眺めていると思っていた彼女の肩から微かな震えを感じ取った時、衝動的に彼女の手を取った。達観したような表情とアンバランスに震えるその手が震えないように強く握ると、彼女の手にも僅かに力が入ったのが分かった。それでもしばらく、彼女の震えは治まらなかった。

「あっ、次だ」。彼女がハッとしたように顔を上げて手を離し、降車ボタンを押した瞬間、反射的に「送るよ」という台詞が出たけど、「彼氏が束縛厳しい人だから、見つかったら何されるか分からないよ」と忠告された。

「彼氏は日本に帰ること、何て言ってるの？」

「俺とパックスしてこっちに住み続ければいいって言ってる」

パックスしてこっちに残ればいいという思いと、日本に帰った方がいいという二つの思いの拮抗《きっこう》が、大丈夫？　という言葉となって口に出た。

「大丈夫。暴力とかは振るわない人だから」

そういう意味じゃない、そう思ったけど何と言えば良いのか分からず、躊躇っていると彼女は立ち上がった。

「まだ会えるよね？」

「三ヶ月あるからね」

そう言って彼女は手を振ってバスを降りた。窓越しに手を振ると彼女は彼氏の待つアパートに向かって歩いて行った。三ヶ月あるからという彼女の言葉は楽観的だったけど、それまでと同じように俺たちはお互いに呼び出すでもなく、共通の友人たちが彼女の送別会をすると言って俺の働く店に来てくれた時が、彼女と会った最後になった。

あれからまた時が経ち、俺は店を替わり、彼女は日本で結婚をし、震災が起こった。空港からタクシーでパリ市内に向かう途中、隣に座る彼女を感じながら、あのバスで過ごした、どことなく現実離れした時間を思い出していた。あの頃のようなぎすぎすした様子はない。彼女はやつれたように見えたけど、あの頃抱えていたような焦燥、苛立ち、憤りといったものは喪失しているように見えた。

「あのさ、由依さん結婚したんだよね？」

「うん。したよ」

それ以上、結婚について彼女からの言葉はなかった。いつ結婚した、誰と結婚した、結婚式は挙げた挙げてない、そういう話は一切出なかった。水島桂って知ってる？　由依ちゃんの旦那、結構有名なラノベ作家らしくてさと話していた、おせっかいで干渉しいの永岡さんの声が頭の中に蘇った。

「そういえば、仕事はどう？」

「モデルは辞めたよ」

「そうなの？」

「うん。今はファッション誌でライターみたいなこととか、フランス語の記事の翻訳とか、そういうので小遣い稼ぎしてるだけ」

彼女の言葉には、結婚した人の余裕があった。誰かが生活費を稼いでくれている人の余裕だ。あのフランスで必死に食いつないでいた頃の由依と比べると、今の由依は随分と遠いところに存在しているような気がした。所帯じみたようなところはないが、血を流しながら猛々《たけだけ》しく生きていた彼女は消えてしまったのだと、悲しみとも虚《むな》しさともつかない、陳腐な言い方をするならば若い頃に持っていた青春的なものが潰《つい》えていく事象に、そうなって良かったという気持ちに拮抗する何か消化しきれない引っかかりのようなものを感じた。彼女の首にナイフが突き刺さり、どくどくと血を流す様子がイメージとして浮かんだ。ライオンのように孤高の存在であった彼女からは怒りと焦りと憤りが流れ出し、今残るのはきっと弛緩《しかん》した悲しみだけだ。

彼女はそれから二週間フランスに滞在した。永岡さん、マリアやエンゾーなど共通の知り合いの家で連日飲み会が繰り広げられ、俺も仕事が終わると合流した。モデル仲間のところに行くという時はさすがについて行かなかったけれど、そういう日は電話やメールで連絡を取り合った。セネガル人の友達がモデルを辞めてリヨンでデザイナーをやってるから遊びに行ってくると二日間パリから姿を消し、最後の数日は俺の家で過ごした。思い残すことはないくらい会いたかった人たちに会えたと満足げだったけど、旅行と旅行内旅行と連日の飲み会でさすがに疲れているようで、リヨンから戻ってそのまま十二時過ぎにレストランに迎えに来てくれた彼女と家に帰り、サロン・デ・ヴァンで買ってからずっとカーヴに入れっぱなしだったサンテミリオンを開けてグラスに注ぐと、彼女は革のソファに半分横になりながらワインを飲み、もうどこにも行きたくないとこぼした。

「帰国までずっとここにいればいい。同居人、しばらく帰ってこないんだ」

「こんな立派なアパートに住んでるなんて思ってなかった」

「間借りさせてもらってるだけだよ。ここの前は屋根裏部屋のステュディオに住んでた」

「私も屋根裏部屋だった」

懐かしげに笑った彼女は、今はどんな家に住んでいるのだろう。作家の旦那さんと、どんな家でどんな生活を送っているのだろう。どんな話も、どこかでストッパーがかかって口に出せずにいる内、自分がすごく無口で無害な人間であるような気がして、どうにか彼女を楽しませたり笑わせたりしたいのにと少ない引き出しを漁るように話題を探した。昔働いてた店に、樹さんていう人がいてさ、彼は世界中のあらゆるスシショップで働いててね。ようやく思いついた樹さんの話に、由依はスシショップっていわゆるあのファストフードのスシ？　とくすくす笑いながら答えた。

「そうそう。もうずっとパリのスシショップで働いてるんだけど、その前はドバイだとかクロアチアだとか、果てはメキシコとかでずっとスシ作ってたみたいでさ。ファストフードのスシの店だとさ、カンボジアとか、ベトナムとかの人が多いじゃない？　だから日本人てだけで貴重な人材扱いされるみたいで」

「確かに珍しいよね。スシショップで働く日本人、私見たことないかも」

「昔さ、高級和食レストランとかで働く気はないんですか？　って聞いたことあったんだけど、俺はやっすい寿司に人生捧《ささ》げんねん、って悟った風に言うばっかりで、プライドないんだなって思ってたんだけど、段々ね、彼のプライドはそうやって適当に生きることに発揮されてるんだなって思うようになったんだ。いつも仕事終わるとバーに行ってさ、でもどこもすぐに閉店しちゃうじゃない？　そうすると遅くまでやってるアラブ系のスーパーでビール買い込んで、外のベンチとか広場で飲み始めるんだよ」

「もしかして、樹さんて不法滞在者なんじゃない？」

　思わず吹き出して、日本人の不法滞在者なんて今時パリにいるかなあと言いつつ、樹さんなら有りえるかもしれないと思う。こんな話をしてた、こんなエピソードがあって、と樹さんの話をしている内に話が弾んで、俺たちは何時間も、そういう脈絡のないただ面白いだけの話をし続けた。俺の話に笑い、そういえば私も前にこんなことがあって、あんなことがあって、ときっとフランスに来て色んな人に会っていたせいなのだろうが、少し大きめのジェスチャーを交えながら話す彼女は、少し前に未曾有の大地震と原発事故に遭遇した人とは思えなかった。彼女は、日本ではどんな顔をして生きているのだろう。夫の前では、仕事の時は、どんな顔をしているのだろう。

もうあんまりいいのないな、三本目のワインを探しに立って、台所の下の戸棚を覗き込んで言うと、由依はカウンターからこっちを覗き込んで何でもいいよ私はと呟いた。白でもいい？ と聞いて頷くのを見てから、冷蔵庫を開ける。いつも飲んでいるブルゴーニュのシャルドネを出してグラスを探そうとすると、グラス替えなくていい、と彼女はくだけた口調で言って微笑んだ。こんな風に彼女と過ごすことを、少し前までは考えもしなかった。彼女と二人で夜を明かすシチュエーション自体、想像もできなかった。国境を越えて再会するという発想が、そもそもなかった。三本目のコルクを抜き、赤ワインを流すために由依のグラスに少しだけ注ぐと、流れるように自然に由依はくるくるとグラスを回して赤ワインと混じったそれを飲み干した。由依に一杯注ぐと、自分のグラスにはそのまま一杯分注いだ。彼女と一緒にいることがここまでしっくりくることだとは思わなかった。由依の座るソファとローテーブルの間に座り込み、毛足の長いボルドーのカーペットに左手を滑らせる。後ろの由依を振り返ると、ここ数日ずっと言おうと思いながら口に出せなかった言葉がようやく奇妙と思われないタイミングで滑り出した。

「由依さん、もう少しパリにいれば？」

「チケット、変更不可なんだよ」

そうなんだと言いかけて、そういうことじゃないとも思う。考えていた数日が無になった気がして焦りが生じる。

「ずっとここにいるわけにもいかないし。同居人もすぐ帰ってくるんでしょ？」

「マンスリーマンションみたいなところ借りちゃうとか」

「日本が危ないと思ってるの？」

「思ってるし、明後日《あさって》由依さんが帰るなんて、なんか想像できないんだよ」

「あんなに腹立ててここを去ったのに、あんなに最低だ最悪だって憎んでたのに、三年離れたらもう普通に懐かしくて楽しい街になってて、私フランスいたの三年弱だったんだけど、私はもともとフランス住んでて、日本に三年間滞在して、ようやく戻って来たみたいな気持ちなんだ今。三年間日本で捻れていったものが少しずつ巻き戻って、本来の形に戻ったみたいな感じがして、実際フランス住んでた時だってあちこち捻れてたのにさ」

「じゃあこれまでフランスで三年、日本で三年、六年間捻れて、今解《ほど》けたってことだ」

「ううん、多分ずっと捻れてた。物心ついた頃からずっと。今解けてるのは多分、何かスポット的に解けてるだけ。瑛人さんといるからだと思う」

俺といるからじゃない？　と茶化すように言おうとしていた矢先に、彼女に茶化さないで言われた。

「俺もだよ」

「瑛人さんも捻れてる？」

「いつも自分じゃない何かを演じて生きてないとここにいられないような気がしてるけど、今は自分以外の何者でもないって思う」

「私といるから？」

攻撃的ともいえる彼女の口調に怯みながら頷いて、僅かに紫がかった白ワインを口に含んで飲み込む。一つ一つの動きがどうやってもぎこちなくなっている気がしてグラスのステムを握る指に力を込める。「そうだね」と二度目の肯定をすると、彼女の手が首筋に触れた。温かいその手が肩で止まると、耳を当てるように首を傾けた。

「俺には由依さんだったんだと思うんだ」

言葉が足りていないと分かっているのにどこをどう補足したら良いのか分からず肩に置かれた手を握りしめる。バスの中で見た彼女の記憶が蘇る。引き抜かれるかと思った手はしっかりと俺の手を握り、後ろを振り返ると俺を見ているとばかり思っていた彼女は手を握ったままソファの向こうの窓を見ていて、やっぱりバスの時と同じだと思う。

月明かりが眩《まぶ》しくて、少しだけ目を伏せる。

「私にも瑛人さんだったんだと思う」

　ソファの肘掛に寄りかかる由依の傍に手をつき馬乗りになると、由依は俺を見上げてワイシャツの胸元を摑んで引き寄せた。ふと、誰かのホームパーティで、ベランダで煙草を吸っていた由依の姿が蘇った。くしゃっと煙草を灰皿に押し付けてガーデンチェアから立ち上がり、ベランダの柵の向こうに両腕を引っ掛けるようにして身を乗り出したのだ。酔っ払っていた彼女が危なっかしい気がしたのと、手すりが砂埃《すなぼこり》で汚れてやいないかと心配で慌てて隣に立つと、彼女は誰にも見られていないと思っていたのか少し驚いたような表情をして、月が見えるかなって、と言った。そっかと笑い合う俺たちの背後から、彼女が消し損じた煙草の匂いが漂い続けていた。由依にはそういう乱暴なところがある。煙草を雑に消したり、勢い良くベランダの柵から身を乗り出したり、こうしてワイシャツを摑んで人を引き寄せたりするところだ。キスをしながらベッドに行くかと聞くと、いいと言われ、服を剝ぎ取りながらゴム取ってくると言うと、いいと言われた。そんなわけにはいかないよと寝室まで取りに行って戻ると、彼女は半分服が脱げたまま、また窓の外を見ていた。大きな窓から差し込む月明かりが電気を落としたリビング全体を照らし出していて、何かの映画や写真に入り込んだような錯覚を起こさせる。錯覚のせいか、飲んでいたワインのせいか、まだ体のどこかにあった迷いを察したように彼女がまたベルトを引っ張り引き寄せた瞬間から、射精した後ゴムを外した瞬間までの記憶が曖昧なままだった。お互い裸のままソファで何もかけずに寝て、どちらのか分からない僅かな呻《うめ》きで二人して嫌々といった態度で目を覚まし、すっかり明るくなったリビングに少し慌てながら服を探していると、シャワー浴びてくるねと彼女は裸のままバスルームに向かった。床に落ちていたゴムの中に精液が入っていることを確認すると、パンツとワイシャツ姿でキッチンに行ってゴミ箱に捨てた。いや待てよと思ってゴミ箱に手を伸ばしもう一度目視する。確かに精液は入っていて、再びゴミ箱に放る。由依とセックスをしたという事実が、まだ信じられていなかった。

信じられないまま仕事に行き、黙々とランチの仕込みをこなした後、今夜由依のためのサプライズパーティをやるから仕事が終わった後エイトも来いというエンゾーからのメールを見て、すぐに電話を掛けた。由依さんは連日人と会ってきて疲れてるからもうゆっくりしたいと話してたと伝えるが、サプライズがあるんだよとエンゾーは譲らず、由依も承諾したと主張する。今朝、玄関先で今日の夜は二人で一緒に何か料理でもしようかと話していた由依の明るい表情が蘇り、エンゾーへの疑心が募ったけど、サプライズが何なのか聞いてもサプライズだから言えないの一点張りで、埒《らち》があかない。電話を切ってすぐ由依に電話を掛けると、エンゾーが会わせたい人がいると言っているから行ってくるけど、明日帰国だし、瑛人さんの仕事が終わる前に帰るつもりだと由依は話した。

　実は今両親がパリに来ていて、明日帰国する、起きて待っていると言うから今日はどうしても早めに帰りたい、あと明日もできれば空港まで送りたいから、可能であれば中休みを長めに取らせて欲しい、明後日以降の仕込みはできる限り俺がやるからと頼み込むと、いつも感じの悪いトップシェフのクローディアは「外国で暮らす人の寂しさもその家族の寂しさも私はよく分かってる。入客が終わってメインを出し終えたら帰っていいわ」とさばさばしているとも冷たいとも取れる態度で言い、でも今後そういうことはできるだけ早く伝えなさいと付け加えた。ありがとうと言うとクローディアは睨みつけるような眼光のままウィンクをした。本当にありがたいと思う気持ちと同時に、イタリア人のクローディアはヴァカンスのたびに里帰りしているのだから、別にこのぐらい当然だという憤懣《ふんまん》も湧き上がる。結局、フランスでは公務員やホワイトカラー以外の社会は図太い者勝ちで、ヴァカンスを取る権利、私生活を守る権利を強く訴える者ほど早く帰りヴァカンスを優先的に、しかも長く取る。配偶者や子供がおらず、また実家が気軽に帰れる距離になく、ビザも会社頼みという自分のような外国人労働者は最も発言権がなく、常に良いように使われるのだ。労働基準法だってあってないようなもので、有休なんてものがあることも、在仏四年ほどになって初めて知った。知ったはいいがそんなもの幻のようなもので、結局一日も取ったことはない。それでも同業者に言わせれば

Le fond は優良な方で、人員削減のため毎日深夜二時過ぎ帰宅の九時出勤だとか、定休日も新メニューの試作に駆り出され休みは月に二日なんていうとんでもない話も聞くため、全くもって不満はない。長いヴァカンスがあっても持て余すし、なんだかんだで日本人の自分は働いていないと不安になってしまうのだ。

十時に入店を締め切り、メインを作り終えたのが十時半、片付けと着替えを済ませると十一時近かったけど、十二時前に店を出るのは滅多にないことだった。店を出てすぐ由依に電話を掛けたけど数回鳴って留守電に切り替わったため、エンゾーに掛けると、まだ由依もいるからおいでと言われ慌ただしく切られた。SMSで位置情報と共に送られてきた店は近くのバーで、歩いても行ける距離だったけど、ちょうどバスが来たのが見えて大きく手を振り信号待ちの途中にドアを開けてもらった。早めに終わったからそっちに合流するよ、と由依に一言メールを入れてすぐ、ものの十分で着くのにメールを入れるなんてしつこかっただろうかと後悔する。Messy bar という店名を見つめ、騒々しい音楽がかかっているタイプだろうかと考える。駄目だった、そうしてあれこれバナーのように目の前を通り過ぎる思考は全てカムフラージュだと自分でも気づいていた。動揺していた。彼女が明日帰国するという事実が頭から離れず、ちらほらと流れるバナーの向こうに巨大な帰国という文字が浮かんでいるようだった。二人で静かに過ごせると思っていた時間を潰されたという事実にも、動揺していた。今晩ゆっくり二人で話をできれば、彼女をしっかり送り出せると、なぜかそんな風に想定し計算していたのだ。自分がそんな風に計算して自分のバランスを取らなければならないような、不安定な人間だとは思っていなかった。

店に着いてやっぱりかと気が重くなる。店の場所から騒がしい地区だとは思っていたが、店外にも結構な音量でエレクトロ系の曲が漏れ聞こえていた。雑然としたカウンターを通り抜けて奥に行くとＤＪが音楽を鳴らしていて、激しい照明がせわしなくフロアを照らし出している。奥まったボックス席の方にようやく見覚えのある顔を見つけて手を上げる。エンゾーの後ろ姿とマリアの横顔がたくさんのダンスする若者越しに見えていた。手を上げたまま歩み寄ると、突然エンゾーがソファから立ち上がって慌てた様子で何やら大げさなジェスチャーをしている。何やってるんだと訝りながら歩いていくと、由依の姿が見えた。その時一瞬だけ音楽が途切れ、自分の間抜けな「えっ」という言葉がやけに大きく聞こえた。

「由依さん何してんの！」

慌てて駆け寄り金髪の女性の首を鷲摑みにする由依の手を取り引き離すと、二人の間に入ろうとしていたエンゾーはバランスを崩して床に倒れこんだ。首を摑まれていた女性は金切り声で〝Merde!（くそっ）〟と怒鳴り由依の髪の毛を摑み手を振り上げるが、連れ合いらしい背の高い男に羽交い締めにされて由依は殴られなかったものの興奮した彼女は足をバタつかせ、由依の前に立っていた俺が蹴られた。マリアや同じテーブルにいる数人の女性たちは止めにも入らずまさに言葉を失ったという表情で俺たちのことを見つめ、フランス人女性特有の「何なのこれ」と呆れた空気を漂わせている。

「由依さんどうしたの」

耳元で、できるだけ興奮させないように落ち着いた口調で言うと、彼女はさっきまで人の首を絞めていたとは思えない無表情で「帰る」と呟いた。

「エンゾーあとは頼んでいい？　俺由依さん連れて帰るから」

そう聞くと、ようやく立ち上がったエンゾーは小さく何度も頷いてよろしく頼むと日本語で言い、まだ興奮して、男に羽交い締めにされたまま大声で罵倒する金髪の女の子の前に立ち塞がり、何やら言い訳か謝罪をし始めた。あんた頭おかしいんじゃない？　あんたみたいなペタスとつるむんじゃなかった！　金髪の子の罵声が、音楽の中でも聞き取れた。ペタスは確か、売女《ばいた》という意味だったはずだ。由依の手を引き、とにかく一刻も早くその声が届かないところまで行こうと足を踏み出し、ドアを開け外に出て時々信号を確認しながらひたすら歩き続けた。

「瑛人さん」

呼びかけられてようやく焦点が合ったように目の前がクリアになってほっとすると同時に、緊張が薄らいで力が抜けていく。

「ごめんね」

何があったのか聞けなくて、いいよ何も言わなくていいからと彼女の手を強く握った。何も聞く勇気がないだけなのに、彼女の手に握り返されると、何か自分がきちんと彼女と向き合い支えているような気持ちになるのが不思議だった。結局何も聞けずただただ、大丈夫だからと言い続けた。言い続けている内、大丈夫じゃないのは自分なのだと気づいた。その場でしばらく抱きしめ、家に帰るとシャワーを浴びたいという彼女にタオルと着替え用に自分のTシャツを渡した。「一緒に入る？」と聞く彼女に、何か母親に置き去りにされた子供のような気分で縋るように頷く。ガラスで区切られたシャワールームは一畳ほどの大きさしかなく、抱き合ったまま高い位置で固定したシャワーの水を浴び、お互いに洗い合った。彼女は適当で、俺の髪はところどころ泡立てたくらいですぐに流した。昨日と打って変わって、二人とも無言だった。無言で洗い合っている間、何度か彼女が泣いたように感じた。でもよく分からなかった。彼女が泣くなんてことは有りえないような気がした。でも本当は、彼女が泣いていたとしたらその状況に自分はどうしたら良いか分からないからそう思い込んだだけだったのかもしれなかった。何が起こっているのか、よく分からなかった。でも確実に彼女は明日帰るということは分かっていた。頭のてっぺんから足の指の先まで丁寧に洗っている内に、レンタカーを返す前に車体を丁寧に洗いガソリンを充塡しているようなイメージが湧き上がって、無意識とはいえそんなイメージが湧き上がった自分への怒りで顔が熱くなった。泡の残った彼女の体を抱きしめ頭を鷲摑みにする。

"Tu me perturbes.（君は俺を混乱させる）"。突然そんな言葉が思い浮かんだ。これまで口頭で一度もperturberという動詞を使ったことはない。語学学校に通っていた頃、「息子の死が彼を混乱させた」という例文を見て、何となく嫌な気分と一緒に脳に焼きついたのだ。ただただ彼女に掻き乱されていた。ペルチュルブ、というめちゃくちゃに掻き乱されている様子を想像させる響きが、今にぴったりだった。震災があってから今に至るまで、俺の頭の中は激しい嵐に襲われ続けていた。彼女のことを考え続け、完全に乱れていた。彼女が帰るのを止めたいと思うと同時に、彼女が帰ったら自分は平穏を取り戻すだろうとも予想していた。

二人ともTシャツとパンツだけ身につけると髪の毛も乾かさずにベッドに入って気を失うように眠った。濡れた髪がじっとりとシーツを濡らしていく感触は、髪の毛を乾かす習慣のなかった子供の頃の記憶を思い起こさせた。幼い頃の夢を見たのは、そのせいだったのかもしれない。

目が覚めてリビングに出た俺が目にしたのは、すでに閉じられた彼女のトランクだった。ソファでコーヒーカップを片手におはようと言う彼女におはよと呟き、ネスプレッソ入れてあげようか？　と聞く彼女にいいの？　と力なく微笑む。

「今日、マニフェスタシオンがあるの知ってる？」

「え、どこで？」

「多分レピュブリックとか、バスチーユの辺りかな」

「じゃあ、ちょっと交通があれかな」

「うん。瑛人さんの中休み待ってたら多分マニフェスタシオン当たっちゃうし、一人でRERで空港まで行くよ。車じゃいつ到着するか分からないから」

「RERで？　トランクあるのに？　B線治安良くないし、ちょっと早めにタクシーで行けば大丈夫じゃない？」

「アプリで調べるともう結構通行止めしてるし、トランクも軽いから大丈夫だよ」

「じゃあ、ここでバイバイするの？」

バイバイって可愛い、と笑う彼女は、どこかふっ切れたような表情をしていて、唐突に今日の予定をすぱんと切り落とされた俺は、そういうわけにはいかないという思いでいっぱいになる。

「ちょっと待って、何時の便だっけ？」

「六時だよ。四時半までには空港に着きたいから、三時過ぎに出ればって思ってたけど、二時くらいにはここ出ようと思って」

「じゃあ二時に上がらせてもらってRERで一緒に行くよ。トランク持って階段とか危ないし」

「そんな、急に上がらせてもらうなんて無理でしょ」

「俺にもペースがあるんだよ。こうしようって思ってたことが崩れると、精神的にも崩れるから」

瑛人さんは繊細だねと言いながら、彼女は俺にコーヒーカップを手渡し隣に座った。

「料理する時もそうなんだ。材料を考えて、手順を考えて、必ず作る前に全てを一から想像する。マリネしてる間にこれを揃えてこれを切り分けて、出来上がったものを載せるバットを用意しておいて、温度計を取り出すタイミング、味をみるタイミング、手を洗うタイミング、跳ねた油を拭くタイミングも、全部想定してる。全てを頭の中で順序立てて、きちんと最後までイメージが出来上がってから実行に移すんだ。もちろんそのやり方が一番だって思ってるわけじゃなくて。そのやり方じゃ偶然のマリアージュは生まれないからね。でもそうじゃないと駄目なんだ。保てない。とにかく俺は自分が想像して決めた手順でやらないと駄目なんだよ」

「でも震災なんて誰も想定してなかった。震災があったのも、原発が爆発したのも、瑛人さんが私を呼んだのも、想定なんてしてなかったでしょ」

「だから急いでイメージしたんだよ。何も追いついてないけど、由依さんが来るって言ってから、ずっと由依さんが来た後のことを考えてた。あれこれ想定してた。分からないことは、こうなったらこうしよう、こうだったらああしようって考えてきた。想定外のことが起こりすぎてもうパンクしそうなんだ」

ノープラン恐怖症だねと笑う由依さんに笑い事じゃないんだよと肩をすくめると、そういう症状には名前をつけた方がいいんだよ、また始まったこのよく分からない症状、って思うと怖くなるけど、名前をつければそこに納得がいくし愛着も湧いてくる、と余裕のある笑顔を見せる。

「また来てもいい？」

パリに、ここに、俺のところに、彼女の指しているのはどれだろう。瑛人さんのところに、と俺の考えを読み取った彼女はそう言い直した。「もちろん。いつでもおいで」と答えると彼女は嬉しそうに笑った。全てをきちんと考えてきたつもりだったのに、全てを読み違えているような気もしていて、全てを蔑《ないがし》ろにしているような気もした。結局彼女は俺の見送りを拒否し、一人でRERに乗っていくと言い張った。鍵は管理人に預けとくねと言う彼女に見送られて、俺は出勤した。またねと言う彼女は特に辛そうでもなく、無理して笑っているようにも見えなかった。行ってらっしゃい、と言う彼女に、行ってらっしゃい、と答えてドアを閉めた。

あの日の深夜、誰もいない家に帰って、どこかほっとしていた。見送りに行けなかったのも、やっぱり良かったのかもしれないと思い直していた。彼女はまだ飛行機で、あと四時間ちょっとで羽田に着く。そんなことを考えながらぼんやりキッチンに立ち、ステンレスの水切りに置かれた二つのコーヒーカップを見ていた。冷蔵庫を開けると、昨日彼女が夕飯のために買ったのであろう紙に包まれたステーキ用の肉が二枚、雑に入れられているのを見つけて、見つけたと同時に昨日の朝一番近いマルシェはどこか聞かれたのを思い出した。俺と夕飯を食べるためにマルシェに赴き買い物をしている彼女を想像して、何かとてつもなく大切なものを喪失したような気になったけど、なぜかこの肉は二人で食べなくて良かったのだという確信に似たものもあった。そして次の日無事帰国したとメールを入れてきた由依に、俺は二年間返信をしなかった。二年ぶりに入れたメールは日本に本帰国をするという連絡で、本帰国した後に働き始めたホテルのレストランで再会した由依は、あのパリでの二週間の記憶が完全に消去されている設定の由依だった。本帰国して五年、あの二週間のことはなかったことになったまま、由依とは付かず離れずの距離を保ちながら、年に数回メールをしたり、共通の知り合いが日本に遊びにくる時は何人かで集まったり、たまに店に来てもらうだけの関係が続いていた。

一ヶ月前、仕事関係の人とディナーに来た彼女が化粧室に立ったのを見計らい、外で待っていると、出て来た彼女はまだ湿った手をぱたぱたさせながら俺を見つけて「なに？　出待ち？」と笑った。

「ちょっと話したくて。今日はなんか、ちょっと緊張感ある？」

「ああ。初めて仕事する会社で、あの担当者に会うの今日がまだ二回目で」

「なんか、困ってない？」

厨房からたまに覗いていて、何となく担当者だという男に言い寄られているような雰囲気を感じ取っていてそう言ったのだけど、彼女はぽかんとした様子で、何に？　と眉を上げた。

「いや、困ってないならいいんだ」

厨房から覗いてたのを知らない彼女が、そんな心配をされていることを知る由もないのだ。動揺から、旦那さんは元気？　と、普段は口にしない旦那の話題を振ってしまって動揺が動揺を呼ぶパターンに足を踏み入れていることに気づく。

「うん、元気。彼、来月台湾に出張に行くことになって」

「へえ、出張って、何かイベントとか？」

「うん。日本のラノベとかミステリをテーマにした文学イベントがあるみたいで、そこに呼ばれたみたい」

「すごいな。講演会とかやるの？」

「講演会とか、公開対談とかかな」

「どのくらい行くの？」

「二週間。仕事自体は一週間ちょっとらしいんだけど、主催者側が観光もしてくださいって長めにホテル取ってくれたみたいで」

「じゃあ、その間うちに来ない？」

七年間何もなかったように過ごしてきたのになぜあの時だったのか分からない。いやいや冗談、三秒でも沈黙が続けばそう続けるつもりだったしその言葉がすでに喉から出かかっていた。でも由依は七年前と同じように、「じゃあ、行こうかな」と軽い口調で言った。七年前以上に、彼女は俺に省みる隙を与えなかった。もしかしたら、彼女はこの時を待っていたのかもしれない。ずっと解せないもの、連絡を絶った俺に不満や憤りに近いものを抱えながら、待っていたのかもしれない。軽々しい言葉が重苦しい予想を招き、誘いの言葉を発した自分だけが逡巡の中に取り残され、彼女は何の懸念もなさそうに「連絡して」と二年連絡を絶った俺に釘を刺すように、一瞬で巻き起こった俺の中のあらゆる思いを見透かしたように、微笑みを浮かべフロアに戻っていった。

由依

部屋に上がると、ビールとチューハイと白ワインと……と羅列する彼に「ワインがいい」と答える。二人でソファに並んで座ると、足の付け根に鈍い痛みが走った。膣《ちつ》も擦り切れたのか時々痛みが走るし、排尿のたびに摩擦で炎症を起こした陰部が痛む。排卵日とずれていたから妊娠はないだろうとは思っていたが、結局不安が募り、前にマリアがお土産に持ってきてくれたモーニングアフターピルを飲んだ。日本では病院に行くか個人輸入するしかなく、どちらにしても一万円くらいすると話したら、マリアは心底驚いた顔をして「フランスでは十代の子は薬局でも学校でもただでもらえる、大人だってほんの十ユーロや二十ユーロでそこらへんの薬局で買えるのに。知ってる？　アフターピルは飲むのが早ければ早いほど避妊率が高くなるのよ、だから年頃の女性は常に一箱は薬箱に保管しておくべきなの」と憤っていた。マリアの持ってきてくれたピルは昔日本で処方してもらったものと違って一錠だけで、マリアの話では「五日前のセックスまで効果がある」とのことだった。通常日本で出されるアフターピルは事後三日までのものがほとんどだと話すと、医薬品だって進化してるのよとマリアは自慢げに私に「ellaOne」と書かれた箱の裏側を指差した。注意書きには確かに、プロテジェなしのセックスをした百二十時間以内に飲むこととあった。そんな強いの、副作用とか平気なの？　どうせ自分には無縁だと思いつつ♀マークの描かれた箱を見ながら言うと「薬局のおじさんはノーマルモンパ（普通はない）って」と両手を広げて肩をすくめた。実際、特に吐き気もなかった。


「あのさ」

「うん」

「今日パリのLe fondの同僚だった奴からメールが来たんだ」

「うん」

「ニコラが倒れて店が回らないから、戻ってこないかってメールで」

「ニコラ・シモネ？」

「うん。白血病が再発したみたいで、いい歳だし、もう現場復帰は無理かもしれない」

「悩んでるの？」

「いや、帰る気はないんだ。店があるから戻るなんて不可能だし、何よりも俺自身がフランスに戻りたいとは思ってない」

穏やかに微笑みながら彼は言ったが、何かこちらを安心させるためにそういう表情をしていているような様子でもあった。うん、と呟いてワインを飲み込み、重い話の予兆に身構える。

「実を言うと、震災後に由依さんがパリに来た時、俺はニコラと暮らしてた」

「知ってた」

「何で」

「ニコラ宛ての郵便物を見つけたの。友達の家だって言ってたから、きっと知られたくないんだろうと思って言わなかった」

「女の人は浮気見抜けるって言うけど、本当にものすごい精度で見抜けるんだろうな」

「別に何も漁ったりしてないんだよ、ただただ普通にそこらへんに置いてあった手紙の宛名がニコラだったのを見かけただけ。でも、あのアパートと家具を見ただけで、ただの友達じゃないんだろうとは思ってた」

「Le fond の前の店で働いてた時、美術館で着席のディナーをさばいたことがあったんだ。その店のオーナーがイベント好きで、しょっちゅうそういう仕事を持ってきたり企画したりして、ボーナスが出るわけでもないのにそういう時間外業務させられてさ。それでその美術館でのディナーにニコラは招待客として来てて、後片付けしてる時に今日のメニューを考えたのは君かって声を掛けられた。美術館て場所柄、火を使えないっていう制限があって、本当に試行錯誤しながら考えたメニューだったし、自分もニコラ・

シモネがいるって気づいて興奮してたし、ニコラに褒められたのは本当に嬉しかったんだ。とんとん拍子に話が進んで、良い条件で引き抜かれて有名店のスーシェフにしてもらって、でも気づかないふりをしてたけど自分が料理の腕だけで引き抜かれたわけじゃないことも分かってた。店の奴らにもニコラの新しい愛人だって噂されてた。いつの間にかそういう仲だっていう外堀だけが埋められていって居心地の悪さを感じてたから、実際彼と初めて寝た時はほっとしたっていうか、大した実力もないくせに良い待遇を受けてる自分に引け目を感じてたのが、ようやく体を差し出して自分に見合った待遇を受けてると思えたような気がしたんだ。それで俺がステュディオに住んでるって知ったニコラは、うちは店にも近いし部屋もあるから引っ越したらいいって勧めてくれた。俺たちの生活はそれなりに落ち着いてたし、打算的なものも含めて多分お互い許容できてた。でもニコラと住み始めて二年くらいした頃、トップシェフのクローディアが、ニコラがまた子犬拾ってきたみたいよって嫌みったらしく言ってきた。ニコラと長年のパートナーとして働いてきた女性で、話したことあると思うけど、本当に意地が悪くて言葉も悪くて俺は大嫌いな人で、でもその話は本当で、ニコラはうちの姉妹店にやっぱり若いアジア系の男を引き抜いてた。そっちの男との関係が深くなれば俺は仕事と住む場所を両方なくすんだろうかとか、そうなった場合自分はどこにつてがあるだろうとか、そんなことを考えて、そもそもこんな状況はおかしいんじゃないかって思い始めた頃、ニコラが突然倒れて病院に搬送されたって連絡があった。本人は大丈夫だ何でもないって言ってたけど、検査入院するから服を持って来てくれって頼まれて渡しに行った時、何か大きな病気なんだろうっていうのは分かったんだ。最初は二週間くらいって言ってたのが、一週間経った頃に、一ヶ月くらい帰れないかもしれないって連絡があった。それが二〇一一年の三月のことで、震災の直前だった」

郵便物にニコラの名前を見つけた時から、愛人なのかもしれないとは思っていた。いや、それよりも前、永岡さんの奥さんの瑠美さんが一時帰国した時に顔を合わせ瑛人さんの話になった時、含みを持った言い方をしていたのを聞いていた。Le fond に移ってから瑛人は人付き合いが悪くなり、今度店を取材させてくれと言っても、それまでは喜んで引き受けてくれていたのが、自分には決定権はないからと言葉を濁していたと言い、ここだけの話、Le fond のニコラ・シモネってパワハラセクハラが有名で評判良くないから心配なのよねと話した。あの時、心配なのよねという言葉に隠された、瑛人に対するそこはかとない軽蔑を、どこかで感じ取ったのだ。料理やファッションの世界に精通した永岡さんたちが、そういう噂をどこかで聞いていたとしても不思議はなくて、だからこそそれ以前からの付き合いであった瑛人は永岡さんたちを避けるようになったのかもしれなかった。

「私が行った時は、ニコラの入院中だったんだね」

「勘違いしないでもらいたいんだけど、ニコラとのことと、由依さんとのことは全く別のことなんだ。ニコラとの関係がどうだから由依さんと、とかそういうことではなくて、もちろん自分がそういうことを何も話さないで由依さんを向こうに呼び寄せて、何も話さないままああいう時間を過ごしたっていうことは事実なんだけど、都合のいい言い方に聞こえるかもしれないけど、俺にとっては現実世界と由依さんの世界とが同時進行で存在してたっていう感じなんだ。さっき、由依さんは俺が連絡を絶ったって言ったよね。連絡しなかったのは事実だけど、ずっと由依さんのことを考えてたのも事実で、あのアパートで別れた時から、由依さんのことを考えない日はなかった」

「私もだよ」

自分はさらっと言ったくせに、私がそう言うと瑛人は少し怯んだようにこっちを見つめた。敷居を跨《また》いで足を踏み入れてきて、こっちが手を伸ばそうとするとすぐにその足を敷居の外に戻す。私はそういうことを、ずっと瑛人にされてきた気がする。

「あの時、由依さんが日本に戻った次の日、中休みにニコラに呼び出されたんだ。入院してから会うのは、確か着替えを持って行った時以来で、多分弱ってる自分を見られたくないんだろうって思ってた。入院してから一ヶ月以上過ぎてて、連絡も頻繁にはもらってなくて俺は何も知らなくて、実際に病室に入ってぎょっとしたよ。痩せ細って、顔は真っ白で、以前のニコラとは別人みたいだった。自信に満ち溢れてわがままで茶目っ気のあるオーナーシェフは、もう何ていうか、どっと老け込んでもうおじいちゃんみたいだった。彼はその時初めて、自分が白血病であること、抗がん剤治療をすでに始めてることを話して、五年後の生存率は四十パーセントだとも言ってた。抗がん剤治療はもう終わってて、しばらくして寛解が確認されれば次のステップに進めること、その後骨髄移植をするかしないかが検討されることとか、ニコラは色々話してたけど、実際俺は彼の話してることがほとんど分からなくて、でもニコラは話してる途中に俺がフランス語を調べたりするのをすごく嫌ってたから辞書アプリとかも見れなくて、それでもあまりに専門的な用語が多すぎてこのままじゃ何も分からないと思ったから、途中から気づかれないようにスマホで録音してたんだ。家に帰った後、聞き直しながら調べようと思って。俺がフランス人じゃないことを、ニコラはどう思ってるんだろうって想像したよ。自分が死ぬような病気になった時、一緒に暮らしてる人間が白血病とか寛解とか移植とかいう単語を一つも理解できない外国人だったら。そう思うと不憫《ふびん》だった。彼の両親はもう亡くなってて、お兄さんがいたからお兄さんがたまに見舞いに来てくれてるみたいだったけど、一ヶ月以上俺に病名も病状も話さなかったのは、結局俺に話しても何の支えにもならないからだったんだろうって思った。それはなにとか、それってどういう意味とか、聞き返すとそれなりに説明してくれたけど、途中でもう嫌になったみたいで、そんなことはどうでもいいから俺が死んだ後のことを話そう、って言い始めた。今自分が死んだら住んでるアパートと遺産の一部を俺に相続させること、話してなかったけど、モンパルナスに新しい店舗を出すことが決まっていて、オープンしたらクローディアにはそっちのトップシェフを任せるから、Le fond のトップシェフを俺にやってもらおうと考えていること、それはクローディアやマネージャーにも伝えてあること、すでに今遺産相続について弁護士を通して正式な書類を作成しているところだということ、病気のことを一気に話されて戸惑ってたはずなのに、その話を聞きながらツキが回ってきたような気がしたんだ。でもツキが回ってきたって思った瞬間、混乱した。昨日まで由依さんのことで心が乱れてたのに、今日は金のことで卑しい思いをしてるって事実が、由依さんにもニコラにも後ろめたかった。結局ニコラは完治した。入院は四ヶ月、退院した後も人並みの生活を送れるようになるまではまた四ヶ月くらいかかったかな。ただでさえ皮肉屋で口が悪いニコラが、体が思うように動かせないことにずっと苛々しながら家にいて、地獄のような日々だったよ。職場も家もニコラの監視下で逃げ場所もなくて、でも仕事と家と両方を投げ出すことも、まだ辛そうなニコラを捨てることもできなくて無理してる内に、早く再発して死ねばいいのにって思うようになってた。自分はこんなことを思うんだなって、良い意味でも悪い意味でもなく、ただ単純に驚いたよ。でも、もう限界だって思うようになった頃、ニコラは少しずつ回復して、元の生活が戻ってきた。発病から一年ちょっと経った頃には普通に店にも顔を出すようになって、前みたいに快活な性格も戻ってきた。闘病中は当たって悪かったなとかニコラも言い始めて、遺産とかそういうのはとりあえず抜きにしてとにかく前みたいな生活が戻ってはきて、どこかで俺はこのままここにい続けるのかなって、家賃と生活費を払わない生活のおかげで貯金もどんどん増えてたし、このままでいいのかなって思い始めた矢先に、またニコラが姉妹店にシェフをスカウトしてきた。またアジア人だった。彼には店の近くにアパートを借りてやったらしいと噂を聞いて、だんだんニコラに対する嫌悪が募っていった。柴犬ばっかり買い集めて自分のフィールドで働かせたり住まわせたりする彼に、女性がハーレム幻想を持った男に抱くのと似たような嫌悪感を持ったんだろうね。実際、自分に恋愛感情があったとは思わないんだ。気に入られて飼われてる犬みたいなものだって自分でも思ってたし、特別扱いされてるのが楽でもあって、お互いに利害が一致して一緒にいただけで、でもどこかで、師弟関係とか父子関係に似た依存が生じてたのは確かだと思う。新しいシェフにアパートを借りたらしいねってさりげなく嫌みな言い方をすると彼は激昂《げきこう》して、お前には向上心が足りない生活態度もそうだし料理に対してもそうだ、その引き抜いたばかりのシェフはお前と違って熱意もあるし向上心だって強い、って人格否定されて、最後には『エイトは俺の入院中に何をしてた？』って責め立てられた。あの時、日本から両親が来てるからって嘘をついて早退けして日本人仲間と遊んでたのよって、何で知ってたのか分からないけどクローディアが告げ口したみたいで、お前は俺が抗がん剤治療してる間女とセックスしてただろうって言われた。クローディアからその話を聞いてすぐ、たぶん由依さんが出て行った後、いつも頼んでた家政婦に頼んで部屋の様子を見に行かせたらしいんだ。それで由依さんのいた痕跡、たぶんゴムとか髪の毛とかの存在を報告された。だからあの直後彼が遺産の話をしたのは俺をつなぎとめるためで、弁護士に遺産の話をしてたっていうのもたぶん嘘だった。Le fond のトップシェフにっていう話は本当に進めていたのかもしれないけど、今となってはもう分からない。それで一気に破綻した。彼のその粘着質な性格も、自分にも少しずつそれがうつってきたのを自覚できるのも、公私共に手綱を引かれてる状況にも耐えられなくなった。いつの間にか権力者の庇護《ひご》下に置かれる生活に慣れきってたことも、そうして色々利用しながら立ち回ってた自分自身も、相手の死を願いながら看病してたことも、途端に信じられなくなった。すぐに荷物をまとめてニコラの家を出た。実はそれから四ヶ月、樹さんのところにお世話になってたんだ。トランクとボストンバッグ持って転がり込んで。労基があるからニコラは俺をすぐにはリストラできなくて、俺も自主退職すると失業保険がもらえないから辞められなかった。次の就職先を探しながら Le fond で働き続けてしばらくした頃、俺が仕事先を探してるって聞いたみたいで、随分前に働いてた店のオーナーが日本進出してホテルに出店するから来てくれないかっていい条件を出してくれた。日本に帰ることが決まってからも、なかなか由依さんに連絡できなかった。由依さんはあんなに格好よく十代で単身渡仏して、二十歳ですぱっと諦めて帰国したのに、自分はこんな風にぐずぐずして、ぐずぐずしてる間に汚いこととか卑劣なこととかに慣れてどんどん堕《お》ちていった気がしてた。だから帰国の直前まで連絡できなかったんだ。でも連絡したら由依さんは相変わらずさくっとしてて、あの時なんて書いてくれたか覚えてる？　『これからは日本で瑛人さんの料理が食べれるんだね』って、その言葉にどんなに救われたか分からないよ。そういえば話してなかったけど、パリでの最後の二ヶ月は仕事しないで遊ぼうって、お金も貯まってたし、好きなことしようって思ってLe fond辞めたんだけど、そしたら樹さんがさ、ちょうど同僚のベトナム人が空き巣で逮捕されて強制送還になって人手不足なんだって、一週間で良いからうちのオマツリスシでバイトしてくれって言い始めてさ。フレンチ界の神と呼ばれたニコラ・シモネに認められたその手腕でうちの看板メニュー、スシビジネスやスシプラネットを握ってくれ！　って、冗談交じりに頼み込まれて、そしたら俺がバイト始めてすぐに今度はデリバリー宅配員が事故って怪我《けが》しちゃって、そしたら樹さん、俺実はキャノピー乗れんねん、って告白して、樹さん宅配員やり始めちゃって、結局二ヶ月丸々白衣着てスシ握ってたんだ」

「樹さん、ムエタイの審判の経験もあるとかいう話もあったよね？」

「そうそう、タイでスシ握ってた時、お客さんだったムエタイボクサーに頼まれて中休みしょっちゅう審判やらされてたって。だからムエタイのルールについてめちゃくちゃ詳しいんだよ。そう、それでね、実際そんな時だよ、俺が白衣着てせっせとサーモンのスシばっか握ってた頃、帰国するって由依さんに連絡したんだ。そんな状況もあって、やっぱり由依さんの言葉はどこかで自分には見合わない言葉に感じられてさ。ニコラに養ってもらって、結局仕事も私情で辞めて、十年フランスで経験を重ねてあんなに必死になって仕事してきたのに、最後はオマツリスシでバイトして。実際それは良かったんだけどね。樹さんにはちょっと感謝したくらい。二ヶ月自由時間があっても、結局感傷に浸ったり思い出の品を買ったり、そういう無駄なことしかしなかったと思うから。それで、帰国した後はすごく気をつけたんだ。馴れ合いも内輪の付き合いもしない、ただストイックに仕事をしてたい、その一心でホテルで働いて、そこに依存するのも嫌ですぐに独立した。ようやく最近、自分は元の自分に戻れたっていう気がするんだ。由依さんと知り合った頃の自分、健全な自尊心と共にあった自分に。突然こんな話されて、戸惑うよね。自分でも話すつもりはなかった。でもさっき、連絡を絶った理由を聞かなかったって言われた時に、この話を黙ってた自分が卑劣に思えて、話したいって思ったんだ」

瑛人は落ち着いた口調でそこまで言うとようやく言葉を止めた。どこかで予測していた彼の人生でもあったはずなのに、その話は意外性の塊でもあった。誰かを交えて会ったり、お店に行ったりするばかりで、結局私たちがきちんと向き合ったのはあのパリでの数日間と、つい数日前まで彼のマンションに滞在した二週間だけなのだと思い知らされる。でもかといって、十年近く一緒に住んでいる桂のことを、私はよく知っているというわけでもない。人は何十年人生を共に歩んでも、結局相手のことなどロクに知ることなく死んでいくのかもしれない。そしてまた、この話を聞いても瑛人のことを前より知れたようになど思えない。私はどこかで、このタイミングでニコラの話をした瑛人に越えられない壁を感じていた。私にとっては瑛人の過去やこれまでの経緯などどうでも良く、それはむしろ今の自分たちの目を曇らせる不純物のようにしか感じられないのだ。同時に、こういう話をするということは、彼は私に同じ熱量で自分と向き合うことを図らずも強要しているということでもあって、私はそこに初めて瑛人の野蛮さを感じ、その野蛮さにのるかそるか、迫られているような不快感が湧き上がった。

私がフランスに住んだのはたった三年弱で、仕事にありつけない時は日本語の家庭教師のバイトをしながら食いつないだ。フランス語も大して喋れないくせに、日本人向けに通訳のバイトも何度かした。家庭教師やります、通訳やります、そうして散々あちこちの掲示板に電話番号をばら撒いたせいで、鞭《むち》を持って家庭教師をしてくれとか、性行為のための日本語を教えてくれだの、変態的な電話もしょっちゅう掛かってきたし、日本から駐在で来ているという男の人に初級の範囲でいいからフランス語を教えてくれないかと頼まれ、実際に赴いた途端愛人契約を結ばないかと交渉されたこともあった。フランスに住み始めてからずっと、そういう神経のすり減ることばかりだった。仕事でも私生活でも耐えるばかりだった。家賃が払えなくてこのままなら強制退去になると不動産屋に脅された時、貧困モデル仲間に相談すると、フランスでは冬の間は凍死するから強制退去は執行できないはずと言われ、不動産屋にその法律を盾に強制退去を撤回してもらおうと必死に交渉したり、市役所の法律相談に二時間も並んで弁護士に相談したりしていた時、何か糸が切れたように私は以前愛人契約を迫ってきた駐在の男に自分から連絡を取り、援助交際をしてくれないかと頼んだ。六百ユーロとふっかけたのを値切りに値切られ、三百五十ユーロで話がまとまって彼の家を訪ねた。メトロの切符を買う金がなくて、改札を飛び越えて無賃乗車をして、駅でコンドームの自販機を見つけてそうだ買っておかないとと思ったけどやっぱり買う金がなくて、通りすがりの人に一ユーロくれませんかと声をかけまくってようやく手に入れた二ユーロでコンドームの三個セットを買った。男はコンドームを見ると嫌そうな顔をしたけど、こっちに来てから性病の検査受けてませんと言うといかにも適当にコンドームを装着した。「俺どうしてもこっちの女は嫌でさ。やっぱ日本人とヤリたいんだよ」。終わった後満足そうに男はそう言った。体を売るんだったら日本人相手の方が安心だと思っていた自分も同レベルだと思いながら三百五十ユーロを受け取った。三百五十でいいならまた連絡してよと言う男に分かったと言うと、私は寝室を出た。家賃二千ユーロは下らないであろう巨大なリビングのある1LDKのその家を出る時、ふとした好奇心に駆られ玄関の棚に倒してあった写真立てに手をかけた。入った時に予想していた通り、女の人とのツーショットだった。きっとあれは奥さんで、男は単身赴任なのだろう。私が到着した時、あの男はどんな風にあの写真立てを倒したのだろう。

帰り道、力の限り怒鳴り声を上げて疾走したい衝動に駆られた。私は生まれてこのかたそんなことをしたことがなかった。ずっと小市民的に生きてきた。生まれてからした大それたことは、大した勝機もないのにフランスに来たことくらいだった。でもその時初めて体を売った私には奇妙な高揚と怒りがみなぎっていた。戸惑いながら「う」と今にも吐きそうな声を出すと途端に発奮して、うわあー！　と声を上げて私は疾走していた。冬の寒い日の夜だった。人は少なかったけれど、すれ違う人すれ違う人皆ぎょっとしたように私を振り返った。私だってこんな人がいたらぎょっとして振り返るに決まってる。それでも止まらなかった。私は見知らぬ街で生まれて初めてと言っても良いほどの全力で疾走していた。途中でコートに手を突っ込んでさっきもらったばかりの五十ユーロ札七枚をぐっと握りしめ、その手を掲げひたすら走り続けた。これでも犬小屋のような屋根裏部屋の家賃一ヶ月分にも満たないのだ。貧乏くさい駐在の男に値切られて一回三百五十でセックスしてる女が、モデルで成功なんてできるはずない。それまで一度も疑問を抱いたことのなかったモデルという道に、その時唐突に迷いが生じた。どんなに食えなくても遊べなくても買い物できなくても平気だったのに、何でこんなとこでこんなことやってんだろう、と途端に何も分からなくなった。セーヌ川にかかる橋の上で力尽きて欄干にもたれかかって座り込むと、私は痛む体の端々と嗄《か》れた喉に激しく咳き込みながら携帯を取り出した。セーヌ川の上にいる。今すぐ来て。私がフランスに来て初めてそんなわがままを言えたのは、ずっと前から言い寄ってきていたアルジェリア系の男の子だった。どの橋？　何が見える？　慌てたようにそう聞く彼に見えるものをいくつか挙げると、彼は分かったよ動かないでねと言って電話を切った。三十分もした頃、彼が迎えに来た。どうしたのユイ、変なアクセントで私の名前を呼ぶ彼が現れた時、耐えきれず彼に抱きついた。呻くように泣く私の頭を撫で続け、彼はそれから数日私を一人にさせなかった。私は彼にお金を借りて滞納していた家賃を払いそのままステュディオを解約して、彼のアパートに転がり込んだ。父親がリヨンで音楽関係の会社を経営しているという彼は毎月十分な仕送りをもらっている大学生で、私は意地汚く生活費を稼ぐ必要がなくなったことに安心すると同時に、フランスでの生活に限界を感じ始めていた。そして彼と付き合い始めて半年が経った頃、日本への帰国を決めた。

「向こうに住み続けるために、体を売ったことがある」

縁日の金魚を優しく囲い込んですくい網に載せるように、彼はふわっと私の視線を受け止めた。彼が私を怯えさせないようにしているのが分かった。

「ワーホリとかで来てる女の子がさ、オペラの辺りにある駐在の日本人向けのスナックで働いてるの知ってる？　そういうとこで働く能があれば良かったのに、私が選んだのは体を売ることだった」

瑛人が何か口を挟もうとしたのを見てそれを制するように次の言葉を口に出す。

「挙句、やっぱりこれを続けるのは無理だって思って、親が金持ちの大学生と付き合い始めたの。アパートに住まわせてもらって、生活全部世話してもらった。私は好きで付き合ってるつもりだったけど、後から考えたら半々だったのかなって。好きな気持ちと都合のいい男を有効利用したいって気持ちと。でも日本に帰るって決めてあんなにあっさり別れようって言ったんだから、やっぱり利用してただけだったのかも」

「束縛が厳しいって話してた彼だよね？　バスの中で、見つかったら何されるか分からないって話してた」

「そう。あ、あの時の覚えてる？　震災後に私がパリに行った時、私クラブで摑み合いの喧嘩してたの」

「もちろん覚えてるよ。俺が現実に見た中でかなり上位の修羅場だったからね」

「あれって、エンゾーとかマリアとかからどんな状況だったのか聞いた？」

「いや、全然。由依さんが帰国した後、言い訳させてくれって電話かけてきたエンゾーには、何も聞きたくないって突っぱねたんだ。ニコラのこともあって俺も混乱してたし」

「あの時、エンゾーとマリアが私がモデルだった頃一番仲の良かったモデル仲間をフェイスブックか何かで探し出して、勝手にサプライズで彼女を呼び出してたの。実際、すごく仲良くしてはいたんだけど、実は私が付き合ってた大学生ってその子の弟でね、彼女は私が彼から逃げるようにそそくさと帰国したこととか、帰国した後彼が日本まで会いに来てやり直そうって言ってくれたのを無下にしたことをすごく怒ってて、ずっと連絡も途絶えてたんだけど、エンゾーとマリアはそんなことまるで知らないから、普通に仲良しだった子として呼び出しちゃって」

「もしかして、あの時由依さんに摑みかかろうとしてたあの子を止めてたのが、例の元彼？」

「うん。彼は新しい彼女もいて幸せそうだったし、彼女も当時モデルとしてなかなか成功してて、あちこち仕事で飛び回って充実してたみたいで、最初はそれなりに和やかに近況とか話し合って楽しくしてたんだけど、何だったかな何で火がついたのか思い出せないんだけど、まあ理由はどうであれ、私たちは火がついて摑み合いの喧嘩になった。それでその瞬間、計ったように瑛人さんが到着して、助けてくれた」

「七年越しであの時のネタばらしを聞くことになるとは思わなかったな」

「あの時はごめん。驚かせたし、あの日は混乱しててロクに話もできなくて」

「もっと早く話せば良かった」

瑛人は何かを断じるように強い口調で言った。でもやっぱり私は彼に距離を感じた。彼が話したことも、私が話したことも、本当に話す、伝える必要があったのかよく分からなかった。

「この間二週間一緒にいた時も、あの七年前のことにはお互い触れなかったし、それでいいのかもって思ってたけど、でも今だから良かったのかもしれない」

瑛人が話すたびに一つ一つ何かがぶれていっているような気がした。間違ったことを言っているわけでもないし、許せないことを言っているわけでもない。でも何かが少しずつねじ曲がっていくような不安があった。不意に、過去の瞬間瞬間がフラッシュバックするような感覚に眩暈がする。フランスに行こうと思う、そう話した時の母の不審そうかつ迷惑そうな表情、行く先々でフランス語が通じなかった時の汗が噴き出すような焦燥、永岡さんたちに連れられ初めて瑛人を紹介された時に働いた「この人と自分の間にはいつか何かが起こるだろう」という勘、帰国することにしたと話した時のエンゾーやマリア、瑛人、モデル仲間たちの反応、表情、送別会でもらった花束を帰り道収集のため路上に出されている緑のゴミ箱に突っ込んだ時取り残されていたバラの棘《とげ》が親指の付け根に刺さった痛み、日本で入り直したモデル事務所で一年働いた後、契約は更新しませんと前のめりに申告した時、社長とマネージャーがうっかり見せた荷が降りたような表情、初めて原稿を書く仕事をして受け取った支払い通知書を見た時知った書き仕事の安さ、明誠社に行った時に見かけた水島桂、その後カフェにいたら私を見つけて物陰から監視を始めた水島桂、その後書店に行ったら尾行してきて声を掛けてきた水島桂、実家にいたくないという私の思いを利用して付き合うよりも前に一緒に住まないかと提案した桂、桂の部屋に引っ越した日に二人で食べた出前の蕎麦《そば》、由依と付き合いたい、俺は由依と結婚したい、いつも自分の要望を伝えるだけで満足した様子だった桂、何度も書き損じた婚姻届、ものすごい揺れを感じたあの時、揺れている間中鳴り続けていたグランドピアノの自動演奏、ハリウッド映画のように揺れていたシャンデリア、送受信できなかったメール、三時間歩き続けて自分のマンションのてっぺんがようやく目に入ってきた時の安堵と、余震が収まればまた終わりなき日常が戻ってくるという憂鬱な予感、止まっていたエレベーター、五階まで何度も休みながら上り続けた階段、パリに来ないかという瑛人からのメール、パリに行ってくると話すと意外なほど好意的に送り出した桂、パリから東京に戻る飛行機の中から見えた満月に近い月、丸二年瑛人からの連絡を知らせなかったスマホ、本帰国を知らせるメール、二年ぶりに再会したホテルのレストラン、二人の示し合わせたような何もなかったような態度、「泉川雫《いずみかわしずく》シリーズのライトノベル作家水島桂、盗作確定」という週刊誌の見出し、何かご飯買ってくるよと出かけて帰ってきた桂が手から提げている袋の形を見てまたケバブかとがっかりする気持ち、旦那の出張中うちに来るかと誘っておいてその日の夜には本当にいいのとメールで逡巡を表明してきた瑛人、この仕事をちゃんとこなせたら何か風向きが変わるような気がするんだと話した桂の浅はかさ、いいよ由依さんは座っててと、私が食べたいとねだったシューファルシを作る瑛人の言葉を無視して手元を覗き見ようと上げた踵《かかと》、七年ぶりに触れた瑛人の首筋、セックスをしている時ふと思い出した「男はセックスをしている時パートナーに体を触れられているとイキやすくなる」といった内容のその日タイムラインに流れていたAV男優のツイート、桂に犯された時汚されたような気がしたけどすでに汚れていたとするならばあれで私は清められたのかもしれないという怒りの中に湧き上がった突拍子もない発想、瑛人から届いた「またいつでもおいで」というメールに安堵すると同時に湧き上がった本当にそれが彼の本心なのだろうかという疑問。全てがパラパラと写真のように瞬間だけが蘇る。結局人生はこうした瞬間、事実の連続に過ぎない。それは連なりではなく、それぞれが独立した事実であって、過去から未来に向かって連なる自分自身があるのではなく、全ての瞬間が写真のように、いやX線写真のように無機質に無秩序に山積しているだけなのではないだろうか。私はそれぞれ思い出される瞬間と瞬間の間に、何かしらの連続性を見出すことができない。こうだからこうなったと説明することができない。一足す一は二、のような法則を見出すことができない。なんて不安定で、なんて不愉快な事実なんだろう。昨日の自分と今日の自分に、連続性を見出せないということは。

「由依さん、家で何かあったの？」

瑛人が、私を緊張させないように優しい声で聞いた。私は首を振る。

「今ここにいたいからここにいる。瑛人さんといたいからここにいるだけ」

瑛人はまだ何か言い足りなそうで、不安そうでもあって、その理由は多分さっきからずっとこの静かな部屋のＢＧＭのようにバッグの中で鳴り続けている私のスマホのバイブ音だった。

「ずっと瑛人さんのことが好きだった。でもずっと好きだったから今ここにいるんじゃない。今瑛人さんのことが好きだから、今ここにいる」

もっと何か大切なことを伝えたいと思っているのに、もう何も出てこなかった。情けなかった、瑛人を好きだという気持ち以外に私は瑛人に伝えられる言葉がないのだ。俺も由依さんが好きだよという瑛人の言葉、私の手に伸ばされた大きな手、右半身に感じる瑛人の温もり。この瞬間の完成に体は歓喜する。それでも頭はどこかでその先を見ている。歓喜の先にある無常を見ている。今のこの瞬間の中に居続けたいという願いは自殺願望と同じなのかもしれない。この瞬間にしがみつきたくて、私は瑛人の背中に手を伸ばす。緩やかな自殺と同義の愛撫が始まる。

「瑛人さんとずっとこうしてたい」

　それは今の私のこの瞬間の願いだ。その願いは強く、これまでもずっとこうしていたかったのを鑑みるとこれからもずっとそうかもしれない。でも次の瞬間にはこの願いは潰えるかもしれない。自分が最も軽蔑するタイプの男に体を売ったように、それまで何とも思っていなかった男にある日突然救いを求めたように、永遠に諦めないと思っていたモデルの道を諦めたように、帰国を決めたように、桂に求められるがまま結婚したように、震災が起こって何がというわけではないのに何かが確実に変わったように、瑛人のところに行こうと強く固めていた気持ちが連絡がこない日々の中で少しずつ薄れいつしか消え失せたように、私は私の人生に対してあまりに無力すぎる。確かなものに触れたかった。いつも同じ時間に明かりが灯《とも》る灯台のような、必ず沈んでは昇る太陽のような、確実な周期でなくとも必ず寒さの後には暑さが暑さの後には寒さがやってくる四季のような、雲がなければ必ず見える北斗七星のような、投棄された後ずっと変わらず存在し続ける腐食しないプラスチックゴミのような、そういう確実なものに触れたかった。人はどうしてこんな不確実性の塊なんだろう。確かなものが欲しくて言葉や温もりや思考を積み重ねても一瞬で爆発して放射線状に散り散りになってしまう。だから私は信じられない。自分も人も人生も記憶も明日も今日これから起こることも。何一つ信じられないそして今に縋る。彼の背中に立てた爪は祈りのようだった。カットソーの裾から手を入れたくし上げながら胸、背中、首筋に触れる彼の手は救いのようだった。

「ずっとこうしてたい」

私の言葉は嘆きのようだった。

英美

拓馬が優しくなった。どう考えてもおかしかった。世の中には浮気をすると妻に優しくなるタイプも多いというが、拓馬は浮気をするとどんどん私の扱いが雑になる人だ。何かにご執心になるとその他のものに対しておざなりになるのだ。彼の態度の変化は残酷とも言えないほど、見る者の頭をスポンジ状に溶かし判断能力を失わせるつまりバカにさせるほど軽々しく、その軽々しさはすでにバカになった私を傷つけることもない。ここ一週間外泊がない。三回ほど私より先に帰宅して私の母親の話し相手をしたり信吾の宿題を見ていたりした。憑《つ》き物が落ちたような変わり具合だ。もちろん私は素直に夫の変化を喜ばない。気まぐれに戻って来た男は、また気まぐれに裏切る。とにかく拓馬は軽薄で、私を裏切ることを何とも思っていないのだ。自分に言い聞かせるように強く思う。彼は私を散々裏切ってきたし、これからも同じように裏切り続ける。子供がいなければ別れていたし、子供がいても別れるべきだった。そうできなかったのは私の母子家庭への不安が大きかったせいで、拓馬に対する期待や希望などではない。彼への情はとうに尽き果てている。私はもう拓馬には何の期待もしないし、愛することもない、全てが錆び付いたのだ。彼は何の役にも立たないが常にそこにある夫というオブジェでしかない。

「英美、和室の蛍光灯切れてたから替えといたよ」

「ああ、ありがとう。お母さんもう寝たの？」

「うん。さっきおやすみって言ってた」

ふうんと言いながら残り物のおかずをレンジに入れる。急に態度を変えたのは、十中八九不倫相手との不仲か別れが原因に違いない。これから仲良くやっていきたいなら、私は割り切って温かく迎えた方が良いのだろう。でも私はもう拓馬と家族三人仲良く暮らしていくつもりはない。形はどうであっても、心は断絶したままだ。もう拓馬と心を通わせることは一生ない。きっと、信吾が独り立ちしたら私は離婚を提案するだろう。

「最近、どうなの仕事」

「別に、いつも通り。そっちこそ、なんか最近帰り早いけどどうしたの」

「横浜の現場終わったからさ、今はスポット的にだけど余裕あるんだよ。今度さ、英美の休みにデートでも行こうか？　たまには二人でレストランで食事とか、買い物とかもずっと行ってないんじゃない？　映画観るのもいいね」

もしかしてこの人は不倫なんてしてなかったんじゃないか。ここでそんな風に思うのはサレ妻初心者だ。この人は絶対に不倫をしていた、あるいはしている。そうでなければ説明がつかない。一度でも浮気をしたことのある奴は、怪しいと思ったらほぼ百パーセントしていると思った方がいい。最初に浮気された時は取り乱した。怪しいと思いながら信じたい気持ちが勝っていたのが、決定的な証拠を見つけた瞬間それまでの信じていたかった気持ちと愛情とこれまで拓馬と積み重ねてきた時間、そういう諸々《もろもろ》が湧き上がって頭が真っ白になった。拓馬はもう二度としないと平謝りしたが、もう二度と信じない、信じられない、という気持ちと信じたい気持ち、その両方の中で揺れながら七転八倒しながら、夫と手を取り合うでもなく自分一人でただ一人で乗り越えてきたのだ。夫を再び信じるようになるまでの道のりは、自分に打ち勝つことと同じだった。信じら信じられない自分を、信じる自分が凌駕《りょうが》しなければならなかった。そして本当にようやく心身共に穏やかな日々を取り戻しつつあると感じ始めた矢先にまた浮気が始まった。本当にようやく再びこの家庭を信じることができるようになってきた気がしていた時だった。それなのに拓馬はたかだか一年で再び裏切った。私はただただ静かに傷つき、諦めたのだ。拓馬を完全に諦めた。今回の不倫はもう何度目だろう。私が把握しているだけで三回目、グレーなものを入れると四回目で、四回目が確信に変わった時は「ほらきた」という気分だった。傷つくとか悲しむとかいうよりもむしろ次はいつされるか怯えている時よりも楽になったとさえ感じていた。そうして、私は嫉妬と虚無と憎悪をさばさばの仮面で覆い隠す。

「休みの日は休みたい」

「そっか、まあ英美はそうだよな」

こんな可愛くない女に誰がしたと思ってるんだ。湧き上がった怒りをぶつける気力もない。少なくともお前の二度目の不倫が発覚する前くらいまでは誘われれば喜んで何を着て行こうか考えるくらいの可愛げはあった。私の恋愛感情も女性としての喜びも、拓馬に焼き尽くされたのだ。もう二度と、私が恋愛による幸福を享受することはないだろう。ふと、先週の休みにほぼ一年ぶりに会った若菜《わかな》の言葉が蘇った。「連絡すればいいじゃん、元彼とか昔良い感じだった男とか。あるいは今の職場でいい人いないの？」。反射的に、なんて浅はかで尻軽な発想だろうと眉をひそめた。相手が浮気するならこっちもなんて、下劣極まりない。若菜は昔からそうだった。彼氏がいても彼氏との関係にちょっとでも不満を抱き始めるとすぐにキープの中から良いのを探し出して遊びまくるような子だ。若い頃は苦手だと思っていたけど、専門学校時代の仲間で一番頻繁に連絡を取り合っているのはなぜか彼女だった。若菜自身は二十二で同業者と結婚出産して、新しい旦那の金で料理教室を開いたと思ったらすぐに二十も年上のホテル経営者と再婚して、新しい旦那の金で料理教室を開いた挙句、私まだ今の生活に満足してないのよねとのたまう猛者《もさ》だ。自分とは違いすぎて、批判や説得の対象にならないのだろう。

「私が英美だったら少なくともその今の不倫疑惑が浮上した段階で探偵を雇うね、それで同時進行的に手持ちのカードの中から他のいい男を探す。子持ちバツイチで再婚はそれなりにハードル高いし、子供もいるから信用できる人を選ばなきゃいけない、となると昔から付き合いがある人か、知人からの紹介が手っ取り早いかな。アプリとかは駄目だよあんなのヤリモクしかいないし本気で出会い求めてる奴は逆に子持ち敬遠するし。それていうかその不倫疑惑出てからどれくらい経ってんの？　一年以上？　まじで？　それって余裕で受精から出産までできちゃう期間じゃん。私だったら不倫の証拠集めて離婚して新しい男とすでに結婚とか妊娠とかしてるなってところだよ。素敵な旦那ゲットして人一人作り出せる貴重な三十代の一年を不倫されてるかもって思いながら何もせずに過ごしたんだよあんたは。分かってんの？　その無気力はもはや罪だよ」

若菜の言葉を聞きながら、この人みたいにエステや美容室でピカピカな肌と髪、恐らく整形で手に入れたのであろうぱっちりした目と細い鼻筋と尖《とが》った顎を手に入れていれば私もこんな風に自信満々に友達をディスることができたんだろうかとぼんやり思う。虚しさと共に、私はもう恋愛とかそういうのはいいんだよと呟いた。真剣に付き合いたいでも、ちょっと気晴らしに遊びたいでも、合コンしたいでも、どれでもある程度の男セッティングできるから何かあったら言ってよと言う若菜には「いやどれもないよ」と答えたけど、その日の夜私はフェイスブックを開くと元彼たちの名前で次から次へと検索をかけた。連絡を取ろうと思ったわけじゃなくて、ただ単に今何してるのかなと思っただけだ。二人は子供が生まれましたの報告で更新が止まっていて、一人はバツイチ子持ちの女と結婚したという報告、あとの二人は見つからなかった。拓馬と結婚する前、気になっていた男も調べてみた。アイコンが本人の写真で、久しぶりに見る彼がやっぱりかっこ良くてどきっとしたけど、トップに女性とのツーショット写真が上げてあってコメントも読まずにウィンドウを閉じた。なぜかは分からないけど、皆が結婚したり父になったりしていることに、どこかで傷ついている自分がいた。元彼たちが皆いつまでも私のことを好きでいるはずなんてないと分かってるのに、それでもどこかで、あんなに私に好きだと言った口が他の女との間に生まれた子供にキスをしたりしているのだと思うと不思議と苦しかった。生まれてこの方、私は誰からも愛されたことなんてなかったのかもしれない。フェイスブックを閉じたあと、昔からの男友達にLINEを入れた。最近どうしてる？ こっちは色々悲惨でさ、という雑な探りのメッセージだ。専門学校時代の研修先で知り合ったOBで、私たちはすぐに意気投合したけど、友人以上の関係にはついぞ一度もならなかった。年に数回のペースで連絡は取り続けていて、他の専門学校仲間を交えて年に一回くらい飲みに行く程度の仲だったけど、ぼやけた顔とぼやけた性格のせいか女の話が出たことは一度もなく、もしかしたら童貞じゃないかと友達が冗談で言っていたのもあって、いつか何かあった時はこの人がセーフティネットになってくれるかもしれないという思いがずっとあった。こんな時にもこんな何というか無難なところにしか手を伸ばせないのかと思うと、自分の人生に自分自身にうんざりした。返って来たＬＩＮＥは「どうしたの何かあった？」というさっぱりしたもので、長々と旦那の不倫疑惑を語られても困るだろうと、「旦那とうまくいってない」とさっぱり返した。「まあ機会があったら話聞くよ」というざっくりした返事には「うん、今度誘うね」と書いたけど、いつ誘うつもりなのか自分でも分からなかった。休みを潰してまで会いたいかと言われると、そうでもない。結局やっぱり女として枯れているのだ。私はもう恋愛に本気になれない。育児にも家庭にも、全力投球などできない。仕事をした残りカスのような気力で家での時間をやり過ごしている。信吾のことも可愛くないし今となっては再婚のお荷物だし、母親はクソ、旦那もクソだ。

「お風呂入ってくるよ」

そう言った旦那に、うんとぼんやりしたまま頷く。ご飯終わったら英美も来れば？　一瞬何を言われたか分からなくて手に持ったお箸をじっと見つめ、こんなお箸あったっけ犬の絵付きなんて超ダサい、あのババアが買ったのか？　と思った後にゆっくり振り返る。

「たまには一緒に、どう？」

「今日は、シャワーでいいや」

自然な口調を心がけたつもりだったけど、がちがちに硬い態度になっているのは分かっていた。旦那が私と仲良くしようとしていることへの戸惑い、雑な誘い方への呆れ、これまで散々不倫しておいてという怒り、それでも無意識的に湧き上がる仄かな喜び、不倫相手ともお風呂に一緒に入っていたのだろうかという邪推、五台の感情が豪速で走ってきて五差路の交差点の真ん中で全部がいっぺんに衝突したような混乱だった。あまりのことに、食欲が完全に失せた。箸を持って鶏と大根の煮物を前に、私は固まったまましばらく動けなかった。もしかしたら今日、拓馬は私とセックスするつもりかもしれない。お腹がしくしく痛んだ気がした。

お先、と言ってお風呂から出てきた拓馬の後にお風呂場に行くと、シャワーでいいと言ったのにお湯はまだ張ってあって、実際はお風呂に入りたかったからどこかで気がきくじゃんと思っている自分に腹が立った。私はずっと怒っている。嬉しさも喜びも悲しさも辛さも、全て怒りか苛立ちとなって表出する。多分初めて拓馬に浮気された時から、ずっと怒っている。妊娠中に浮気が発覚したこともあって、産後は年に二、三回というペースでしかセックスしていなかった。それこそお盆やお正月のように、ほとんど面倒臭いイベントのようなものでしかなかった。拓馬と最後に寝たのは一年半前だ。一年前くらいにも手を伸ばされたことはあった。でもその時私は「疲れてる」という一言と共に背を向けた。実際疲れてたし、浮気を疑い始めた時期でもあってそんな気にはなれなかった。今私が拓馬から伸ばされた手を取ることはどうやってもできないような気がしたけど、別に拓馬のためじゃないと自分に言い聞かせながらビキニラインに剃刀を当てる。定期的に通うのが面倒で、脱毛はワキしかしていない。それも安心してずっとほったらかしにしてしまうため、気がつくとたまに二、三本だけ長く伸びていたりする。ムダ毛に意識を向けたのが久しぶりすぎて、どこかノスタルジーすら感じる。若菜とか、例えばフロアのキラキラ女子山崎さんとか、あの蓜島の彼女なんかは、きっと全身綺麗に脱毛を終えているんだろう。鏡にお湯をかけて曇りを取り、浴槽に片足をかけてビキニラインの形を確認している内に馬鹿らしくなって、少しだけサイドを細くしただけで終わりにした。

髪の毛を乾かしてリビングに戻ると拓馬の姿はなく、私はどこか緊張しながら食器を洗い、スマホを持って寝室に向かった。ベッド脇のランプだけが灯された部屋で、拓馬はベッドに横になってスマホを見ていた。一緒のベッドで寝るのはちょっとねと意見が一致して、最初からシングルを二つ並べる形で寝ていたけど、最近はもうくっつけるのも嫌で部屋の端と端にベッドを分けてしまおうかと思っていた。

「もう寝る？」

うん、と言いながらベッドに入る。真ん中で区切られてはいるけど、向こうの動きはこっちにも伝わってくる。拓馬がおやすみと呟いて、スマホをチェストに置いて電気を消した。状況が飲み込めるまで五分かかった。彼は私を抱くつもりはない。きっと今日したいのだろうと思い込んでいた自分がどうしてそう思い込んだのか、思い返せば一緒にお風呂に入るかと聞かれただけだった。あれもどうせ断られるのを見越して発されたただの冗談だったのかもしれない。馬鹿馬鹿しくなって布団に深く潜るけど、虚しさは消えなかった。私は抱かれない。誰にも抱かれない。キラキラしてないしムダ毛にも無頓着だ。惨めなサレ妻で、この間は元彼たちが総じて結婚してたから冴《さ》えない不細工な男友達にかまってＬＩＮＥを送った。改めて強く自覚して自分を戒めていると、拓馬のスマホがブーブー鳴っているのが聞こえた。すでに拓馬は寝息を立てていて、不倫相手だろうかと不愉快な思いを募らせる。でもどうせ疑われていることに気づいている拓馬はＬＩＮＥにもロックをかけているだろうし、寝ているからといって気づかれないように指紋認証を解除するのはさすがに難しい。それでもどうしても気になって、バイブ音が三回ほど鳴ったところでベッドを抜け出した。今拓馬が目を覚ましたらトイレに行くと言おうと思いながら、拓馬の脇のチェストの上にあったスマホを手に取る。そもそもこのスマホのパスコードさえ私は知らないのだ。馬鹿みたいだと思いながらホームボタンを押すと、どっと出てきた通知は全てツイッターのものだった。「窓際ゲーハー係長の数奇な運命さんがいいねしました：めげずに一緒に風呂入るか聞いてみたら睨みつけられシャワーでいいと断られた。そもそも本気にされてない」。何だこれ。少し考えて、これは拓馬のツイートに対するいいねなのだと気づく。他の通知も同じツイートに対するいいねの通知だった。拓馬のスマホをそっと元の場所に戻し、ベッドに戻ると自分のスマホでツイッターを開いた。レストランやパティスリー情報などを追おうと閲覧用のアカウントは持っていたが、もう何ヶ月も開いていなかった。慣れておらず検索ページを見つけるのにも手間取る。「窓際ゲーハー係長の数奇な運命」で検索してヒットしたユーザーのいいね、の欄をタップすると一番上に風呂ツイートが上がっていて、そのツイート主の「ロボコン5位の実力」というユーザー名に、知り合った頃の拓馬の話を思い出す。大学の頃友達に誘われてロボコンに出たことがあってさあ、俺は何ていうかそういうの全然で雑用とかしかしてなかったんだけど、何とそのグループが五位になってさ。何となくその話が印象に残って、友達に拓馬の話をする時などに「あのロボコンの人?」「そうそうロボコンの人」とロボコンの人扱いをしていたこともあった。アイコンは拓馬の好きな漫画のキャラで、幼稚だなと思わず嘲るように笑いが溢れた。そもそも本気にされてない」

「めげずに一緒に風呂入るか聞いてみたら睨みつけられシャワーでいいと断られた。そ

「さっきデートしようか?って聞いたら、休みの日は休む、って瞬殺。俺の奥さん男前」

この家で起こったことや会話が不特定多数の人の目に晒《さら》されているという事実に冷や汗が出た。ここに書かれているのは拓馬の本心なのだと思う、スクロールする指に力が入る。ツイートが新しい順に表示されていて、時間が遡っていくのに慣れず奇妙な感覚に陥る。

「妻が鬼化してもう何年だろう。デートとかセックスはもう一生できない気がしてならない」

「結局不倫相手との別れの痛手は新しい不倫相手を見つけることでしか癒せない説」

「でも例えば今妻と仲良くしたりセックスしたりしてもこの寂しさは癒えないんだろうな」

「ふと気づくとLINEきてないかなーってスマホ手にとってる」

「彼女と別れたのが自分でも意外な痛手」

もうとっくに愛も情も尽きてこの人が何をしていようと構わないと思っていたのに、傷ついていた。あまりにショックで、目の前にロールカーテンがばさっと下ろされたように視界が真っ白になったのが分かった。お風呂に入らないかという言葉も、このツイッターに書き込むためのネタとしての発言だったのかもしれない。もう死ぬまで、拓馬に対して何一つ言葉を吐けないような気がした。夫の不倫に傷つき恋愛という土俵からすごすごと降りた私は、もう夫を女として喜ばせることも満たすこともできないのだ。

分かっていたはずなのに当然のように相手にもそう思われていると思うと耐え難かった。もう無理だと思った。このまま、仮面夫婦のまま熟年になるまで一緒にいるのかと思っていたけど、もう無理だった。この人は不倫相手の喪失の寂しさを、新しい不倫相手で癒し、その不倫相手と別れたら、その寂しさをまた新しい不倫相手で満たす。私に満たすことができないのだから、そのスパイラルは永遠に続くに違いない。涙は出なかった。涸《か》れていた。そうだもうとっくに、涸れていたんだった。そう今思い出したふりをしながら、私はどんどん画面をスクロールしていく。どんどん時間を遡り流れていく拓馬の言葉。不倫相手との幸福な密会、妻への罵倒と愚痴、家庭というものに対する嫌悪、夫や父親という役割に適合できない自分の性癖、なんでデキ婚なんてしたんだろうという私と寸分違《たが》わぬ後悔。それは一糸纏《まと》わぬ姿で針山を転がり落ちていくような痛みだった。

出勤時、すでに電車のラッシュはピークを越しているが、今日はいつもより早く家を出たため人が多かった。一睡もしていなかった。充血した目がどくんどくんと脈打っているようだった。昨日の夜少し肌寒かったからカーディガンを羽織ってきたが、電車を降りてからここまででもう随分汗ばんでいた。ふと、蓜島に新メニューを提案されていたのを思い出す。それに合わせてデザートの新メニューも考えて欲しいと言われて数日経っていた。ピスタチオや松の実を使ったチョコレート系のものや、そろそろモンドールが出回るから何かモンドールを使った温チーズ系のデザートを作れないかとデッサンを描いている途中だったのを、すっかり忘れていた。モンドールが日本に出回るのがいつ頃だったか蓜島に聞いてみようと思いながら坂道を登りきり、脇道に入ってすぐ、ほんの十メートルほど先に蓜島の姿を見つけ、その隣にいる彼女に一瞬固まる。このまま歩いていったら店の前で別れた彼女と私が鉢合わせる確率百パーセントだ。大通りに戻ろうかどうか迷っていると、店の前で蓜島の腕に手を絡ませていた彼女はするっと手を解き、二人は向き合って何か楽しげに話している。今日は何時に帰ってくる？　何か食べたいものある？　待ち合わせて一緒に帰ろう。帰りに買い物して帰ろうか。そんな会話を交わしているのだろうか。穏やかに微笑みながら話す彼らを、立ち止まったまま私は見つめる。乾いた心は、不倫なのかよく分からない彼らの姿に動揺しない。もう乾ききったのだ。でも昨日また新たに流血した傷口には新しいかさぶたができている気がした。私にはまだ血がかよっているのだろうか。じゃあ後でね、彼女の明るい声が微かに耳に届いた。手を振ろうとする彼女の腕を取り、蓜島は少し屈《かが》んで彼女にキスをした。互いに互いの幸福を願うように、世界の全ての罪を許すような微笑みを浮かべ、彼らは小さく手を振り合う。蓜島に背を向けた彼女、彼女の背中を見つめる蓜島、二人共に僅かな微笑みが残っていた。拓馬と不倫相手もこんな風にキスをして手を振り合い、別れを惜しんだりしていたのだろうか。誰かに愛おしいと思われたかった。強烈に、誰かに大切に思われたかった。ずっと押しとどめてきた、求めて手に入らなかったら悔しいから、心の奥に押しとどめてきた願いが強烈に溢れ出した。誰かに、気が狂うほど求めてもらいたかった。お前がいれば他に何もいらない、そんな歌謡曲のような台詞を今誰かに言ってもらえたら、きっと私は死んでもいいと思うだろう。こっちに戻ってくる彼女に慌てて踵を返し大通りに出て、目に付いた雑居ビルの階段を数歩上がりその場でじっと息を殺す。数十秒して大通りに戻ると、彼女の姿はもう見当たらなかった。

呆然《ぼうぜん》としたまま、私はゆっくりと店に向かう。すれ違う人々が全て皆、私よりも幸福そうに見えた。


「モンドールが出回るのは九月下旬かな。俺もモンドールはいいなと思ってたけど、盛り合わせ以外の出し方はどうなのかなって、基本の付け合わせはバゲット、ソーセージ、じゃがいもでしょ？　俺はむしろプラの方にモンドールを使おうか考えてたんだけど」

「例えば、オリーブ、ドライフルーツ、薄切りバゲットをココットに入れたモンドールに絡めたりするのはどうですか？　食後にまだワインが残ってるお客さんとか、ディジェスティフを飲む方には最適だと思います。デザート感を出すなら、パンペルデュはどうですか？　薄切りのバゲットをバターではなく、例えばアンチョビとオリーブオイルでカリッと仕上げてそこにモンドールを添えるとか」

「ちょっと重い気もするけど、アントレ、プラの組み合わせによってはそれくらいでも良いのかもね。じゃあ、モンドールが入る前に何か別のウォッシュタイプのチーズで試作してみようか」

「分かりました。あと、ガトーショコラも配合を変えて今より少し重ための焼き上がりにして、仕上げを秋仕様にしようと思ってます。まだ構想段階ですけど、フランボワーズを混ぜ込んで焼いてみようかなと。あと今はバニラアイスと生クリームを混ぜたものを添えてますが、生クリームをピスタチオのエスプーマに替えて混ぜ込むか、あるいはピスタチオのアイスを作って載せてみようかと思ってます」

「うん、フランボワーズとピスタチオは鉄板だね。楽しみにしてるよ」

蓜島はそう言って、簡単にメモを取ると、こっちもカスレとブフブルギニョン以外の新メニューが固まったら報告しますと他人行儀に言った。ここのところ、蓜島に牽制されているような気がしてならない。ここ最近彼女のことにちくちくと苦言を呈してきたからだろうか。私だって経営者だったら仕事場に私情を持ち込むような奴は嫌だ。でも今日だけは、とにかく出勤したことを褒めてもらいたい。結局不倫相手との別れの痛手は新しい不倫相手を見つけることでしか癒せない。拓馬の書き込んだ言葉が、私を恒常的な低酸素状態に追い込んでいた。

ディナーの仕込みを始める前に、ロッカーの中のスマホを手に取る。スマホを手に取れば、私はまたすぐに夫のツイッターを見てしまう気がして躊躇したけど、昨晩この二年分の夫のツイートを読み終えた私にはもう怖いものなどないはずだと自分に言い聞かせる。でも手に取った瞬間、不在着信と留守番電話の通知が目に入って嫌な予感がする。しかも不在着信は知らない番号から四件も入っていた。「田園調布《でんえんちょうふ》駅西口交番の牛崎《うしざき》と申します。藤岡英美さんの携帯でよろしいでしょうか。えっと、藤岡信吾くんのことで連絡を取りたいのですが、気がついたら折り返していただけますでしょうか。ご心配は無用です。信吾くんはうちの交番で保護していますので。ではでは」

　田園調布は、うちから二駅離れている。何でそんな遠い交番で保護されているのだろう。一体信吾に何があったのか、すぐに折り返して呼び出し音が鳴る間に厨房を通り抜け店の外に出てうろうろと歩き回る。ああ、信吾くんのお母さんですか、良かったです連絡が取れて。ほっとした様子の声に、何があったんですかと畳み掛ける。向こうから伝えられる話を聞きながら、私はほぼ半日前にも感じた、目の前が真っ白になっていくような、気の遠くなる思いがした。警察との電話を切ってすぐ、母親に電話を掛けるが繋がらない。夫も電話に出なかった。ディナーの仕込みをしてから行くとなると一時間半はかかってしまう。体が引き裂かれそうな焦りに、なぜか涙が滲んだ。

「あ、藤岡さん。久しぶりです」

　顔を上げて目に入ったのは、今朝鉢合わせるのを回避したばかりの由依だった。ほんの数時間前にまさにここで甑島と彼女がキスをしていたのが脳裏に蘇る。

「あ、由依さん」

弾むような声を上げて甑島が店から出てきて、同時に私を見つけて「どうしたの？」と声を潜めた。

「えっと、あの実は息子が……」

そこまで言ったところで涙が溢れた。大丈夫ですか？　と由依は言って私の二の腕に触れた。汚い手で触るなと、こんな時でも私は強烈に苛立った。

「今警察から連絡があって、息子が事件に巻き込まれて、無事なんですけど迎えに行かなきゃいけなくて」

「藤岡さん、説明は後でいいんで、こっちのことは気にせず行ってください。戻れる時に戻ってもらうので構いません」

正気を保たせようとしているように、甑島の声は冷静だった。ありがとうございます、と呟くと私は店に戻り控え室でバッグと上着を引っ摑んで慌ててまた店を出た。ごめんね由依さん、と甑島が由依に謝り、由依は首を振って微笑んでいる。中休みにどこかに行く予定が、きっと私のせいで潰れたのだ。あ、藤岡さん、気をつけて行ってきなね、と私に気づいてそう言う甑島に、クレームブリュレとムース・オ・ショコラ、タルト・オ・シトロンはできてます、クリームとか付け合わせのことは向かいながらメールで連絡します、本当にすみませんと呟き二人の目を見ることなく頭を下げると走り出した。大通りに出てすぐにタクシーを捕まえ、交番の名前を伝える。母はきっと習い事に行っているのだろう。ディナー開始前に戻れるだろうか。もう習い事も終わっているはずなのに、母は電話に出ない。慌てたままメールを打ち、何用のクリームがどこにあってどういう配合で何と混ぜるか、ミントやチョコレート、飾り花がどこにあるかなど、簡潔に打って蔀島と本田と柳原に一斉送信する。彼氏ができたという理由で不倫相手に捨てられて傷心の夫は、今どこで何をして私からの電話に出られずにいるのだろう。ツイッターを開きまた「ロボコン5位の実力」で検索する。

「節約する必要なくなったから後輩と蕎麦屋で鴨南蛮」

昼過ぎにそうツイートしていたのが最後だった。節約する必要がなくなったのは、ホテル代を払う必要がなくなったからだ。妻に気づかれずに不倫相手とホテルに行くために必死に節約する様子が過去のツイートに書いてあったから間違いない。これは一体誰に向けてツイートしているんだろう。読みながら思った。三十代後半のしがない現場監督の仕事と家庭の愚痴と不倫報告に使われているアカウントのフォロワーは五十人にも満たず、その多くは同じように居場所のないおっさんばかりのようだ。特に後輩や部下に慕われている様子もない拓馬のツイートを全て読んだのはきっと世界に私だけだろう。毛糸の玉をほどくように承認欲求の塊のような言葉を読み漁ったけど、最後の最後まで承認欲求以外の何も読み取ることができなかった。そしてそんな男への嫌悪も心の中の罵倒も、そんな男と子供を作り結婚し離婚できずにいる私にブーメランとなって返ってくる。見れば見るほど、読めば読むほど、私は私を嫌いになった。

「すみません遅くなりました藤岡信吾の母です」

交番に入るなりそう言うと、ああ、と初老の警察官は顔を上げてほっとしたような様子と哀れみが入り混じった微妙な態度で私に座るよう促した。

「えっと、まず通報がありまして、この近くの公園で小さな子供が路上生活者の男性に暴力を受けたということで」

「それは聞きました。信吾は無事なんですよね？　病院には行ってないんですか？」

「ええもう、たんこぶにもならないようなアレです、ぱしんとはたかれた程度のことで、本人は泣いてもいないし、痛いとも言ってなかったので病院の必要はないと判断しました」

「信吾に会わせてもらえませんか？　その、犯人は捕まったんですよね？　一体どういう経緯でそんなことになったのか、事情は把握してるんですか？」

「一応、一緒にいた友達とか、目撃者もいたのでその場で聞き込みをしたんですが、どうやら信吾くんの方から、その路上生活者に危害を加えたそうなんです」

は？　と消え入りそうな声で呟いたきり、言葉が出てこなかった。息が止まりそうだった。

「信吾くんは、友達と一緒に公園にいたそうなんですが、その路上生活者に対して汚い、臭い、などと暴言を浴びせて、それを無視されると石を投げ始めたそうなんです」

まだ八歳の子が、知らない大人に対してそんなことをできるのだろうか。呆然としながら、最近の信吾の反抗的な態度を思い出す。うるせえ、死ね、ふざけんな、ババア、家で掛けられて激昂した言葉の数々が蘇る。確かに信吾は、小学校に上がってから手に負えなくなった。もともと乱暴な子ではあった。保育園でも信吾がしょっちゅう他の子に暴力を振るって呼び出された。それも押したとか叩いたというレベルではなく、フォークで刺そうとした、木槌《きづち》で頭を殴った、血が出るほど嚙んだ、というレベルで、何度か小児科やカウンセリングで相談したけどまあまだ言葉が追いついてないせいでしょうと言われるばっかりだった。実際に、五歳を過ぎた頃には訳の分からない暴力やイヤイヤは収まったけど、小学校に入ってからまた、保育園の頃とは違った乱暴さ、残酷さを見せるようになったのだ。保育園に通わせていた頃の不安が思い出される。いつかこの子が他の園児に一生消えない傷や後遺症の残る怪我をさせてしまったら……。毎日保育園に送った後、そう思いながら出勤した。電話が鳴るたびに誰かを怪我させたという連絡ではないかと恐怖が走った。よその親子、特に女の子とお母さんが二人で手を繫ぎながらご飯何にしよっかー、ヨーグルトがもうなかったねえ、などと他愛もない話をしながら歩いているのが羨ましかった。私はまるで話の通じないぼんやりとした、それでいて突然キレては癇癪《かんしゃく》を起こし暴力を振るう猿を飼っているような気持ちでいたのだ。

「男性は、あまりにもひどい態度をとる子だったので躾《しつ》けるつもりで頭を叩いたと言っています。男性は石が当たった額から流血していたので病院で手当てを受けました。信吾くんが石を投げたことはその場にいた数人からも確認が取れています。男性が頭を叩く前に、他の大人からも注意を受けていたそうです。信吾くんと一緒にいた友達も、最初は一緒になって男性をからかっていたけど、信吾くんが石を投げ始めた時、それはまずいよと止めたと話しています」

やっぱりそうだった。どこかでそう思いたくなくて避けてきた疑いが確信に変わった。私はこの家族を作るべきではなかった。拓馬との結婚も信吾の出産も、確実な間違いだった。最初から最後まで貧乏くじを引き続けた結果が今だ。

「男性の方は、被害届を出すつもりはないと言ってます。私たちからも注意しましたが、お母さんお父さんも信吾くんとよく話し合ってください」

「……ご迷惑お掛けしました。信吾は、どんな様子でしたか？」

「最初はもう、やってないの一点張りで、でも皆見てたんだよって説得するのに一時間くらいかかりましたね。ああいう子を育てるのが大変なのは、よく分かります。うちの子も昔はきかない子で非行にも走りましたけど、今は普通に働いて父親になってますよ」

「被害者の方がいる病院を教えてもらえませんか？　息子を連れて謝罪に行きたいので」

「あ、もう手当てを終えて帰られたそうです。縫合の必要もなかったようで、テーピングで済んだとのことでした。健康保険に入ってないので治療費だけお願いしたいとのことでした。そのことだけ、病院に連絡してもらえますか？　男性の名前と病院の連絡先をメモしておきますね」

「分かりました。すぐに連絡します」

　おい、信吾くん連れてきて。彼がそう言うと奥の方で物音がした。まだ心の準備ができていなかった私は、びくりとして立ち上がる。信吾に会う覚悟も勇気もなかった。私はあの子にどう接したらいいのか分からない。奥から別の警察官に連れられてきた信吾は、怒られると思っているのか私を睨みつけている。

「ばーちゃんじゃないんだ。仕事は？」

「連絡もらって抜け出してきたの。ほら、警察の方たちに謝りなさい」

「俺はやってねえよ」

　その言葉は小さな体にひどく不釣り合いだ。クラスでも小さい方なのに、八歳という歳でこんな言葉を使う我が子に幻滅する。

「謝れ!」

突然怒鳴った私に、初老の警察官がびくりと体を震わせ「まあまあ」と私に情けない声を掛ける。

「うっせえ！　やってねえって言ってんだろ！」

もしかしたら本当にこの子はやっていないんじゃないか。一瞬湧き上がった期待をすぐに打ち消す。悪いことをしたことを認められる男はなかなかいない。拓馬がいい例だ。

「すみません。改めて後日、この子が落ち着いたら一緒に謝罪に来ます。本当にすみませんでした」

いやいや、と困ったような表情で、警察官は「これ男性の名前と病院の連絡先です」とメモを差し出した。

家に帰るタクシーの中で信吾は暴れた。暴言を吐き、やってない、死ね、触んなババア！　と繰り返し、止めようとした私は何度も蹴られ、殴られた。お気に入りのニットカーディガンにスニーカーの泥の跡がくっきりついた。タクシーの運転手は迷惑そうな、呆れたような表情で時折私たちを振り返った。途中で拓馬から電話が掛かってきて、事情を説明するとしばらく言葉を失っていたけど、被害男性への謝罪は後日自分が行くということと、今日は遅くなるということを伝えて「ちょっとごめん今忙しいから」と言い残しあっさり電話を切った。家に着いて病院に連絡したら振り込みで構わないとのことだったので、その場ですぐにネットバンキングから振り込みをした。ようやく帰ってきた母親をなんで電話出ないのよとヒステリックに罵ると、習い事仲間とお茶してたのよと平然と言うからふざけんなクソババア！　と怒鳴りつけた瞬間、ああこの言葉を信吾は真似してるんだと気がついた。拓馬は浮気性でひどい人間性の持ち主だけど、言葉遣いは汚くない。こんな風に人を罵る言葉を、彼は私にも子供にも、両親にも絶対に口にしないのだ。母は私が早口でする説明をなかなか飲み込めなかったようで、「そんな」と「でも……」の二つを定期的に漏らしながら何度も的外れな質問をした。

「とにかく明日また細かく説明するから」

「ちょっとあんた、仕事行くの？」

「行くに決まってるじゃないもうディナー始まっちゃってるし、明日の仕込みだってしなきゃいけないい」

「子供が事件起こしたっていうのに、ちゃんと話し合いもしないで行くの？」

「今日は拓馬も遅いっていうし、信吾はだめ、もう話し合いどころじゃない。興奮して喚《わめ》くばっかりで私の言葉なんて聞こえてない。今日は無理。お母さんも無理して信吾のこと構わなくていいから。ご飯も食べさせなくていいよ」

　それだけ言うとバッグを引っ摑んで玄関に向かったけど、気が治まらなくて大きな音を立てて信吾の部屋のドアを開ける。

「なんだよババア！　また首絞めんのか？」

威嚇《いかく》する動物のようだ。彼は全くもって、私とは別の生き物だ。もっと言葉の通じる人間と一緒に生きる人生を送りたかった。一生かかっても清算できない不良債権を抱えてしまった気分だった。彼がこれから成長すれば、心配は増えるばかりだろう。成長して体力をつけた信吾は、家庭内暴力を振るうかもしれない、外でも問題行動を起こすかもしれない。保育園で定期的に問題を起こし、八歳で路上生活者に怪我をさせるのだから、間違いない。大人になるまでの間に、いや大人になって巣立たせた後にだって、この子はいつか誰かに危害を加え凄惨な事件を起こすかもしれない。精神科や、セラピーなどに通わせれば暴力性は軽減されるのだろうか。でもこんなに小さな、自分の気持ちや考えをまともに言葉にできないような子を連れて行って意味があるのだろうか。一家心中という言葉が頭を過る。夫も最低、母親も最低、子供も最低。こんな家、なくなった方が良いのではないだろうか。少し前に見たテレビドラマで一家心中のシーンがあった。家族に睡眠薬を飲ませて家中目張りした後練炭自殺をするのだ。そのシーンとうちのリビングが重なり合う。喚き立てる信吾に黙ったまま背を向け、私は部屋を出た。頭で分かっていないわけじゃない。信吾はきっと愛に飢えている。私は信吾を愛していない。ずっと赤ん坊の頃から違和感があった。子供に対する愛が湧かないのだ。不思議なほど、泣き喚く信吾を見ても何にも感じなかった。うるさいなあとか、邪魔だなあとか、どうして産んだんだろうとか、そういうことしか思わなかった。産後すぐはホルモンが追いついてないいんだろうか、そのうち可愛く、愛しく思えるのだろうかと思っていたが、産院で看護師さんたちがこまめにマッサージをしてくれてよく出ていた母乳も、退院すると同時に乳を吸われるのが苦痛で止めてしまったし、一ヶ月経っても二ヶ月経っても、私が信吾を愛し始めることはなかった。だから拓馬も不倫に走ったのだろうか。冷徹で非情で母性のない私に愛想を尽かし、もっと愛情深い女を欲したのだろうか。

店に戻ると、皆に謝ってすぐに仕事に戻った。大丈夫だった？　と聞く蓜島に、大丈夫でしたと答える。皆が忙しそうにしていて、実際私も忙しくて、でも忙しいことだけが救いだった。今忙しくなかったら、私は流れ作業の中で手元が狂いペティナイフを首に突き立てて自殺でもしていたかもしれない。

閉店後、昨日仕込みを丸投げされていた本田がじゃあよろしくと一番に帰り、次に柳原が帰った。蓜島と二人きりの厨房は居心地が悪く、食洗機の音がいつもよりも大きく聞こえた。

「今日、由依さんとどこかに行く予定だったんですよね？」

「ん？　ああ、中休み？」

「彼女、迎えに来てたんですよね」

「ちょっとこの辺ぶらぶらして、この間割っちゃったお茶碗買いに行こうかって話してただけだよ。ほら、あの神社のちょっと向こうに食器屋さんあるでしょ」

「ああ、あのレトロな」

「そうそう、あの後一人で買って帰ったみたいで、さっきメールが来てた」

「すみませんでした」

「いいよ。それよりも、信吾くん無事で良かったよ」

うちの子暴力事件起こしたんですという言葉が出かかったけど、そんなこと言われても蓜島も困るだろうと口を閉じた。沈黙の中で、蓜島の使うナイフのキュインキュインという金属音と私がゴムベラで混ぜるクリームのタプンタプンという間抜けな音だけが響く。

「由依さんと一緒に暮らしてるんですか？」

「いや、一緒に暮らしてはいないよ」

「彼女、離婚するんですか？」

私に背を向けたままタンを捌いている蓜島は一瞬手を止めて「分からない」と答えた。すぐにまた、ナイフの冷たい金属音が小気味良く響き始める。

「不倫されてる人がどんな気持ちで自分の伴侶を待ってるか、知ってます？　偶然私は知ってるんですけどね、まあ惨めですよ」

　ナイフの音は止まらない。蓜島は何も答えなかった。そりゃ、従業員に惨めだと言われて不倫を止めるような奴なら最初から不倫なんてしないだろう。自分の言っていることの無意味さを分かっているのに止められなかった。

「体良く利用されてるとか思わないんですか？　埋め合わせ的に使われてるだけなんじゃないですか？」

「何歳になってもさ、駄菓子を見ると手が伸びたりするでしょ？　それで、食べてみるとやっぱり美味しかったりして」

「それってあれですかフレンチとお茶漬け比べる的なやつですか？　自分は駄菓子とかお茶漬けですか？　自尊心低すぎじゃないですか？」

「そういうわけじゃないよ。それに彼女の旦那だって自分がフレンチだとは思ってないと思う」

「まあフレンチにもクロックムッシュからフォアグラのソテーまで色々ありますしね」

「そういえば、俺前に話題になってた麻布《あざぶ》かどっかの高級鯛《たい》茶漬け食べたことあるよ。確か、二千九百八十円だったかな。からすみがかかってたような気がするけど、鯛の鮮度もいまいちだったしあれはさすがにぼったくりだと思ったな」

「何の話ですかねこれ」

「何だろうね」

蓜島のことを完膚なきまでに罵ってやりたいという気持ちでいたのに、お前ちゃんとしろよという気になりつつあった。あの時は腹が立ったのに、今日の昼動転している私を心配するように手を差し伸べた由依の姿が蘇ってなぜか息苦しくなる。

「由依さんは蓜島さんが旦那と別れろって言ってくれるのを待ってるのかもしれません

よ」

「……分からないけど、彼女は旦那さんとは別れないような気がする」

「それは、彼女の意思で？　それとも旦那さんの意思で？」

「分からない。というか、本質的に彼女が自分に対して求めているものが自分にあるっ

て思えないんだ。単なる恋愛感情だけで彼女は俺を欲しがってる気がする」

「不倫に単なる恋愛感情以上の何があるっていうんですか？」

それ以上の何かがあるのならば言ってみろ。お前らの考えているそれ以上のことなん

て反吐《へど》以下の価値しかないと罵ってやりたかった。

「色々あって実現しなかっただけで、本来僕たちはこうなるはずだったたって、どこかで

信じてた。でもそれは自分の、っていうか自分と由依さんの思い込みだったのかもしれ

ないって、あと少しでも距離が縮まれば二人とも気づいてしまいそうな気がするんだ」

意外なまでのナイーブな言い草に、罵ってやりたい気持ちが削がれていく。

「それってつまり、つまみ食いしてみたら思ってたのと違う味だったたってことですか？」

「味は思ってた通りだったよ。でも料理として完成されすぎてて、自分が調理も調味もできないって感じかな。どんなに寝ても言葉を交わしても、僕は彼女に手出しできない、できてないって思う」

「彼女、我が道を行く系だし、多かれ少なかれ彼女と一緒にいると皆そう思うような感じしますけどね」

別に乾島のことを慰めたいわけでも励ましたいわけでもないのに、自然とそんな言葉が溢れた。この状況を、どこかで残念に思っていた。乾島に手出ししたいと思われながらそうならない由依がいて、この人に手出ししたいと思われるならば手出しされてもいいのにと思っている自分がいる。かつてホテルのパティスリーで働いていた頃、その上層階にあるフレンチレストランのシェフを務めていた乾島に、ちょっと話があるんだけどと声を掛けられた時、既に夫も子供もいたけれどどこかで期待していたのは事実だった。結局それから一度も女性として見られることなく、乾島に引き抜かれてから三年以上が経つ。自分でも認めていなかった己の軽薄さを見せつけられたような気がして、どこかで分かっていたはずなのに愕然《がくぜん》としていた。結局、拓馬と私の違いはその気になってくれる相手がいるかどうか、という点だけだったのかもしれない。

「だろうね。だし、俺も少し前まではそれでいいと思ってたんだ」

自然災害について語るように、自分の心の動きに無抵抗な様子で踮島がそう呟くと、厨房は沈黙に包まれた。その沈黙は私が仕込みを終え、着替えて出て行く際に「お先に失礼します」と言うまで続いた。お疲れさま、という踮島の声は穏やかで、冷たかった。好きな女を人から寝取ったくせに、踮島は傷ついている。それは、夫を寝取られ続けた私には受け入れ難い事実だった。駅まで歩く途中、スマホをチェックする。「信吾、ご飯もロクに食べずに寝ました」と母親から、「ごめん帰るの2時くらいになるかも」と拓馬から入っていた。目に見える世界が全て砂に見える。見渡すかぎりの砂漠を延々歩いているようだった。終電ぎりぎりと思ったけど、ぎりぎりで逃していることに気づき、呆然としながら別の路線を調べる。ふらふらといつもとは違うホームまで歩き、家とは反対方向の電車に乗った。ちょっと前にＬＩＮＥで今度誘うと話した男友達に「突然なんだけどこれから飲めない？」と入れたけど、二十分以上電車に揺られ降りても返信はなかった。改札を通る前に電話を掛けたけど、やっぱり出なかった。慣れない駅で改札を通る時、一瞬だけ躊躇った。駅前のコンビニに入って、何を買ったらいいのか分からなくてうろうろ店内を何度か歩き回った後、歯ブラシセットとミネラルウォーターとパンツを買った。スマホの地図を頼りに歩き回ってようやく見つけた公園のトイレで歯を磨き、ミネラルウォーターで口をゆすぐ。臭い個室の中でパンツを替えて、脱いだパンツは汚物入れに捨てた。どうせユニクロで買った三枚千円のパンツだ。女子高生の頃、友達と渋谷で遊んでいた時、気持ち悪いおじさんがパンツを買わせてくれと言ってきたことがあった。三千円出すよと言われて、友達の一人が売った。スースーする、とキャッキャ笑っていた友達のパンツを買うために、その後皆で安い下着屋に寄った。あの頃三千円で買うことを望まれたパンツを、三十四になった私は汚物入れに捨てている。その事実は特に面白くも愉快でもなかったけど、無意識に鼻で笑っていた。

昔の記憶を頼りに男のマンションを目指している時、ようやく男から電話が掛かってきて、一度舌打ちをした後少し間を空けてから通話マークに触れた。

「もしもし、英美ちゃん？」

「うん。ごめんね急なんだけど」

「もう終電もないし、今日は無理だわ」

「家の近くまで来てるの。実は終電逃しちゃって、依田《よだ》さんとこぎりぎり行ける電車があったから、思いつきで乗っちゃって」

え、という戸惑いの声の後に沈黙が続いて、いやでも、ちょっと、と困惑した声が続く。依田は女を選《え》り好みできるような男じゃないはずだ。現に私は十年以上彼と友達だけど未だに別れて五分もすると彼の顔を忘れている。

「もう着くんですけど」

「じゃあ、一旦部屋まで来て」

なんだ一旦って、と苛立ちながら何号室だっけと無理やり明るさを装って言う。五〇一号室、と言う依田に、ありがとねと言うと、やっぱりくぐもった戸惑いの呻きのような声が聞こえた。そんなコミュ障のオタクだからモテないんだ。こっちから来てやったのにとくさくさしながら五階に上がってインターホンを押す。ここに来るのは、確か三年くらい前に専門学校時代の友達と集まって焼肉パーティをした時以来だ。あの時どうして人の家で焼肉をするなんて話になったのか、もうよく思い出せなかった。ピンポンから一分近く経って苛々し始めた頃ようやくドアを十センチほど開けた依田は決まりの悪い表情を浮かべ、私に久しぶりと頭を下げた。相変わらずダサい男だ。

「英美ちゃんさ、こんな時間にいきなり来るなんてって彼女が不機嫌になってるから、そういう関係じゃないってはっきり言って欲しいんだけど」

小声でそう言う依田に、は？　と呟くと、彼の後ろからショートカットの女性が私を不審そうに見ていた。こんばんは、と言う彼女の顔は穏やかだけど、声は冷たい。

「こんばんは。ごめんなさい彼女さんがいるって知らなくて。私専門学校時代に依田さんにちょっとお世話になったことがあって、その頃からの友達なんです。今日はちょっと終電逃しちゃって、それで寄っただけで」

「そうなんですか。私はいいんですけど、布団とかなくて、ねえカズ」

「あ、そうなんだようち布団がないから、泊まるとしたらソファに毛布で寝てもらうしかないんだけど、それでもいい？」

　申し訳なさ半分、迷惑さ半分の表情で言う二人に、私は買ったばかりのパンツを穿いているのを思い出して思わず笑ってしまう。

「あ、いや、彼女さんいるって知らなかったから……。あの、私この近くでホテル探して泊まるか、なかったらタクシーで帰るから気にしないで」

　本当に？　もう一時過ぎてるけど大丈夫？　と心配と安堵半々の態度を見せる依田に、はい、お騒がせしてすみませんでしたと頭を下げて、お休みなさいと続けると二人に背を向けて歩き出した。暗い住宅街を歩き、駅前まで戻ると、もうそこからどこに行ったら良いのか分からなかった。しばらく呆然と立ち尽くした挙句、今自分のいる場所を調べる。アプリでここから家までタクシーでいくらかかるか検索すると七千円と出た。歩けるところまで歩いてみよう、そしてもしも途中で歩道橋や非常階段とか良さそうな場所を見つけたら、飛び降りてみよう。もしも途中で足が痛くなったらタクシーに乗って家に帰ろう。家に帰ったら、真剣に練炭自殺について調べてみよう。もしも一家無理心中が無理だと思ったら、拓馬と離婚しよう。そう思ったらようやく、私はどこに向かうとも分からないまま足を踏み出すことができた。

真奈美

歩き始めたばかりの絢斗が両手を斜め上に伸ばしながらよたよたと歩み寄ってくる。上手上手、絢ちゃんあんよ上手ね。ようやく私の手元まで来た絢斗は満面の笑みを浮かべて私の胸に倒れこむようにすっぽり収まった。ママ、ママ、とご機嫌で呼びかけ、信頼しきった様子で私の腕の中で弛緩する。あ、と思った瞬間にはまた私の手から離れ立ち上がり、また部屋の向こうへ歩き始める。部屋の向こう側にタッチした絢斗は、こっちに向かって歩いてくる。上手上手、私の微笑みに見守られた絢斗は、バランスの悪い体をゆらゆらと揺らしながら危なっかしくも私に向かってくる。おいでおいで、絢ちゃんおいで、こっちにおいで。また満面の笑みで彼は私の腕の中に倒れこんでくる。受け止めてもらえると信じきっている絢斗が嬉しかった。愛おしかった。ママ、ママ。抱っこされた絢斗はまた私を呼ぶ。ママと呼べばなあにと覗き込んでもらえると信じきっている絢斗が、嬉しかった。この子にあらゆるものを信じてもらいたかった。そのためなら私は何でも差し出せるだろうと思った。

「ママ、ねえママ」

はっとして目を開ける。一瞬にして顔が強張るのが分かった。

「ママ、大丈夫？」

私を覗き込む絢斗は青ざめていて、私は半身を起こして俯《うつむ》き加減のまま辺りを見渡す。化粧を落とさないまま眠ってしまったせいか、口を開けたまま寝ていたせいか、口の周辺がピリピリ痛むほど乾燥している。

「パパは？」

「パパ、いないよ。どっか行ったみたい」

「そう。ごめんね絢斗。大丈夫だから」

片手で顔を覆うようにして立ち上がり、リビングを出ようとすると絢斗は後ろから私に抱きついた。

「心配しないで。部屋すぐに片付けるから、ちょっと待ってて」

そう言って絢斗の腕を外すと私は玄関に置きっ放しだったバッグを持って逃げるように洗面所に入った。頭ががんがんしている。あちこちが痛かった。洗面所の電気を点《つ》けてぞっとする。殴られた瞬間痣《あざ》になるだろうとは思っていたけど、左目を覆うように予想以上に大きい赤紫の痣ができていた。顎の辺りにも小さな痣ができていて、ワイシャツを脱ぐと左の二の腕にも紫の痣が、両手首にも指の痕が赤く残っていた。足にはどこにぶつけたのか定かではない小さな痣がいくつも、脛《すね》と膝の周辺にできていた。疑いようも否定のしようもなく、私は今DV被害者なのだという事実に、なぜかくすっと笑みがこぼれた。変なの、思わずそう呟くと、私はポケットに入っていたスマホで痣の写真を撮った。腫れの具合によっては出勤できないかと思ったけど、コンシーラーで隠せばなんとかなりそうだった。顔を洗い、スキンケアをして化粧下地を塗ったところで、突然涙が止まらなくなった。肩を震わせて声を殺して泣く。洗面所の外で、絢斗が様子を窺っているのが分かっていた。その場に頽れそうになりながら、洗面台に手をついてしっかりと足に力を入れて立ち上がる。絢斗があの時立ち上がったように、歩き始めたように、私ももう長いことへたりこんでいるこの場所から立ち上がって歩かなければならなかった。

「大丈夫」

さっき絢斗に言い聞かせた言葉を自分に言い聞かせる。だいじょうぶ、口だけを何度もそう動かしながら、目元の痣に何度もコンシーラーを重ね、指で馴染ませていく。顔だけでもそうして痣を隠してしまうと、私に漂っていたホラーな、負の、おぞましい空気は消え去り、本当にいつもの自分が戻ってきたようだった。二の腕と手首は何も塗らず、長袖の、手首がカチッと細いブラウスを着て、下はパンツにしよう。あのネイビーのブラウスがいいかもしれない、そう思いながらもう一度鏡で顔を確認する。大丈夫だった。私はもういつもの私だった。洗面所から出ると、ドアの脇に絢斗が座り込んでいた。

「ごめんね絢斗。心配かけて」

いつもの私であることにほっとしてくれるかと思ったのに、私を見上げた絢斗は顔を曇らせ不審そうなままだ。なあにと覗き込めば笑ってくれた絢斗はもういない。絢斗はもう、私が痛いのを我慢しているのも、熱や風邪で苦しんでいるのも、泣きそうなことも心が叫んでいるのも全部分かってしまう歳になったのだ。

「ママ」

「うん」

「パパと離婚していいよ。俺はそれでいい。ご飯と味噌汁は自分で作れるし、作り方が書いてあればおかずも自分で作れる。コンビニ弁当も自分で買ってこれるしレンジも使える。一人でも宿題できる。もう十一歳だから、ママと二人でやっていけると思うんだ」

こんなのが十一歳なのだろうか。どうして十一歳の子が、こんなことを言わなきゃいけないんだろう。私のせいだ。私と俊輔のせいだ。屈んで絢斗を抱きしめると、最後にそうした時よりも随分と大きくなっていることに気がついた。絢斗の肩に顎を載せ、強く抱きしめて口を開け顔をめちゃくちゃにして声を殺して泣いた。「大丈夫、大丈夫だからね」。震える声でそう言うと、何度も何度も絢斗の体を、髪を撫でた。

私と絢斗は二人でめちゃくちゃになったリビングを片付けた。破片が散乱していたから、私も絢斗もスリッパを履いて、絢斗には軍手をつけさせた。掃除機をかけながら、私は東日本大震災の時のことを思い出す。まだこの家を買っておらず、マンション暮らしだった。絢斗を保育園に迎えに行った後家に帰ると、大したことはなかったけれど本や棚に置いていた物ものが床に散乱していて、四歳だった絢斗はいつもと違う部屋の様子に喜んで、いつもは手に取れないものをあれこれ観察しておもちゃにして遊んでいた。途中で帰ってきた俊輔は、床にぶちまけられたアロマディフューザーの匂いに苦笑しながら、濡らした雑巾で何度もカーペットを拭ってくれた。余震が来るたび不安がる絢斗を抱いてテーブルの下に潜りながら、大丈夫、大丈夫なんだよ絢斗くん、絢斗くんにはママとパパがいるよ、何があっても私たちは大丈夫、と何の根拠もなくあの時は言えた。絢斗を安心させたくて、すでに暴力性の片鱗《へんりん》を見せ始めていた俊輔のことを無視するように、私は嘘をついた。自分に言い聞かせていた。でももう子供騙しは通用しないのだ。絢斗は父親を恐れるだけでなく、軽蔑し始めている。ぐずぐずと離婚を選択できない私よりも絢斗は真っ当な判断力を持っている。それは何よりも喜ばしいことだ。

「絢斗、今日おばあちゃん家に泊まってくれない？　明日土曜日だし、二日間、もしおばあちゃんがいいって言ったら、いて欲しいんだけど」

「分かった。じゃあ決まったら携帯にメールして」

物分かりよく、何も聞かずに、彼は了承した。私もいい加減、物分かりよくならなければならない時なのだろう。


どしたのどしたのー、何なのさ。荒木はそう言いながら個室のドアを閉め私の目の前の席に座った。私は苦笑しながら、たまにはいいでしょと言い訳するように言う。

「いいけどさー、なんか真奈美と会食するみたいで緊張すんなー」

確かにねと辺りを見回しながら言う。荒木と行くのはいつも居酒屋とか焼き鳥屋ばかりだった。ちょっといい会席料理の店をぐるなびのページと共に送った時から、荒木は何だよちょっと良さげな店じゃない？　と茶化し気味だった。

「たまにはゆっくりさ、時間かけてご飯するのもいいかなって」

「いいじゃんいいじゃん、たまには自分たちを甘やかそうぜ」

仕事の会食以外でこんな店に来るのは、私も久しぶりだ。俊輔は売れなくなって以来引け目があるのか以前のように高い店に行ったり高い酒を買ったりすることをぱったり止めた。たまに著作権料で大きな収入があった時に恐る恐る「ギター新しいの買っていいかな」と聞くだけだ。それも大抵その収入では払いきれない値段のギターで、罪悪感があるのか買う時は別のギターを一本売る。

「じゃあもうせっかくだから一番高いコースにしちゃおうぜ」

私は何でもいいから一緒のでいいよと笑う。荒木は私が何か悩んでいると気づいているのかいつもよりどこか当たりが柔らかくて、腐ってもバツイチなんだなと改めて思う。軽々しい態度とファッションから三十前後に見えるけど本当はたかだか私の三つ下の三十四歳なのだとも、改めて痛感する。個室が喫煙だと知ると荒木は「うおーまじ嬉しい」と即座に煙草に火をつけた。ビールで乾杯して鮪《まぐろ》や鯛のお造りをつまみ、最近の仕事の話をどちらからともなく始めると止まらなくなって、部長が、あの常務が、総務の誰々が、という罵りの嵐になって、個室でもちょっと申し訳なくなるくらい私たちは何度も声を上げて笑った。

「そういやさ、小野が鮎川《あゆかわ》さんと出張行ってきたの知ってる？」

「へえ、鮎川さんと？　どこに？」

「ウイグル自治区」

「なにそれ、なんの取材よ」

「小野、今度は鮎川さんにトルキスタンの歴史小説書いてくれって依頼したみたいでさ」

「今度はトルキスタン？　売れなさそうだなー」

小野はこれまでも自分が傾倒している問題や趣味をテーマにした作品をあらゆる作家

に依頼して刊行してきた。中国の炭坑夫を主人公にした小説や、沖縄問題をテーマにしたノンフィクション、前に会った時は、航空母艦の取材に行ったと話していた。空母の小説を書いてもらうのかと聞くと、米本《よねもと》さんと趣味が一致して行っただけなんで小説にならなくてもいいんですとにやにや笑っていた。

「小野はいつも楽しそうだよな。あれこれやりたいことがあって、それを着実に実現させていってる」

「ね。小野くんはすごく、仕事とも世界とも溶け合ってるよね」

「溶け合ってる？」

「なんていうか、私とかは普通に仕事してても何してても、『デザビエ』の部数とか、家のローンの返済が後何年とか、これからの息子の学費とか、老後の生活とかさ、そういうのがもう何ていうか、バナーみたいにどこかでツーッて流れてるわけ。それでまあ左遷とかされないように無難な仕事してさ、社会問題とかに人並みに興味があっても大きな声で発言するでもなく、何か自分から発信するでもなく、まあそもそも社会問題に関して特に人並み以上の意見も持ってないしね、でもさ小野くんは全然違って、この世界に、人生に前のめりで参加してる感じ、仕事で自己実現してるんだろうなって、家のローンとか老後とか、考えたこともないんだろうなって、その全能感みたいなのがすごいなって、この歳になって改めて思うんだ。小野くん、同期だけど留年してるから私より年上なんだよ。あの歳でそのバイタリティすごいなって」

「真奈美はちゃんと参加してると思うけどな。トルキスタン小説作家に書かせるのも、子供を育てたり学校行かせたりするのも同じようなもんだよ。そんなこと言ったら俺なんか仕事も適当で妻子もいないし考えてることなんて何にもないぜ。空っぽだよ。あ、パフェ食いてーとか、ウンコ何日出てないっけとか、頭ん中そんなんだけだよ」

「それはそれで何らかの全能感に通じてる気がするよ」

そうかあ？　と間の抜けた声を出す荒木は、一瞬私の手元に目を留めた。袖の先から僅かに赤みが見えていたのに気づいて、お造りに伸ばしかけていた箸を置きテーブルの下で袖を伸ばす。

「でも俺もそろそろ何かしないとって思ってんだ。ちゃんと」

「奇遇だね。私も」

「なんでも聞くよ。なんでも話してよ」

ちょうどやってきた蟹《かに》の汁物に箸を伸ばし口に運ぶ。思った通り、やっぱり美味しいものと一緒に話すのが一番だ。美味しい食べ物もお酒も口を滑らかにする。

「離婚することにした」

「また何かあったの？」

「ずっと何ていうか、旦那の暴力とか不仲とかをだしにするみたいに荒木に頼ってきたなって改めて思う。ごめん」

「そんなのいいよ別に」

「昨日久しぶりに殴られた。家の中もめちゃくちゃ」

「息子は？」

「今日明日、うちの実家に任せることにした。あ、深夜だったから息子は寝てて、殴られたのは私だけ。明日明後日で、家の片付けと離婚の要求をするつもり」

「その腕も？　目も、ちょっと腫れてるよな？」

「うん。もうあちこち」

「……あのさ、そういうのさ」

「大丈夫。もう決めたの。もう離婚するしかないって分かってる。息子にも言われたの。離婚していいよって、自分は大丈夫だから、って。そんなこと言わせるまで付き合わせたのかって、愕然とした」

涙が出そうになるのを堪《こら》えて、得月《とくげつ》のグラスを手に取り一気に三分の一ほど飲んでしまう。

「今日できることは全部したの。病院に行って診断書もらったし、区役所で離婚届と戸籍謄本ももらってきた、離婚経験のある知り合い何人かに連絡取って、それ系の弁護士知ってる人に何人か紹介してもらって、良さそうな人に来週アポ取っておいた。明日旦那と話し合うつもり」

「もしかして一対一で話し合うつもり？　それは絶対に止めた方がいい。激昂させたら殴られるだけじゃ済まないよ。とにかくまずは弁護士に相談して、弁護士同伴で会った方がいい。それまでは真奈美も実家に帰って、旦那さんとは会わないようにしな」

「二人で話したいの。二人で築いてきたものだから、最初はちゃんと二人で話したい。できることなら二人だけで解決したいとも思ってる」

「せめて外で、人目のあるところで会いな。本当に真奈美に離婚の意思があるなら、甘い考え持っちゃ駄目だよ。暴力振るう奴って、暴力振るった後必ず謝るだろ？　真奈美の旦那もそうだって言ってたよな？　二人で家で話し合って謝られて、土下座とかされたらまた意思が揺らいで元の木阿弥《もくあみ》だよ」

「それはない。もう本当に、それはない」

「とにかく外で会った方がいい。外で会うならその時俺も別の席にいとくよ。何かあったら止めに入るから」

「そんなこと頼めない。違うの」

「違うって何が」

「旦那は浮気のこと知ってる。多分相手が誰かまでは特定されてないけど、気づいてるの。男がいるくせにって怒鳴られた。ずっと前から知ってたのかもしれない」

荒木は黙り込んで手に持った箸もグラスも止めたままじっと私を見つめる。荒木がこんな風に私の心配をしてくれると思っていなかった私は戸惑っていた。そっか離婚か、まあ何か俺にできることあったら言ってよ、くらいの反応だろうと思っていたのだ。

「そのせいで殴られたの？」

「一因にはなってるのかもしれないけど、彼が苦しんでるのは音楽のことだよ。私も息子も自分自身も、彼の人生の中で脇役でしかない。自分の音楽だけが彼の人生なんだよ。そういう人がかっこいいって前は思ってたけど、もうかっこいいって思えない。彼は多分私と離婚したらまた別の脇役をすぐに見つけて、その脇役と喜びと苦しみを共有していくんだと思う。私は、彼の喜びは共有できたけど、苦しみは共有できなかった。子供がいなければ苦しみだって何だって共有できたのかもしれないけど、彼がＤＶしてもアル中になっても支えてあげたいって思ったかもしれないけど、子供をそこに巻き込むことはできないから」

「俺に何かできることは？」

「もう二人では会わないことにしたいの」

「俺にできるのは二人で会わないことだけ？」

「そんなことはないけど、これ以上だらだら続けてたら彼にバレて離婚の条件も悪くなるかもしれないし、きっと荒木にも迷惑がかかる。だからもう二人では会わないってことにしたい」

「離婚した後は?」

「離婚した後は、まずは息子のメンタルケア。実家を頼りながらの仕事になるし、時間がとれないと思う」

「別に頻繁に会わなくたっていいよ」

「そんなこと言うけどさ、荒木だって他に女いるんでしょ? 不倫の間はそういう子と比べられなくて済むけど、離婚しちゃったら同じ土俵でしょ? 私そういう若い子たちと比べられるのほんと嫌だから」

　そっか、と何か割り切ったように笑う荒木は、出されたばかりの和牛を立て続けに三切れ口に入れた。鮑《あわび》の鉄板焼き、茹《ゆ》で蟹、更科《さらしな》蕎麦、次々と出てきて私はもう鮑の辺りでお腹いっぱいだったけれど、なんだかんだと荒木がつまんでくれて何とか最後までたどり着けた。離婚の話はなかったかのように、私の高校時代のテニス部の不思議な慣習の話や、荒木が上京したての頃入っていた監獄のような寮の話で、私たちはずっと笑っていた。荒木は蕎麦を半分残したくせに、甘味のわらび餅は食べきり、私の分まで食べた。トイレに行ってスマホを確認すると、俊輔から何度も着信とメールが入っていた。絢斗を勝手に実家にやったことを責められるかと思ったけれど、入っているのは謝罪の言葉だけだった。ここまでの暴力はこれまで振るわれたことはなかった。さすがに俊輔も、私が覚悟を決めることを予想しているのかもしれない。トイレから戻る途中、お会計お願いしますと言うと、今お支払いいただいたところです、と店員が柔らかな表情で答えた。払おうと思ってたのにと言いながら部屋に入ると、荒木は煙草を片手に財布をポケットにしまった。

「いや、俺は失脚したくないから私用のは落とさないの」

「領収書もらった？　落とせる？」

「へえ。意外」

「その代わり、いや、その代わりじゃねえな」

「なに、高級会席の代わりって怖いんだけど」

「ホテル取っちゃったからさ、ちょっとでいいから一緒にいてよ」

「いやいや、この流れだとキャンセルでしょ」

「俺は今日いきなり別れを切り出されたんだよ？　ちょっとくらい気持ちの切り替えに協力してくれたっていいじゃない。最後に一回さ」

「減るもんじゃあるまいしとか言いそうなノリだね」

「減るどころか俺は増やす所存だぜ」

　思わず笑うと、荒木は立ち上がって私の手を取った。ちゃんと増やすからさ、と言う荒木の艶っぽさに、初めて彼を社内で見かけた時のことを思い出した。イケメンが入ったんだってー、と同僚の若い女性たちが話していた。二年に一回か三年に一回、新入社員が入る時期「どこどこにイメケンが」という話題になるのだ。学生時代もバンドをやってる先輩と、就職してからはライブハウスのバーテンダーと付き合っていて、毎月のようにライブに出かけていた私は、出版社に勤めているような毛並みのいい男たちには全く食指が動かなかったけれど、自分の担当していた作家のインタビューをしてもらうことになって、男性誌にいた荒木と初めて対面した時、周りの女の子たちが騒ぐのも当然だなと納得した。出版社勤務には珍しく、元ヤンの雰囲気があった。上京後よっぽどセンスの良い友人や女と付き合ってきたのか、元ヤンの雰囲気を残しながらヤンキーの垢抜《あかぬ》けなさだけが抜け落ちたような、一歩間違えば事故認定されるのをぎりぎり回避している、絶妙な達人技を経たダメージジーンズのような男だと思った。

「ダブルの部屋、取れます?」

ホテルのフロントでそう聞く荒木を思わずまじまじと見つめて「は?」と言うと、まあ人を救う嘘でもないけど人を傷つける嘘でもないでしょ? と荒木がどこか得意げに笑うから、呆れて笑ってしまった。部屋に栓抜きってあるかな? フロントの女の人に親しげに聞く荒木を見て愛おしくなる。俊輔は、外見も含めていつもどこか近寄りがたい雰囲気を醸し出している。ファンや自分を慕うアーティストたちに対してはフレンドリーだが、店や外では常に人を寄せ付けないのだ。こんな風に親しげに知らない人に話しかけたりは絶対にしない。荒木と飲みにいくと必ず彼は店員と仲良く話すし、コンビニの店員にも必ず会計後に「ありがとね」とか「またね」とか友達のように声を掛けるし、さっき寄った酒屋のおじさんにも「僕ねさっきこの人に振られたんですよー」となぜか突然暴露して、挙句「その僕を振った女性と飲むのにオススメのワインはありますか？」と相談していた。ノリのいいおじさんは、女性を燃え上がらせるならやっぱり赤のフルボディだねとボルドーとロワールのワインを出してきた。

部屋に入った瞬間、このホテル独特の乾いた空気と、清潔さを強調するような漂白されたシーツの匂い、数時間しか滞在しないと分かっている部屋に意外なほどすんなり溶け込んでいく入室してからの数分間、これらとはしばらくお別れなのだと改めて思う。荒木が開けたボトルから注がれたボルドーは、ワイングラスではなく普通のコップに注がれたにも拘らずしっかりと香りが立ち上がり、ワインに詳しくない私でも中々いいものなのだろうと分かった。ソファに並んでお互い二杯飲んだところで、シャワー浴びる？　と聞くと浴びない、と荒木は言って私の手を握った。どこかで、荒木とこうして触れ合っている時に感じるのは恋愛ごっこ感だ。荒木がそうし向けているのか、この二人だからそうなってしまうのかよく分からないけれど、どこかで私たちは恋愛を、不倫を演じているような気がしてしまうのだ。それが気恥ずかしくて、私は早くセックスをしたくなる。セックスをしている時だけは、荒木と本当の恋愛をしているような気になれるのだ。荒木のワイシャツのボタンを上から一つ一つ丁寧に外していく。細いのに胸板の厚い荒木にはゼニアのシャツがよく似合うけれど、どのシャツも前立てが固くボタンが外しづらい。二つ目のボタンを外した時ブラジャーのホックが外され、三つ目でパンツのボタンとジッパーが下ろされ、四つ目でブラウスのボウタイが外された。ワイシャツを脱がせると同時にブラウスをたくし上げようとする荒木に、思わずちょっと待ってと声を上げる。

「ごめん、忘れてた。ちょっと電気暗くしたい」

「真奈美の痣は前にも見たことあるよ」

「今日のはひどいの」

荒木は黙ったまま何度か頷いて立ち上がるとベッド脇のランプ以外の電気を消し、ランプの光量を絞った。ソファに戻ってきてブラウスとパンツを脱がせ、あっという間に下着も剝ぎ取った。脱がされながら、二の腕と肩が痛むのに気がつく。まだ熱を持っている。まるで俊輔の怒りがその痣の中に内包され疼《うず》いているような気がして、今自分が不倫をしているのだという事実に心細さを感じ、思わず荒木の腕を握る。人差し指で形を確かめるように乳首を触り、手のひらで乳房を摑み、親指で円を描くようにまた乳首を触る。まるで全てを均等に攻めるよう心がけているように、両方の胸と耳と唇、髪の毛、クリトリス、足の先、荒木は次々に愛撫していく。指を入れると膣の上方に一定のリズムで刺激を与え、上手いというよりも正しいと言いたくなる動作で潮を吹かせた。それは潮を吹かせるのに最短だったと言い切れる道筋で、この潮を吹かせる技術は、荒木の持つ能力の中で最も確実で尊いもののように初めて寝た時から感じてきた。彼にとってそれが造作ないことであると知っているから、私は人生の中で初めて潮吹かせてと男の人に頼むことができた。

「真奈美はいつもたくさん出すね」

「そんなにしたら誰だって出ちゃうよ」

「吹く前にもうやめてって止める女の子も多いよ」

「そうなの？　それって、なんか寸止め感ないのかな」

「でも別に吹く時イッてるわけじゃないんでしょ？」

「クリトリスでイク感じとは違うけど、でも別のところでイッてる感じはするかな」

「快感の伴わない射精みたいな感じかな」

「快感はあるよ。クリトリスとか中イキがビリビリするソリッドな感じだとしたら、潮の方はふわっと麻痺する感じかな」

「男でいうドライオーガズムに似てる感じかな」

ドライとウェットなのに似てるって面白いね。そう呟きながら私の腰を持ち上げて彼は飛び散った潮を舐め始めた。

「女って、自分で潮吹かせられないじゃない？　オナニーすればイケるけど、その潮のイク感じは、潮を吹かせられる人とする時しか得られないから、何ていうか荒木と初めてした時、当たった、って思ったの」

「もっと他に色々あるでしょ、当たりだったとこ」

どうかな、喘《あえ》ぎながらそう呟く。ベッドに移動すると、私は止められるまでフェラをして、その後ようやく荒木は挿入した。何度も体位を変えてピストンを繰り返す荒木は何かに憑かれたようで、いつもは言葉攻めをしたり軽口を叩いたりするのに、今日はずっと黙っていた。セックスを始めてどれくらい経ったんだろうと酸欠で朦朧《もうろう》とした頭で考え始めた頃、荒木は射精した。ゴムを外して性器を拭きもせずベッドに倒れこんだ荒木に苦笑して、煙草でも吸う？　と聞くと吸いたーいとくぐもった声が聞こえた。ベッドから降りると足の付け根が痙攣《けいれん》して、膣が麻痺して腫れているような感覚に気づく。テーブルの上から煙草と灰皿を持ってベッドに戻ると、うつ伏せになって顔を横に向けている荒木に煙草を咥《くわ》えさせてやり、火をつけてやる。一本もらうよと言うと返事を待たずに取り出して火をつけた。真奈美が吸ってるの初めて見た。少し嬉しそうに荒木は言って、その体勢を変えないまま手を伸ばして私の髪を撫でた。荒木の指が髪の毛の中に入って頭皮に直接触れ、思わず少し声を上げる。

「増えたでしょ？」

「来なきゃ良かったって思ってるよ今私」

「セックスの後にそんなこと言わないでよ。賢者タイム？」

「寂しくなってきちゃった」

「別に俺はこのままの関係続けてもいいんだけど」

「そういうこと言わないで」

「寂しくなったらＬＩＮＥしてよ。ＬＩＮＥすればちょっと気がまぎれるでしょ」

「荒木ってなに、お人好《ひとよ》しなの？」

「お人好しかあ。お人好しって言葉、ほんと間抜けだよな」

うん、と頷いて笑うと、荒木はようやく肘をついて手に頭を載せた。

「俺は誰かを救いたいんだよ。驕ってるわけじゃないんだよ。これまで誰も救えなかったからさ、なんかしたいって、思ってきたんだ」

「それって、奥さんをパワハラから救えなかったってこと？　奥さん、鬱になったって聞いたけど、その時のこと？」

「嘘なんだそれ。奥さんはパワハラなんて受けてない」

え、という私の口をついて出た言葉は、声になっていたかどうか分からないほどか細かった。

「俺が皆に嘘言ったんだ。彼女が会社辞めたのは彼女の不倫が原因。会社の上司、既婚者とダブル不倫してて、ある日突然、その上司の奥さんが俺に直接連絡してきた。あんたの奥さんうちの旦那と不倫してるって、最初は妄言おばさんかと思ったよ。でも向こうは確実な証拠を掴んでるって、二人のＬＩＮＥのやり取りのスクショを転送してきた。色々衝撃的なことが書いてあったよ。どこか分からないけど青姦《あおかん》したんだろうなって内容とか、社内のどこどこには監視カメラがないから今度そこでしようとか、写メ送り合ってお互いオナニーしてるやり取りもあった。怒りで腸《はらわた》煮えくりかえって頭が爆発しそうになってるのに、めちゃくちゃ勃って、俺それ見てオナニーしたんだよ。ネトラレとか意味分かんねえって思ってたけど、これかって思ったよ。その頃俺も浮気しまくってたし、結婚してからも女遊び止めてなくて、奥さんもそれ知ってただろうし、だからそれで心にできた隙間にその上司が入ってきたのかなって、軽く考えてたんだ。上司の奥さんに招集くらって四人で話し合いして、向こうが用意してた、二度と二人で会わないって誓約書にも彼女サインしてさ。慰謝料は相殺でお互いなしってことになったし、二人で話し合って、俺ももう浮気はしないからって彼女に謝って、関係を築き直そうって、やり直そうってことになったんだ。でもそれから一ヶ月もしない内にまたその上司の奥さんから電話が掛かってきた。怒り狂ってたよ。うちの奥さんはその四人での話し合いの時以来ずっと上司にストーカーしてて、メール電話手紙待ち伏せ何でもありで、上司もどうにか自分の力で宥めようとしてたらしいんだけど、メンタルやられちゃって奥さんに相談して俺に連絡がきたって流れで。このままだったら警察に被害届出すって言われて、むしろそうした方が諦めつくのかなって思っていいですよ出してくださいって言ったら、彼女は警察に呼び出されて警告出されて、今後は近づきませんって誓約書にサイン書かされて帰ってきたんだ。それと同時に彼女は会社も辞めた。それから三年、彼女一回も笑わなかったんだよ」

荒木はまた煙草に火をつけて一口目を大きく吸い込む。パワハラを受けて鬱になった奥さんが会社を辞め、それ以来奥さんのフォローで荒木も鬱になった、小野からそう聞いた時は凄絶だなと思ったけれど、今荒木の口から語られる話には、あまりに唐突すぎて何の感想も浮かばなかった。強いて言うならば、価値観がかけ離れている人の死生観やジェンダー観などを聞いている時のような、居心地の悪さ、どこか申し訳なさに近い思いがした。

「家にずっと閉じこもってさ。普通に接しようと思って、会社の話とか、くだらない芸人の話とか振っても彼女はずっとぼんやりしてて、家事もしない、自発的にするのはトイレに行くことくらいでさ。風呂も週に一、二回しか入らなくて、気がつくと服も二週間くらい同じの着てたりして。廃人てこういう奴のこと言うんだなって思ったよ。それで深夜遅くとか、朝起きた時に泣くんだよ。彼に会いたいって言って、俺の前で泣くんだよ。どうしたらいいのか分かんないじゃんこっちもさ。自分の奥さんがさ、結婚してくださいって言って、泣きながらはいって言ってくれた女の人がさ、他の男のこと思って泣いてんの、どうしたらいいか分かんなくってさ、仕方なく抱きしめて大丈夫だよ、とか言って背中とか撫でてやってさ。何が大丈夫だよ俺が大丈夫じゃねえよって思いながら、そんな生活三年送ったんだ。俺はずっと、愛してる、好きだって言い続けたよ。それで、彼女も彼に会いたい、彼が好きだって言い続けた。何か変な、ヤバい奴の妄想の世界かなんかに投げ込まれたみたいだったよ。自分でそんな生活続けながら、何やってんのか分かんなかった。俺は三年間一度も他の女と寝なかった。毎日真っ直ぐ彼女の元に帰って、他の男を思って泣く彼女を慰めた。セックスもした。彼女は拒否しなかった。多分その男のこと思いながらセックスしてたんだろうな。でも段々、怖くなったんだ。彼女のその男に対する恋愛感情も、別の男が好きな女と別れられない自分の恋愛感情も怖くなった。彼女に好きだって言うたび、彼女が『彼が好きだ』って言うたび、触れたくないものに触れるような気持ち悪さが肥大していって、三年経ってようやく離婚してくれって言った。彼女、おかしいもんね、真山《まやま》さんが好きなのに祐司《ゆうじ》と一緒にいるの、って言って、離婚届にサインした時はちょっと憑き物が落ちたような顔してたよ。びっくりするよな、憑き物はあの不倫上司じゃなくて俺だったんだから」

「もう、連絡取ってないの？」

「取ってない。離婚から一年後くらいに一回、彼女の母親から少し回復の兆しが見えてきましたって連絡があったきり」

「詳しいこと知らないで言うのもなんだけど、その時の奥さんは、誰にも救えなかったと思うよ」

「その時は、だよ。俺はだから、途中で逃げ出したんだよ」

「一緒にいれば荒木が彼女のことを救えたって、本気で思う？　そんなの、無理な時は無理なんだよ」

「分かってる。無理なんだ」

荒木が私の肩に手を置き、そこから手首までゆっくりと撫でていく。

「真奈美に対しても、俺にはできることが何もない」

「そんなことないよ。荒木にこれまでどれだけ救われてきたか分からない。いつももう折れそうってなった時に荒木と飲んで話して寝て、どれだけ救われてきたか。荒木がいなかったら、ここまで自分を保ってこれなかった」

言いながらどこかで、そうして荒木を利用してきたのだと思う。折れそうもうだめだ辛い、そんな現実に直面した時私は荒木でガス抜きをしては家庭に戻っていった。ごめんねと言いそうになって、そんなことを言ったら傷つけるかもしれないと思って、口を噤む。これまで自分が普通に行使してきた狡《ずる》さがなぜか今、耐えがたく感じられた。いつもそうだ。罪の意識はある時突然降ってきて、周囲で疫病が流行《はや》り始めたような絶望感をもたらすが、なぜかふと気づくとまた消えているのだ。

「俺さ、たまに近所のじいちゃんとこ行ってんだ」

「おじいちゃん？　荒木の？」

「いや、半年くらい前にデコポン落として困ってるとこに遭遇して拾ってあげてさ。あれこれデコポンじゃん懐かしい、俺愛媛出身だからよく食べてたんすよって言ったら、じいちゃんデコポンは熊本だろうって言うから、愛媛もめっちゃ作ってるっすよなんて言いながら結局家まで送って。いわゆる高齢者の一人暮らしで、買い物きついって言うから、俺たまに、週一くらいで行って買い物あるー？って聞いてさ、スーパーで買い物して届けてるんだ」

「なんかドラマみたいな話。介護とかヘルパーさんはいないの？」

「一ヶ月に二回だけ、ボランティアで食事の配給があるのと、お金を出せばヘルパーの人も派遣してもらえるらしいんだけど、人にいろいろ世話されるのが嫌みたいでさ。それで仕方ないから、うざがられない程度に生存確認してんだ」

「でもそれって、おじいちゃんの生死が自分にかかってるみたいで、重荷じゃない？ちょっと忙しくてしばらく行けなくて、それで久しぶりに行ったらおじいちゃん死んじゃってたとか、そんなことになったら責任感じない？」

「それは仕方ないって思うよ。もう八十過ぎたじいちゃんだもん」

「そうかな、荒木は何か、奥さんのこともそうやって引きずってるし、責任感じるんじゃないかって思うけど」

「じいちゃんは奥さんじゃないもん」

「そうだけど」

「真奈美にもそんな風に、関わって欲しいんだ」

「私が？　ヘルパーしてもらうの？」

「うん。たまにさ、寂しいとか、辛いとかいう時に、電話くれてもいいし、会ってもいいし、あれ買ってこいとかでもいいよ」

「そんな調子のいいことできないよ。いや、私はずっと調子のいいことをしてきたかもしれないけど、そういうのを止めたいっていう話だよ」

「分かってる。でももし潰れそうって思ったら、の話だよ。じいちゃんならまだしも、真奈美がいつか突然死んじゃったら俺も辛いからさ」

「死なないよ」

「俺の今はもう余生だから。広報飛ばされちゃったしさ、適当に女の子とヤッて、酒飲んで、たまに人に余計なお世話焼いて、そういう感じでいいかなって」

ふうん、と呟きながら、アリスがウサギの穴に落ちていくように荒木のことがよく分からなくなっていく。浮遊感が恐ろしくて、荒木の手を取る。

「荒木がどんな人間なのか、聞けば聞くほど分からなくなる。何かをはぐらかされてるような気がする。荒木自身が何か抑えつけてて、解放したいところとかはないの？」

「そういうのは、別にないよ」

その言葉が信じられなくて、うずうずする。何度セックスしても、結局私は荒木に触れられなかった。奥さんもそうだったのだろうか。何度セックスしても、愛してる、好きだと言われても、荒木に触れられなかったのだろうか。そして、その好きだった上司には、触れられたような気がしたのだろうか。だからそこまで依存したのだろうか。荒木は誰にでも話しかけるけれど、軽々しく誰にでも開く人間じゃない。軽々しく誰かに開いているように見せている時、それは表面の着ぐるみを一枚脱いだだけで、その中には何枚もの着ぐるみを着ているにちがいない。脱いでも脱いでも出てくるのは着ぐるみで、最後の一枚をようやく脱がせた中からはやはり中身のないクタッとした着ぐるみが出てくるのかもしれない。それでも荒木といる時間は楽しくて、その表面、表面から二番目くらいの着ぐるみで、それだけ人を楽しませられる荒木を素直にすごいと思う。でも結局、俊輔だってそうなのだと思いつく。俊輔の本質的な問題、音楽の問題に私は一ミリも関わっていない。荒木とも俊輔とも、表層的な関わりしか持っていないのだとしたら、恋愛や結婚や不倫とは、一体何なのだろう。幻想ではなく、本当にお互いの深部に触れる関係など、存在するのだろうか。結局恋愛というのは、どこかが痛い時に治療が必要だと医者や薬に頼る対症療法と同じで、寂しい時愛されたい時に同じ思いを抱えた誰かに手を伸ばし満たし合う行為で、その満たされた感覚が愛されている、相手を満たす行為が愛しているという幻想にすり替わっているだけなのではないだろうか。だとしたらその寂しさと愛されたさをぶつける相手を、私は二人同時に失うわけで、それは普通にとてつもなく辛いことだと分かる。塗り薬も飲み薬も頓服薬だって欲しいのに、薬も処方箋も全てこの手で捨てるのだ。

もう一回したい。私がそう言うと荒木はまた丁寧に胸を愛撫することから始めた。再び荒木の性器が入ってきて、幾つかの体位を経て正常位に戻った時、「愛してる」と荒木は呟いた。彼は今、私の寂しさと愛されたさを満たしていて、その満たした感覚を「愛してる」と表現したのだろうか。思わず気が逸れて、微笑みが溢れた。「笑わないでよ」と自分も少し笑った荒木は動きながらキスをして、長いキスの途中で射精した。ゴム一枚隔てた性器が痙攣を止めても、彼はキスを止めなかった。

ホテルを出るともうすっかり陽が昇っていた。化粧直しを数回経た顔には少し突っ張るような感覚がある。荒木の天パーにも寝癖がついていて、朝までホテルで過ごしたのは初めてだったと今更気づく。自分の唇の端に指を当て、歯磨き粉、と指摘すると荒木は唇の脇を舐めて指で拭う。

「何もかもぼさぼさだ」

「家帰るんでしょ？」

「うん。真奈美の実家ってどこ？」

「綱島《つなしま》。実家と同じ路線選んだの。荒木はＪＲでしょ？」

「うん」

ものの五分で駅に着き、私こっちから行くからと駅の入り口を指さすと、じゃあそこまで送ると荒木はついてきた。

「じゃあ、ここで」

「うん。また、会社でな」

「うん」

「何かあったら連絡して」

「なんかさ」

「なにさ」

「笑っちゃうんだけど、寂しいもんだね」

笑いながら言うと、笑わないでよ泣いてよ、と荒木も笑った。

「いやいや泣かないでしょ」

「なんだ泣かないのか」

「泣かない泣かない」

じゃあほんとに、と呟いて手を振ると、荒木は小さく頷いて小さく手を振った。背の高い彼がそうして小さく手を振る姿は可愛らしくて、背を向けて階段を上り始めた時ほとんど鼻水が垂れるようにして涙が溢れた。感情のない涙だった。いや、気づいていないだけで感情はあったのだろうか。分からなかったけれど、とにかく電車に乗っても涙はしばらく止まらなかった。土曜の下り電車は空いていて、座席に座って暖かい日差しを背中に浴びながら、猛烈に喉が渇いていることに気がつく。二人で二本のワインを飲んだ後は、一本のミネラルウォーターを文字通り奪い合いながら飲んだだけだった。電車内を見渡すと、土曜のせいかいつもと少し客層が違うことに気づく。老人や子供、手を繋いだまま座る新婚と思《おぼ》しきカップル。彼らを見渡しながら、私はこれから帰る道を想像する。生まれた時の姿、母と自分を繋ぐ臍の緒を切られ、ただ一人となったばかりの自分に、近づくのだ。より自然で、より孤独で、より強かったあの姿に、これから少しずつ立ち戻るのだ。

桂

昔付き合っていた彼女が働く美容室に行くまでに、あらゆる葛藤があった。彼女は戸惑うだろうか。どんな顔をするだろうか。自分もまた、どんな顔で彼女を見留めるのだろう。店はインテリアが変わったのか随分印象が変わっていた。働いている人たちも、様変わりしている。なぜか担当は彼女ではなく、初めて見る若い男性だった。人当たりの柔らかい、草食男子といったタイプの男の子だ。彼女はどうしてるかと聞くと、今忙しいみたいなんで後で来ますと彼は言う。カットしてもらうのも久しぶりだ。もうずっと伸び放題になっていて、ここ最近は邪魔なところを自分で工作鋏《こうさくばさみ》で切ってしまうこともあった。カットが終わる頃ようやく出てきた彼女は、自分の知っている彼女からすっかり変わっていて、こんな人だったかなとまるで別人のように感じる。話す内容から彼女だとは分かるのだが、服装も顔もかつての彼女と全く一致しない。昔の彼女との共通点を見出すのが難しいほどだ。彼女と草食男子の美容師と三人でしばらく世間話をしながら、自分が冷静であれば一瞬で気づくはずだったことにやっと気づく。彼女は性同一性障害なのだ。一目見て中性的だなとは思ったが、声も男性的だし、よく見ると喉仏もある。彼女が僕を捨てた時、違和感があった。どうしてこんな捨て方をされなきゃいけないのかと、理不尽さに腹を立て、悲しんだ。その失恋は尾を引き、それから数年後に由依に出会うまで、度々携帯上で彼女の名前を見ては連絡しようかどうか悩みに悩んだ。あの頃、彼女があして俺を理不尽に捨てた時、彼女はすでに性同一性障害に苦しみ、男として生きていく覚悟を決めていたのかもしれない。そう覚悟を決めた時、俺と一緒に歩む未来を彼女は想像できなかったのかもしれない。ずっとどこかで引っかかっていた別れの真相が十数年の時を経て今ここでこんな形で明かされたことに衝撃と戸惑い、そしてそうだったのかと腑《ふ》に落ちる感覚があった。彼女は幸せそうだった。男性的な服に身を包み、男性の声をして、見た目だけでは性別が分からなくなった彼女は、とても幸せそうだった。俺と別れて良かったのだ。そうしなければ、彼女は今の自分を手に入れられなかったのだ。思えば別れの少し前から、彼女は何かを思い悩んでいるように見えた。お互い思い合っていると思っていた相手と少しずつ心が通わなくなるあの鳥肌が立つようなどうしようもない悲しみが、不意に鮮やかに蘇る。

静かに目を開ける。穏やかな目覚めだった。彼女の夢を見たのは何年ぶりだろう。あまりにもリアルで、今目の前にいた人たちが突然消えたことに驚いていた。この夢には何か重大な意味があるという確信があった。きっとこの夢は忘れてはならない。真っ暗な部屋の布団の中で、この夢を小説に活かすとしたらどのパートでどの人物の体験として書くべきか、頭を巡らす。必死にプロットを頭に思い浮かべ、そして登場人物の誰の話にしたらしっくりくるか、どこの章だったら違和感がないか頭の中で想像する。例えば性別を反転して女性視点で元彼が性転換していたという話にしても良いかもしれない。とにかく今見た夢には何か意味があるはずだ。枕元のスマホを手に取り、メモを開き、今の夢を順を追って打ち込んでいく。途中で、寝ぼけているだけなんじゃないかと冷静に思いもしたが、とにかく最初から最後まで覚えていることをできるだけ鮮明に書き留めた。しかし過去の恋人の性転換、それに救われるというストーリーは、自分の中のどんな思いや不安、希望の象徴なのだろう。ただ単に、十数年前にあの美容師の彼女に振られた時と同じように、また同じように由依に捨てられることへの恐怖がこの夢を見せたのだろうか。あるいは何か、由依には自分の知らない、何か特別苦しんでいたり追い詰められている状況があるのかもしれないという疑いだろうか。いや、もしかしたら自分は許したいのかもしれない。何の前触れもなく突然離婚したいと言い出した由依にも、きっと何か事情があるのだと想像することで、由依を許したいのかもしれない。その許したい気持ちが、過去に自分を手ひどく振った彼女には想像するだけでは気づくことのできなかった、のっぴきならない事情があったというストーリーとなって現れたのかもしれない。いや、この夢は単に自分の想像力の限界への仄めかしかもしれない。由依の離婚したい理由をどんなに想像しても、例えば自分に書ける小説内に登場する可能性のある離婚理由以上のものは出てこないのだ。

スマホに由依からの連絡は入っていない。無理やりセックスをした次の日の夜も、再び彼女を押さえつけてセックスをした。終わったあと彼女はシャワーを浴びに行き、寝室に戻って服を着たかと思うと寝室を出て行って、その後静かに玄関のドアが閉まる音がした。あの時、彼女がシャワーから戻ったらちゃんと話そうと思っていた。でもその前の日と同じようになぜか声を掛けることができず、目を瞑《つぶ》って寝たふりをした。そうして彼女が出て行ってから一週間、音沙汰がない。電話もメールもＬＩＮＥも、何もかもが返ってこない。入れすぎて引いているのかもしれないと思って昨日は初めて一日何の連絡もしなかった。気を引けるかもしれないと思ったが、連絡してもしなくても連絡は返ってこないだけだった。彼女は一体どこにいるのだろう。彼女の話題に上る友達はフランス時代の友達くらいだし、それ以外で話題に上るのは佐倉さんを始めとする、仕事の付き合いのあるファッション誌やカルチャー誌の編集者くらいだった。佐倉さんは俺が電話を掛けると迷惑そうな、というよりは戸惑っているような態度で「一回飲みましたよ。まあいつも通りでしたけど」と硬い口調で教えてくれはしたが、どんな話をしていたかとか、どこにいるなどの情報は一切教えてくれなかった。由依と連絡が取れたら俺が連絡してくれと言っていたと伝えてくださいと言ったが、メールでも留守電でも

ＬＩＮＥでも連絡してくれと再三伝えているのに返事を返してこない由依が佐倉さんに「桂さんが連絡してって言ってたよー」と言われたところで連絡をくれるはずはないのだ。枝里ちゃんも結局俺が電話を掛けた時以来連絡してこないし、由依の母親に至っては俺の着信を無視した挙句折り返しすらない。もともと母親とも枝里ちゃんとも折り合いの悪い彼女が実家に帰るわけないとは思っていた。でもじゃあ由依はどこかホテルなどに泊まっているのだろうか。最初の三日くらいは捜索願を出そうか真剣に考えたが、佐倉さんと連絡が取れて一度会ったと聞いたこと、自分が襲ったせいで彼女が出て行ったのだという確信、その前に別れ話を持ちかけられていたことから、彼女の自主性によって行なわれているのであればこの失踪を追及することは自分のためにも彼女のためにもならないのかもしれないと思い始めていた。

時間的にはまだ寝足りず、あと三時間くらいは眠りたいのに頭が覚醒してしまい寝付けなかった。スマホでブックマークの中からアダルト動画のサイトに飛ぶと、横になったまま性器を擦り始める。時間をかけずに効率的に抜いてしまおうと新しい動画は漁らずお気に入りに入っていた数本の動画ですぐに射精した。ティッシュで受け止め丸めてゴミ箱方面に放り投げると、目を瞑る。少しずつ、充血した性器のようになった全身から熱が抜けていくのが分かる。人は体が冷えていく時に眠気を感じるから、お風呂とかスポーツ、温かい飲み物なんかを飲むとその後眠気を感じやすくなるらしいよと、寝付きが悪いと話した時に由依が教えてくれた。それ以来、こうして体の熱が冷めていくのを感じるたび、由依のその言葉が蘇るようになった。悶々《もんもん》とする思いも精液と一緒に少しは放出されたのか、どこかすっきりした気分でまた眠りについた。

いらっしゃいませ、お一人様ですか？　お煙草は吸われますか？　ではあちら側のお好きな席にお座りください。初めて見る店員に立て続けにそう言われ、壁際のソファ席に座る。すぐにパソコンとコードを取り出し、プラグを足元のコンセントに差し込む。お冷《ひや》を出しにきた顔見知りの男性店員に「Aランチください」と伝えてパソコンを開き、まずは各所から来ていたメールの返信を書き始める。書いている途中でさっきの店員の脚に目を奪われる。年齢は二十歳前後といったところだろうか。東南アジア系のハーフかクォーターのように見える。日本語に全く訛《なま》りがないところを見ると、生まれも育ちも恐らく日本だろう。すらっと背が高く、背筋がまっすぐ伸びた彼女が歩く姿は、まるでモデルのようだ。新人だろうか。昼前に起き、昼過ぎに家から歩いて十分のこの喫茶店に来てAかBランチを食べる、週に四日ほど続けてきた習慣だ。五日だと多すぎて嫌になるし、三日だと少なすぎて仕事場感が薄れる。週に四回がちょうど良い頻度だった。そんなペース、店側も自分も常連と認識する頻度で通い始めて五年が経つが、あんなに綺麗な店員は見たことがなかった。

返信を数通書いて送信してしまうと、Aランチのナポリタンとミニサラダを食べ終え、小説を書き始める。昨日書いた分を読み返し、少しずつ気分を小説に沿わせ、プロットを書き留めてあるノートを時折確認しながら、今日書き終えてしまいたいと思っていた三章を書き進める。構想を思いついてから半年、ずっと練り続けてきたプロットなのに実際に執筆に入ってから二ヶ月、筆は乗らないままだった。スランプをようやく抜け出したと思っていたが、長い断筆期間のせいだろうか、書いても書いても「これでいいのだろうか」という疑問が消えない。自分の書いている文章に、真実が込められている気がしない。全てが模倣、それもこの世で最も愚かな模倣、自己模倣に感じられる。スランプに陥ってから、何度も自分の過去の小説を読み返してきた。自分の著作は自分が面白いと思ったものを書いてきただけあってどれも面白く、自分の思う理想の小説に近いものだった。しかし全て読み返した後、最近話題になっている本や出版社から送られてくる文芸誌や小説誌を読むと、他の人の書いた小説にはことごとく真理が描かれていて、自分の小説には何一つ真理が描かれていないような気がした。それはもうほとんど「自分の表現の一つ一つが嘘のように思え、他の人の表現の一つ一つが真実のように思える病気」にかかってしまったように、何一つ自分の書く文章を信じられなかった。一つの文章を書くことすらできないような無力感に駆られていた時期を乗り越えようやくプロットを完成させたのに、不安は消えない。いや、執筆している時は常にそうだったようにも思う。自分の書いているものに意味があるのかないのか、これまでも常に迷いながら書き続けていた気もする。しかしこんな不安に身を任せながら執筆を続けることなんて可能なのだろうか。文章を書きながら、あれこの表現は前にも書いたことがあっただろうかと不安になってPC内検索をかける。それでヒットしないと、では誰か他の人の小説で読んだのだろうかと不安になってインターネットで検索をかける。それでもヒットしないと人称や語尾を変えて何度も検索をかける。自分の中から出てくる表現は、すでに使い古された目新しさの欠片もないあらゆる表現、小説や映画やドラマ、ツイッターや誰かのメールなど、そういった文章の中で何度も繰り返されてきたものに感じられるのだ。そんなの当然だ。新しい表現、自分にしかできない表現など、この世に存在するはずがない。そんなことは分かっている。でも他の作家には、クリエイターには、批評家にだって、いやそここフォロワーのいるツイッタラーやユーチューバーにも、何か発信する人にはその人の真実がきちんとそこに存在しているのに、なぜか自分からは、自分の作品からはその真実性が完全に損なわれ永遠に取り戻せないもののように感じるのだ。何の刑事罰にも問われなかった、慰謝料も請求されなかった、この自分に対する不信感だけが自分に与えられた盗作の罰だった。

由依の姿はソファの背に隠れ、彼女が両手で掲げる本だけがソファの上に見えていた。

「何読んでんの？」

「フランスの小説」

「原書？」

「うん」

没頭しているのか詳細を説明する気のなさそうな彼女に諦めて、テーブルから目を細めてタイトルに目を走らせた。『La pousse』。日本語なら『芽生え』だろうか。

「性の芽生え的な？」

え？　彼女は不思議そうな声を上げ、本を閉じて表紙を見る仕草の後にくすくすと笑った。ソファの向こうで顔は見えないが、少し呆れたような顔をしているのが見ないでも分かった。

「違う。ミステリだよ」

「へえ」

意外だった。タイトルも装幀もミステリらしくないし、何よりも彼女がミステリを読んでいるということに驚いていた。俺の本は一冊も読んだことないくせにと思いながら、どんな話か聞くのが癪で、スマホで「La pousse roman」で検索する。アマゾンフランスのページであらすじを見るが、辞書なしではぼんやりとしか理解できなかった。

「それ、どうしたの？」

「え、ああ、この間会った時永岡さんが持ってて……」

「持っててなに？　くれって言ったの？」

「うーんと、もう読み終わったって言ってたから、読んでいいですかって」

内容に引き込まれているのか、彼女は上の空だ。

「珍しいね小説読むなんて」

「最近フランス語の本読んでなかったから……」

「……うん。なかったから？」

「うん」

「だからたまには読もうって思ったの？　勉強になるかなって？」

立ち上がり、ソファの脇に立ち彼女を見下ろしながら聞く。ソファの肘掛に載せている頭を僅かにずらし、本の脇から俺を見上げた由依は「なんなの？」と困ったような声を出すと堪えきれないという感じで笑い始めた。

「気になるんだよ」

俺の手に手を伸ばした彼女は、くいっと猫を抱き寄せるような優しさで引っ張る。ソファの脇に座り込むと、彼女は俺の耳の上の辺りの髪の毛を撫でた。

「へんなひと」

そう独り言のように呟くと由依は俺の頭を引き寄せキスをした。横になったままの彼女の腰から太ももに手を走らせる。確かもう昼だったけれど、彼女はナイトウェアのワンピースを着ていた。裾が長く、腰の辺りの布を引っ張ってたくし上げ、手を差し込み彼女の黒いタンガを脱がせた。Tバック好きだよねと前に指摘したら、タンガって言ってよと注意されて覚えた名前だけど、ネットで調べてみるとタンガだのソングだのGストリングだのとTバックの形状のものにたくさんの名前がついていて、結局タンガの明確な規格についてはよく分からなかった。自分たちにあんなに幸せな時間があったのかと、改めて驚く。今からほんの、四年くらい前のことだ。

あの日彼女がそうして蒔《ま》いた種が自分の中で育っていくのに時間はかからなかった。数日で読み終えた彼女が放り出していたその『La pousse』を、辞書を使いながら読み始め、読み終えたのは二週間後だった。それから憑かれたようにプロットを書いた。あまりにも読んだばかりの小説に影響されすぎていると気づいていたため、執筆に移すことはしなかった。『La pousse』の著者は四十代のフランス人女性で、彼女自身はフランス国内の小さな賞を獲ったことがあるだけの、あまり有名ではない作家だった。彼女の夫は有名な哲学者で、彼女のことを調べていてもちらほらとその夫の情報が交じっていた。その時書いたプロットを引っ張り出したのは、実際に『La pousse』を読んでから一年後くらいだっただろうか。ちょうど十年以上書いてきた「泉川雫シリーズ」を完結させ、それまでも他のシリーズや、単発で小説を書いてはいたものの、どこかで方向転換をする時期だと思っていた時に、明誠社の文芸誌から新しい連載の依頼がきたのだ。文芸誌はハードルが高いと思っていたが、いつかは書いてみたいと思っていた。二つ返事でOKすると、俺はプロットの練り直しを始めた。連載が三回目を迎える頃、小野くんにネットで見ていても反響が大きいですとテンションの上がることを言われ、自分でもツイッターやグーグルでエゴサーチをし始めた。誰も『La pousse』との関連性について指摘していなかった。日本語訳も出ていないし、フランスのマイナー作家の原書と俺みたいなラノベ作家の小説の両方を読み、比較するような人などそうそういないのだとほっとした。それにもう何度も修正を加えたプロットからは、あの本を読んで受けた影響はだいぶ抜け落ちているに違いなかった。

　一年かけて終了した連載小説『フラジャイル』が単行本化され、重版が二回かかった頃、小野くんから連絡がきた。レイラ・ブノワさんのことはご存じですか？　言われた瞬間雷に打たれたようにショックを受けている自分に驚いた。盗作したなんて思ったことはなかったのに、脂汗が滲み出してくるのが分かった。知っていると言うと、彼は小さくため息をつき、実は彼女の小説『La pousse』の翻訳を進めている出版社から事実確認の連絡がきましたと続けた。その本は確かに読んだが、盗作と言えるレベルではない、日本が舞台だし、登場人物も皆日本人、海外小説へのオマージュなんて昔から繰り返されてきた手法だし、トリックや謎解きについては類似点があるかもしれないが、小説の核になる主人公の出生の謎や恋愛の要素は完全にオリジナルであることを主張したが、彼は「向こうが送ってきた翻訳の草稿と類似している文章をピックアップしたものを読んだだけの段階ですが」と前置きした後に、「これはもしかしたらもしかするかもしれません」と続けた。もしかするというのは、本の回収ということだろうか。社会的抹殺だろうか。目の前が真っ白になり、自分の体がアスベストのようにふわふわで惨めにくすんだ綿の塊のようなものに感じられ、しかもそれは社会から抹殺されるべき有害なものであるという事実に、電話の向こうの彼がそれから先何を言っているのかさえきちんと把握できなかった。

「盗作の疑いをかけられてるんだ」

半ば放心状態でそう言うと、「したの？　盗作」と由依は意外そうに聞いた。

「俺はそういうつもりじゃなかった。でも編集者が言うには、アウトかもしれないって」

「なら、いいんじゃない？」

いいんじゃない？　そんな軽く言われたくなかった。それに、したつもりではなかったのに、あの著者の名前を出されて脂汗が出たのは事実だ。

「桂が盗作してないって言うなら、私はそれを信じるよ」

まるで造作ないように彼女は言った。彼女の態度はあまりに無責任に感じられた。でもなぜ、彼女に責任があるのだろう。彼女はただ俺の妻であるだけで、俺の小説の責任など取る必要はないはずだ。どうして自分はこんなにも由依の態度に割り切れない思いを持つのだろうと考えて、「俺は由依に自分の小説を読んでもらいたかったのだ」と気がついた。彼女が夢中になって小説を読む姿は、一緒に暮らしていてほとんど見たことはなかった。あの日ソファに横になって、俺の言葉にも耳を傾けずに読みふけっていた小説に俺は心惹《ひ》かれ、彼女を夢中にさせるものを書きたいと思ったのだ。だから俺は、盗作疑惑をかけられた時、彼女にも本気で心配し、この不安を共有してもらいたかったのだ。

盗作確定、そんな見出しでいくつか記事が出た。『フラジャイル』は回収となり、それと時を同じくして『La pousse』の日本語訳が刊行された。結局、俺の本の方が部数は多かった。有名でない海外作家の本なんて初版三千部がいいところなんだから、当然だ。むしろ俺の盗作疑惑は逆に、多少なりとも売り上げにも貢献しただろう。でもどこかで、俺は盗作をしていない、俺の小説の方が面白いはずだという憤りに駆られていた。『フラジャイル』の回収が決定してからしばらくして、レイラ・ブノワは随分長いこと更新の滞っていたツイッターにこう書き込んだ。「小説とは模倣である。私は模倣が真実を凌駕することがあると信じるが、模倣の模倣がより広い真実を凌駕する例も幾つか見たことがある。小説とは社会のものでも時代のものでもなく、常に個人のものなのだ」。俺の名前も出さず、盗作問題にも触れず、彼女はそれだけ呟いたのだ。擁護されているはずなのに、俺にはただ羞恥心と惨めさが残った。このツイートを見せ、ここには何か皮肉めいた示唆が含まれているだろうかと聞くと、いや、ないでしょと軽い口調で由依は答えた。でもフランス人は存在自体が皮肉めいているところがあるから、世の中に対する態度としての皮肉さくらいはあるかもしれないと言われて余計にこのコメントをどう受け止めるべきか分からなくなった。でも結局、本人が何と言おうと出版社は回収を決定した。出版社が謝罪と回収を発表してから、ネット上で叩かれまくった。週刊誌の取材も家にまでやってきた。何か謝罪でも釈明でもいいからコメントを出すべきではないかと小野くんは言ったが、盗作していないのに謝罪も釈明もできないと突っぱねた。それでももう、改稿を続けたプロットと単行本の『フラジャイル』、そして『La pousse』を読み返すことはできなかった。それらに類似性を見出すのが恐ろしかった。

　後ろ姿も人目を引く。そう思いながら七メートルほど距離を取り、彼女の後を尾《つ》ける。信号待ちのたびに、建物の陰や自動販売機の陰でスマホを見ているふりをしながら身を隠した。歩いて通える距離に住んでいるだろうと踏んでいたが、彼女は地下鉄の階段を降り始めた。肩から提げたトートバッグから財布を取り出す。彼女が通った改札に数十秒遅れでＩＣカードをタッチする。ホームでは大きく距離を取り、電車が滑り込むと別の車両に乗り込んだ。あんな廃《すた》れた喫茶店で働くのに近所だから以外の理由があるわけない、そう予想した通り、彼女は二駅隣の駅で降りた。

　彼女は商店街を通り、途中パン屋で買い物をすると、車通りの多い大通りに出て信号を渡った。コンビニに入ったのを見届け、そのままコンビニの中が覗ける位置から観察を続ける。彼女は雑誌を読んでいるようだった。完全に背を向け、数十秒に一度くらいのタイミングで覗き見ていると、しばらくして彼女はＡＴＭを操作した後コンビニを出た。人通りが少なくなってきたため、さっきまでよりも距離を取って歩く。コンビニから二百メートルほど歩いたところで、彼女は大通りから脇道に入った。自分は脇道には入らず、角に立ち止まり隠れたまま彼女を見つめる。大通りから五十メートルほど入ったところにあるビルの外階段を上り、彼女は見えなくなった。一分ほど待ってから追いかけると、二階の入り口には「笹岡レディスクリニック」と書いてあった。産婦人科のようだった。婦人科検診、性病、妊娠、それ以外に何かあるだろうか。見張れる店はなさそうだったため、大通りに戻って角に隠れたまま彼女が出てくるのを待つことにする。スマホでパズルゲームをしながら待っている内に段々意識が朦朧としてくる。もう夕方六時になろうとしている。パソコンの入ったトートバッグが肩に食い込んで痛く、足で挟むように地面に置いた。産婦人科からは三人ほど女性が出てきたが、一時間経っても彼女は出てこなかった。もしかして堕胎とかそういう手術の可能性もあるだろうか。でも堕胎の予約をバイト後に入れたりするだろうか。スマホの充電があと二十パーセントになったところでゲームを止めた。コンビニにモバイルバッテリーは売っているだろうかと考えていると、ようやく彼女が出てきた。こっちに向かって歩いてくるのを見て、ビルの出っ張った柱に身を隠す。彼女は俺に気づかないまま大通りを駅の方に戻っていく。何かの紙を持っていて、覗き込みながら歩いていて危なっかしい。彼女がその数枚の紙をバッグに入れた時、それが何なのか分かった。あれはエコー写真だ。彼女は妊婦で、今日は健診で、診察時に撮ってもらった胎児の写真に見入っていたに違いない。足元を見るとやはりぺたんこなバレエシューズのような靴を履いている。十メートルほど距離を取りながら歩いて行くと、また駅に向かっていく。また電車でどこかに行くのかと思ったら、彼女は駅の入り口で立ち止まり誰かを待つようにスマホを繰り返し手に取ってはポケットにしまう行為を繰り返す。落ちつかないその様子に、尾行しているこっちまで苛々してくる。

「あ、こうちゃん」

手を上げて言う彼女に、地下鉄の駅から階段を上って出てきた男が「ああ」といった顔で手を上げる。二人の会話を聞きたくてスマホを覗き込んだまま少し近づく。旦那だろうか。妊婦健診行ってきたよ何の問題もなかったよ、などの会話をしているのだろうか。何か真剣に話している様子の彼女をちらちら見ていると、突然振り返った彼女が俺を指差した。え、と彼女と目が合ったまま呟く。男は眉間に皺を寄せ、俺を睨みつけたまま「あいつ？」と言ったのが口の動きで分かった。スマホを握りしめたまま、背を向けて走り出していた。おい！　という声が聞こえたが振り返らず疾走する。パソコンの入ったトートバッグが激しく揺れ、今日執筆したシーンが脳裏に蘇り慌てて胸元に抱きしめ何とも情けないフォームで走り続ける。商店街の人混みをすり抜け、ショッピングモールに駆け込んで階段を駆け上りながら辺りを見渡す。ようやく見つけたトイレのマークを目指して男子トイレに駆け込むと個室に入り鍵をかけた。こんなに走ったのは何年ぶりだろう。こんなに心臓がばくばくしたら死ぬんじゃないだろうか。走っていたのはほんの数分なのにこんなに汗が出るなんておかしくないだろうか。彼女はいつから俺の尾行に気づいていたのだろう。目が合ったりしていなかったはずなのに、なぜ気づかれたのだろう。そして彼女は俺が彼女の働く店の客だということに気づいていたのだろうか。俺はもう二度とあの店には行けないだろう。それどころかあの店の周辺を歩くことすらできないだろう。尾行していた証拠なんてないはずだ。それに尾行しただけで捕まるなんてこともないはずだ。「ストーカー警告受けていた！　盗作作家、水島桂の衝撃の現在」。最悪な見出しが頭に浮かぶ。個室の外でガタンと音がしてびくりと飛び上がる。普通にトイレしてます的な音を出さなければと、ズボンを下げ便座に腰掛け、無駄にトイレットペーパーをカラカラと引き出す。しばらくすると用を足す音と小便器の水の音がして、トイレを出て行く音がした。胸を押さえたままトイレットペーパーを流す。恐る恐る個室を出て手を洗っていると、ピロンと音を立てたスマホにまた飛び上がる。ばくばくしている胸を押さえながらスマホを手に取ると、「明後日のオートクチュールのパーティ出席します」とメールが入っていた。由依からだった。前に二人で出席しようと話していた「オートクチュール」の十周年記念パーティはどうするか、由依が行かないなら俺も行かないけどとメールを入れていたのだ。どこにいるのかとか、どうして連絡くれないのかとか、いい加減帰ってきてくれとか、そういうこれまで入れてきた言葉に対する返答は一文字もなく、ただパーティのことしか書いていないのに腹が立つというよりもがっかりしていた。体もがっかりしていて、そんな自分の体にもがっかりしていて、気持ちもがっかりしていて、心身共にがっかりしている自分にまたがっかりした。がっかりだ。小さく呟くとトイレから出て、出たところにあった帽子屋で二千九百八十円のニット帽を買い、目深に被ると正面扉から出て、すぐ目の前でタクシーを停めて滑り込んだ。お忍び芸能人。という言葉が浮かんだが、実際には犯罪者に近いのだという事実にまたがっかりした。家の近くの大学病院の名前を告げると、完全に顔中の筋肉が弛緩して無表情になった。顔中の肉が垂れ下がり、ブルドッグのようになっている自分の顔が頭に浮かぶ。無心のまま、スマホを取り出して由依のメールをもう一度読む。やはりパーティに出席するという内容しか書いていない。「由依はあの時俺が尾行してたことに気づいてた？」。それだけ打ち込んで送信した。気づいていなかったのだとしたら、何の話をしているのか、いつの話をしているのか彼女にはさっぱり意味が分からないだろう。しばらくスマホを見つめていたが、連絡を待つのにもう嫌気がさしてバッグに放り込んだ。

小学校の頃、クラス中から嫌われているクラスメイトがいた。もう名前も思い出せないし顔も覚えていない。ただ小学校の間中坊主頭だったのだけは覚えている。彼は背が低くて不細工で頭が悪くて着ているものもみすぼらしかった。不細工でも貧乏でもクラスの人気者になる奴もいたから、彼が嫌われた原因は性格の暗さ、何を考えているか分からない不気味さにあったのだろう。彼は無口で何か意見を言うこともなければ誰かと仲良くすることもなくいじめられることすらなかった。彼が母親と歩いているのを外で見たことがあった。母親もまた不細工でデブで、二人はよく似ていた。惨めな奴。なぜかその不細工な二人が歩いている姿があまりにもみすぼらしく見えて心の中でそう罵った。あの惨めなみすぼらしい親子を見ているだけで、自分の世界が汚れてしまうような気がしたのかもしれない。昔から漫画や小説が好きだった。自分でもあらゆる世界を妄想した。自分に都合の良い世界、都合の良いシチュエーション、女の子にモテたり皆に尊敬されたり、健全な男子が求めるもの全てを詰め込んだ自分の姿を妄想して悦に入っていた。中学入学と共に厨二《ちゅうに》的なものに傾倒していき暗黒期に突入してそれは大学まで尾を引いたが、小学校時代それなりにクラスで人気があって、全知全能的な誇大妄想に取り憑かれていた俺は、そのクラスメイトのことを無邪気に軽蔑し、嫌悪し毛嫌いしたのだ。そうした妄想で培った想像力で作家になり盗作作家のレッテルを貼られ妻に離婚したいと言われた俺は、今まさしくあの時俺が嫌悪していたあのチビで不細工なクラスメイトと同じだ。皆に陰口を叩かれ、皆に嫌われ、皆が自分から逃げていく。あいつの名前は何だっただろう。佐藤、いや、山田だっただろうか。よくある名前だったはずだ。

「小学校の卒業アルバムに皆の名前とか住所が書かれたページなかったっけ。もしあったら画像送って欲しいんだけど」。帰宅後母親にそうメールを送る。何してんだ、自分の不可解な言動が自分でも不安だったが、彼の名前を調べなければならないという衝動にほとんど震えがきていた。

「何なのよ突然気持ち悪い」。母親までそうして俺を気持ち悪がって関わるのを嫌がる。もともと仲が良い親子ではなかったが、気が利かないし愛想もないし何考えてるか分からないから怖い、と父母共々全否定した由依と結婚した時からあからさまに疎遠になり、俺が盗作事件を起こした頃からあからさまに俺を牽制するようになった。また何か事件を起こすのではないかと心配しているのだろう。うちの子変なのよ、高校の頃、母親が電話で誰かにそう愚痴をこぼしていたのを聞いたことがあった。自分の部屋籠もって変な仮面作ったり、マント被ったりして、虫の死骸とか集めてて、この間なんか雀《すずめ》の死骸を瓶詰めにしてたのよ。まああの子が殺したんじゃないとは思うけど……でも気色悪いじゃない。いつか何か変な事件起こすんじゃないかって、虫の死骸とか勝手に捨てたら私が殺されるかもしれないとか考えると恐ろしくって。冗談半分のような口調だったが、口うるさく干渉してくる母親を半分本気で殺してやりたいと思っていたのは事実だった。「同窓会やろうって話になってて、いろいろセッティング頼まれててさ」。リア充のような理由を送ると安心したのか、ようやく母親はクラスメイトの連絡先の載ったページをメールで送ってきた。同窓会の幹事なんか五回死んだってやらねえよと思いながら、母親の送ってきた連絡先の画像を開く。それでも全ての名前をいくら見返してもどれがあのクラスメイトなのか全く思い出せなかった。怪しげな名前を書き出してググってみるものの同姓同名が多すぎて話にならない。小学校の名前を加えて検索してもやはり引っかからない。あんな暗い奴がフェイスブックとかやるわけないかと諦めかけるが、もう一度母親に「やっぱクラスの一人ひとり顔写真が載ってるページも送ってくれない？」と送る。「何か悪いことに使うんじゃないわよね？」とまた疑惑のワンクッションを置かれたが、相手によってメールの文章も変えるから名前と顔一致させないとと思ってとリア充発言でまたはぐらかす。メールの受信音が「しぶしぶ」と聞こえた気がしたが気のせいだった。意気揚々と画像を開くものの、あのクラスメイトは写っていなかった。

あれ、六年の時別のクラスだったっけと記憶を手繰りつつ、やっぱ悪いんだけど二組の方も送ってくれない？ と母親に送り返す。今度は一言もなく画像だけが送られてきた。やっぱりいない。卒業前に転校でもしたんだろうか。でもだとしても顔写真は端の方に添えられるはずだ。六年生になる前に転校していたのだろうか。でもこんなに綺麗に記憶から抜け落ちることなどあるだろうか。あれは一体誰だったのだろう。母親から送られてきた画像を全て拡大してカラープリントしてみるが、やはり何度見返してもこれだと思える奴がいない。名前と顔を失っても尚、自分の記憶のほんの僅かな部分を占めるそのクラスメイトが怖くて、その恐怖を緩和するために名前をつけることにした。普通の何の特徴もない山田太郎とかにするか、トランキライザーみたいなカタカナ名にするか、油すましみたいな妖怪的な名前にするか、ノートにいくつも書き出しながら、もしかしたら当時の自分の妄想があの視界の隅に入り込む小さなクラスメイトを作り出したのかもしれないと疑い始めていた。不意にデスクの上にあるサプリメントが目に入り、その瞬間彼の名前はその名前に決まった。「L-Proline」、カタカナにして「エルプロリン」だ。最近起きた時に顔が脂っぽいと話したら、何かとサプリに頼りがちな由依が脂性肌にはこれがいいらしいと勝手に注文したものだ。錠剤を飲むのが苦手で、しかも海外のサプリで自分の許容できる大きさの倍に近かったためほんの数回飲んで止めてしまった。エルプロリン、という名前は何だか可愛らしくて、正体不明な彼への恐怖が少し薄れた。エルプロリン、とノートを一ページ使ってでかでかと書くと満足して、「エルプロリン」と口に出すとより満足した。

由依が帰宅したのはパーティの三時間前だった。いつも使っている小さなバッグ以外には何も持っておらず、見たことのないトップスとジャケットを着ていた。出ていく時もこのバッグ一つで出ていったのだから、この十日近い期間、彼女はどこかに滞在していて、そこは新しく買った自分の服などを置いて来られる場所なのだ。パーティが終わったら由依はそのどこかに帰っていくのだろうか。

「おかえり」

ただいま。普通に、いつも通りに、うっすらと微笑みさえ浮かべて、彼女は答えた。こんなことを、彼女は続けるつもりだろうか。十日間連絡もなく姿を消す、そしてまた何ごともなかったかのように俺の前に現れる。何の釈明もなく、買い物から帰ってきたかのようにただいまと言う。そんなこと許せるわけないのに、どこにいたんだと怒鳴りつけることも同じくらいできない。

「心配したよ」

「私桂とセックスしたくない」

突然の言葉に頭を殴られたようにくらくらする。目がチカチカするような衝撃だった。

自分の存在を否定するのに、結婚相手からセックスしたくないという言葉を聞く以上に効果的なやり方はないだろう。

「……無理やりしたのは悪かったよ」

「もうしたくない」

「由依の了承なくすることはもうしないよ」

ごめんと呟く俺の脇を無言で通り過ぎ、彼女はリビングに入った。すぐにプシッと缶ビールを開けたのであろう音が聞こえた。リビングに行って良いものかどうか迷って、自分の部屋に戻ったけれどドアは薄く開けておいた。言いたいことも聞きたいことも山ほどあるのに、それを言葉にすれば彼女はまた姿を消してしまいそうで口にできない。たまに十日くらい家を空けても、ここに戻ってくれるのであればそれで良いのかもしれない。どんどん思考が弱気になっていく。リビングや寝室から音が聞こえるたび緊張した。由依の口からまた「もう好きじゃない」「離婚したい」「セックスしたくない」という言葉が出るかもと思うと、そんな可能性のある世界に生きていること自体が耐えがたかった。

シンプルな黒いワンピースにロングジャケットを羽織り、高いヒールを履く由依には元モデルの風格が漂う。由依よりも背を高く見せようとか、釣り合うように見せようという努力をしたことは一度もない。俺は由依という存在に対してフェティシズムを感じている。フェティッシュな存在が隣にあって、隣にいてもその深層には永遠に触れることができない。それはまさに、自分が嫌悪するエルプロリンと真逆の存在だ。小学校の頃のクラスメイトにこんな奴がいて、母親に卒業アルバムの画像送ってもらったのにそいつは存在していなかった、という話をすると由依は存外興味を持ったようで、隣のクラスのページにもいなかったと付け加えると満面の笑みを浮かべ、何々小学校何年卒とかで検索すれば情報が見つかるかもとか、連絡取ってる小学校時代の友達いないの？とうきうきした様子で聞いた。そいつのことをエルプロリンと名付けたと話すと彼女は声を上げて笑った。彼女は家を出る前にビールとワインを結構飲んでいて、少し酔っ払っているようだった。いつもそうだ。いつも俺は彼女の反応が分からない。話してみるまで彼女がどう反応するか、「今日ご飯どうする？」という質問の答えさえ予想がつかないのだ。なぜこんな反応をするのだろうと不思議な時もままある。彼女は俺にとって偶然性の象徴であり、常に必然を切り崩す、長い長い田舎道で無心に車を走らせている時、突然フロントガラスに石を投げつけてくるサイコパスのような存在なのだ。彼女のその偶然性によっていつか自分は石が当たって死ぬように、どうして自分が死ぬのか理由も分からないまま死ぬのかもしれないと思う。あの明誠社の打ち合わせスペースでこっちが気づかない内に彼女が自分の存在を認めていたことや、盗作に対する反応もそうだし、結婚八年目で出張から帰宅した途端前触れもなくかけられた「離婚したい」もそうだ。彼女はいつも、俺には理由の分からない何かに突き動かされている。別のルールを持った地球外生命体のように、彼女のことが分からない。パターン化できない。エルプロリンの話をしたら「へえ」と目を合わせないまま流されるかもと、さっきまでは思っていたのだ。

「エルプロリン、私のクラスにもいたよ」

「由依のクラスにも？」

「うん。私のクラスに二人、名前覚えてないんだけど、男の子と女の子のエルプロリンがいたの。二人とも小さくて暗くて存在感なくて、なんとなくなんだけど私はその二人が何か兄妹みたいに感じられてたの。もしかしたら苗字《みようじ》が同じだったのかも。二人は実際は兄妹じゃないんだけど、暗くて小さくて、あと確か二人とも小太りだったしクラスでの浮き方まであまりに似てて、私の中で何か同じカテゴリーに入ってたの」

「へえ。男女の双子の太ったエルプロリンか。何か映画とかにできそうなキャラだな」

「邪悪な双子として周囲からは認知されてるんだけど、実際には血は繋がってなくて出生に秘密があるとか」

「いいね。ダミアンみたいに周囲で不審死が相次いだりとかして、その町のあちこちで二人は青姦しててそれが町の人たちの噂になってたりして」

「私も何か名前つけたいな。何だっけ、『時計じかけのオレンジ』で使われてた造語あったよね？」

「ああ、ナッドサット語でしょ？　俺一時期全部覚えようと思ってコピーしてたよ」

「桂は厨二的なことは何でも知ってるね」

彼女は嬉しそうに、何か辞書的なサイトないの？　と俺に調べさせ、結局「男の子＝マルチョック」と「女の子＝デボチカ」を合わせてその二人を「マルチョックデボチカ」と名付けた。そのあとも俺たちはナッドサット語を調べては「軽食を食べるは、マンチー・ウンチングだって」とか「陳腐、はハウンド・アンド・ホーニーコーニーだって」などと言い合って笑い合った。人と話して笑うのは久しぶりだった。

パーティ会場であるホテルに着くと、ちょうど編集長がスピーチをしているところだった。五百人ほどは入っていそうな会場に憂鬱になりかけていると、スパークリングでいい？　と彼女に聞かれうんと頷く。こういう時、由依は男にエスコートされることを絶対条件にしていない。マンションはもともと俺が買ったものだったし、生活費も俺が出しているが、彼女はもし俺に経済力がなかったとしてもそれを理由に俺を捨てたりなじったりすることはなかっただろう。そういう男がしなければならないとされているものに関して彼女は寛容だ。寛容というよりも、無関心だ。あと例えばこういうパーティで所在なく一人隅っこで飲み食いしている俺に対しても、かっこ悪いとか非社交的だなどのマイナス感情を持たない。だから彼女と一緒に行くパーティは嫌ではないし、何か小説のネタになるかもしれないという好奇心から、誘われた時は大体出席するようにしている。由依は編集者らしき何人かと挨拶と短い会話を交わした後、何か結構美味しい店が出てるみたいだよと会場の脇にずらっと並んだブースを指差した。あ、ほんとだあのラーメン屋有名店じゃんとか、寿司もあんの？　と言いながら、どれにするか相談して、俺はラーメン店に、由依は寿司のブースに向かった。小さな発泡スチロールのお椀《わん》に盛られたラーメンにはきちんとチャーシュー、ネギ、メンマが添えられている。プラスチックの皿に一人前の寿司を持ってきた由依と合流してお互いに交換し合いながら食べていく。「あ、エビは食べたい」とか「チャーシュー半分残して」とか言い合いながら食べていると、まるで十日間の由依の喪失はなかったかのように思えてくる。さっきまで彼女が自分の知らない誰かの家で誰かと共に過ごしていたなどと、もう思えなかった。

「ローストビーフも食べたいな。一切れでいいや」

そう言われてローストビーフのブースに向かい、二切れもらって戻ると彼女はいなかった。辺りを見渡すと、由依は佐倉さんと話していて、この間佐倉さんに由依から連絡がないか電話してしまったことを思い出してどうしようもない気分になる。佐倉さんは今、俺から連絡があったことや、家を空けている間どこにいたのかなど、由依と話していたりするのかもしれない。そう思った瞬間由依が俺に向かって手を振り、佐倉さんもにこやかに会釈をした。由依のいなかった世界が、今は由依のいる世界に戻ったのだということが、不思議だった。会釈を返すと、俺は背を向けてローストビーフを食べ始めた。由依と佐倉さんは女子会が始まってしまったかのように、音楽が大きい音でかかっているせいかずっと身振り手振りを交えながらやけに真剣な表情で時折ワインを飲みつつ話し続けていた。仕事関係の人で、由依が個人的な関係を築いているのは、恐らく佐倉さんだけだ。モデル時代からお世話になっていたと言っていたし、他社のファッション誌の編集者がフランス語の翻訳ができる人を探していた時に由依を紹介してくれたこともあったという。佐倉さんと食事や飲みに行くと言い残し出かけることは、数ヶ月に一度のペースで定期的にあった。他の編集者とどこが違って由依が佐倉さんを気に入っているのか、俺には分からない。見た目はそこそこ綺麗だけれど、何となく二流感があるのだ。若い頃ブスではないが冴えない見た目だった女性が社会に出た数年後に再会すると意外に綺麗になっていて驚く、といった経験を周囲の男性にさせてそうな。コンプレックスはなさそうだし、卑しかったり驕ったりしてるところもないのだが、何となく古臭い価値観に囚われていそうな、例えば大学のミスコンとかに出た経験がありそうな貧乏臭い雰囲気の女なのだ。気がつくと手元の皿にローストビーフはなく、あれいつの間に食べてしまったのだろうと訝りながら、再びローストビーフの列に並ぶ。また二枚もらってきて、いい加減話も終わったかと思い見渡すが、さっきいた場所にもう由依の姿はない。皿とフォークを持ったまま辺りを歩き回るが、背が高くいつもすぐに見つかる由依がいくら捜しても見当たらなかった。

「あの、佐倉さん」

別の人と話していた佐倉さんに遠慮がちに声を掛けると彼女はやはりどことなく迷惑そうな表情で俺を見て、「由依どこに行ったか知ってます？」と聞くと、「水島さんはいつも由依のこと捜してますね」と呆れたように笑った。

「彼女、いつも気がつくといないんです」

「永遠に失わないように気をつけてくださいね」

「由依、さっき帰ってきたんです。このパーティ一緒に行くからって、十日も行方をくらませてたのにパーティの三時間前にいきなり帰ってきたんですよ。どこに行ってたか、彼女話してました？」

「いや、仕事の話しかしてませんでしたけど」

絶対嘘だ。バカバカしい。十日間外泊していた女友達と話す時にどこにいたか聞かない奴などいるはずないのだ。お手洗いかもしれませんよと、「自分は何も話しません宣言」に等しい言葉を言われ、捜してみますと俺はその場を去る。会場を出ると、受付の向こうに佇む後ろ姿を見つけた。歩み寄る途中、彼女がスマホを見ているのだと気づく。近づくにつれて心臓の鼓動が速まっていくのが分かった。怯みそうになる気持ちと同時に、知りたいという気持ちが湧き上がる。由依との距離はあと二メートル。今彼女が振り返ったら、彼女は瞬時に俺の意図を嗅ぎ取り俺への嫌悪と不信感を募らせるだろう。震えがきそうだった。息を殺して一歩一歩近づいていく。「いつでもいいよ。待ってる」。その一言がＬＩＮＥのトーク画面に見える。左側に出るのは送信者だったか受信者だったか、考えようとして、そんなの彼女が言われてる側に決まってるじゃないかと思った瞬間、目がチカチカするような感覚に襲われた。彼女は何と返信したのか何が何でも見なければならない、そう思ってもう一歩踏み出した時俺の影が彼女の手元を翳《かげ》らせ、彼女が振り返った。彼女のその時の表情は本当に無で、これまで見てきた彼女の無表情の中でも最上級の無で、もうこれで良いのだと、自分のしていることは間違っていないと奇妙な確信が生じた。彼女の指がホームボタンにかかったのに反応して、俺は持っていたローストビーフの皿を放り投げ彼女の手から勢い良くスマホを奪い取った。奪い取る前に、自分の手が彼女の側頭部を激しく打ち付け、彼女がよろめいたのに気づいて僅かに怯む自分もいたが、スマホの画面から目が離せない。ホーム画面に戻った画面の中にＬＩＮＥのアイコンを探す。

「やめて」

毅然《きぜん》とした声と共に、彼女の手が俺の手の中のスマホを払い落とした。大理石の床に落ちたスマホは一メートルほど滑って止まった。ロックがかかったのか壊れたのか、画面は真っ黒だった。俺は彼女の所業を誤解なく知る術を永遠に喪失したのだ。そう思うと何十本も束ねた割り箸がいっぺんにへし折られ斜めにささくれ立った形でひしゃげたような、そんな取り返しのつかない絶望を感じた。覗き見をする俺に彼女が振り返ってからここまで全て一瞬で起きたことだったのに、長い時間それをスローモーションで見ていたような気分だった。振り返ると、由依は冷たく俺を一瞥《いちべつ》して屈み、スマホを手に取るとまた俺に取られることを危惧してか、壊れているかどうかも確認せずクラッチバッグの中にしまった。ゆっくりとバッグの金具を留める彼女の手は、重たい錠前を下ろす冷酷な門番のようだった。彼女はまだ無表情で、何も言わないまま背を向け歩いていく。待ってよ、と声を掛けても彼女は振り返らない。

「ねえ由依」

追いかけて腕を摑むと由依はこっちに顔を向けることなく体を引くようにして手を振り払う。

「ちゃんと話してよ」

肩を摑んで無理やりこっちを向かせると、彼女はようやく俺を真っ直ぐ見つめたが、眉間に皺を寄せて手を自分の左の耳元に当てた。いた、と微かに彼女は声を上げ、手を見つめる。血が付いていた。はっとして、嫌がられるのを承知で彼女の髪の毛を掻き上げてみると、ピアスホールから血が流れていた。スマホを奪った時に手が当たったとは思っていたが、突然の鮮やかな赤色に戸惑い、謝罪の言葉さえ出てこない。

「帰る」

彼女の言葉に、思わず「どこに？」と聞く。

「家に」

家って言うのは俺たちの家？　そう聞くことができず、耳痛い？　と覗き込む。

「別に」

さっさと歩いていく由依と並んで歩きながら、彼女の激しい怒りを感じる。泣いているかもしれない、そう思って横を見るが彼女は泣いていない。「ごめんねローストビーフ」「あんなところに放り投げちゃって……」「片付けた方が良かったよね」「すごく美味しかったんだよ」「由依にも食べさせてあげたくて」「佐倉さんに聞いたらトイレじゃないかって言われて」「由依を捜してたんだ」。彼女は黙ったまま答えない。豪華なホテルのロビーをつかつか歩く彼女は、まるでランウェイを歩いているようだ。金とベージュをベースにした内装、グランドピアノ、シャンデリア、目を奪われながら彼女に遅れまいと足を速める。あの時と同じだ。もしかしたら、彼女もあの時のことを思い出しているかもしれない。そう思ったらいてもたってもいられなくなって、彼女の手を取り先を歩いた。正面玄関を出てすぐに「タクシーお願いします」とドアマンに頼む。彼女を先に乗せ、俺も隣に乗り込み家の近くの大学病院の名前を告げた。ドアが閉まると、再び彼女の手を握る。

「ごめんね由依」

「何が？」

「ううん、違うんだ。何でもない。ごめん」

由依はもう何も答えなかった。でも俺の手を振り払うこともしなかった。マンションに着くと彼女はやはりつかつかと俺の先を歩き、さっさとドアを開けて入ってしまい、目の前でドアが閉まりそうになったところに慌てて腕を差し込んで二の腕を激しくぶつけて「いて」と呟く。彼女を追いかけてリビングに入ると、すでにワインを注いでいるところだった。パーティ仕様の彼女が家でワインを飲んでいる姿は、パーティ仕様の彼女がパーティにいる姿よりも妖艶に見える。ハリウッド映画なんかでよくある、夫婦でパーティに出かけて帰宅した後のような気怠《けだる》い雰囲気が彼女にぴったりだった。ごくごくとワインを一気にグラス半分飲むと、彼女は頭を傾けて耳元に両手をやりピアスを外した。小ぶりのレーザーポインターのようなぶら下がる形をしたピアスの片方には、僅かに血が付いていた。

「ごめん」

「ううん」

彼女は本当に気にしてなさそうな声で言う。

「ねえ由依」

「うん」

「どうして離婚したいの？」

どれだけ沈黙が続いても理由を話し出すことはないだろうという態度で彼女はまたワインを呷った。何を考えているのか、全く分からなかった。ここまでだんまりを決め込むなんてどういう神経をしてるんだと、普通の男なら怒るのだろうか。俺はどうしてこんなことになったのだろうという憤りはあるものの、ただひたすら泣きたかった。泣きついて彼女が離婚の意思を取り下げるならいくらでも泣けるだろう。

「ちょっと一旦、ソファに座らない？」

由依は黙ったまま、ワインボトルとグラスを持って素直にソファに座った。黒いワンピースの裾を少し上げ、片足だけソファに載せあぐらのような形をする。彼女がソファに座る時は大抵この格好をしている。自分もグラスを持ってきてワインを注ぐ。三人がけソファの端と端に座り、由依は前を向いてこっちを見ない。

「この間離婚したいって言われて初めて、由依がなんていうか、俺たちの関係に満足してないってことに気づいたんだ。もともと俺たちは情熱的に恋愛を楽しむような人たちではなかったたし、普通にうまくやってると思ってたんだ。喧嘩だって全然してなかった」

「レスでも？　喧嘩してなかったっていうよりロクに会話もしてなかった」

「会話はしてたじゃない。俺は普通に日常会話してたつもりだよ。それに人ってものすごく忙しい時には性欲がなくなったりするでしょ。俺は書き下ろしの締め切り前の一ヶ月一回もオナニーしなかったことあるよ。俺はこの二年仕事はできなかったけど、忙しかったんだ。精神的にとても多忙だった」

「あれでうまくやってるって思えるなんてあまりに愚鈍だと思う」

「由依がいることはデフォルトだったんだよ。永遠に一緒にいるっていう前提で俺は常に生きてた。離婚なんて寝耳に水で」

「置物とかパソコンの設定じゃないんだから、一回買ったら、設定したら永遠にそれが変わらずそこにあると思うなんて愚かだよ」

「そんな風に思ってたわけじゃない。でもうまくいってないっていう実感は、俺にはなかったんだよ」

由依は口を開けたまま呆然としたようにじっと俺を見つめる。

「改めて考えてみたんだけど、俺は結婚してから今までで、今が一番由依が好きだよ」

彼女は眉間に力を入れ、難しげな表情を浮かべた。

「だから離婚はしない」

また無表情に戻って、彼女は手元のグラスを見つめる。

「さっきスマホ奪っておいて言うのもなんなんだけど、由依が言いたくないなら何も言わなくていいよ。詮索しない。ああいう荒々しいことは俺もしたくない」

　本当だった。根っから暴力には慣れていないのだ。人を傷つけることが怖い。例えば人にぶつかって転ばせたとか、さっきのように腕が当たったとか、そういうことでも自分自身がひどくショックを受けるのだ。レイプなどしたら自分の方がトラウマになるだろうと思っていたし、現に無理やり由依とセックスしてから、泣いている彼女の姿が何度も蘇った。それでもそうしなければもっと別の意味で自分はショック状態に陥ってしまうという極限状態でもあった。

「分からないんだけど」

「何が？」

「どうして桂は私のことが好きなの？」

「俺は由依の顔が好きだよ。胸も好きだし、足首とか手首も好きだね。あと由依とのキスも好きだよ」

「そうじゃなくて、私は桂が尊敬するタイプじゃないでしょ。私の相対主義的な考え方とか自堕落な生き方を桂が否定的に捉えてるって分かる。尊敬がないのに好きだけがあるなんて、何か不思議なんだけど」

「それは俺も不思議だね。由依は軽薄で、理性もないしコミュニケーション能力も説明能力も欠けてるし、人格が破綻してる。答えたくないことには答えないし、人と分かり合う努力をしないし、社会人として、大人として音信不通になるとか、理由も説明しないとかは有りえないと思う。もっと筋の通った人だったらとか、もっと慈悲とか慈愛に溢れた人だったらとか、人の気持ちの分かる人だったらって思うし、実際そうなった方がいいと思ってるよ。でも由依を好きな気持ちはそういうのとはリンクもしてないんだ。人として尊敬してるからって例えば藤堂《とうどう》先生とか彦摩呂《ひこまろ》先生とかと付き合いたいとか結婚したいなんて思わないからね」

「じゃあ尊敬できなくても理解できなくても飼っていたいペットみたいなものってこと？」

「いや、由依は俺にとって象徴なんだよ。これは神格化じゃないよ。由依はドーナツの穴なんだ。ずっと考えてきたことだよ。由依には実体がない。俺はその輪郭を、ドーナツをなぞることで摑もうとしてるドーナツ愛好家でしかない。これは本当のことなんだけどね、俺がドーナツを食べたら、君はいなくなる。でも君は最初からいなくもある。つまり君は不在の象徴で、だからこの世に存在する不在は俺にとっては全て由依なんだ」

「私が象徴なら、私の実体なんて別にいらないんじゃない？」

「実体のある不在だから、由依は象徴になり得るんだよ。由依がいなかったら、存在と不在っていう概念が消える。存在も不在も存在しない荒野に投げ込まれるんだ。由依がいなければ俺は何が存在していて何が存在していないのか、自分さえ存在しているのかしていないのか全く分からなくなってしまうってことだよ」

「何が言いたいのかよく分からない」

「まあいいよ。離婚はしないってことだよ」

　グラスのワインを飲み干して再び注ぎ足しながら彼女は「私の気持ちはどうでもいいの？」と聞いた。

「全くどうでもいいってわけじゃないけど、世間で言われているほど重要じゃない。由依が俺のことを好きじゃなくなっても、いや、もう好きじゃないのかもしれないし、俺のことを好きだったことすらなかったのかもしれないけど、それは全くどうでもいいってわけじゃないけど、それは俺が由依を好きでいることとあんまり関係ないことでもあって、由依に好かれてるから好きなんじゃないし、由依が俺のことを一途《いちず》に想《おも》ってくれてるから好きなんじゃない。俺たちは知り合ってから十年近く一緒にいた。いろんなものを共に体験して、積み上げてきたものがある。一日一日は日めくりカレンダーみたいに呆気なく過ぎていったかもしれないけど、十年分の日めくりカレンダーをめくったらそれなりのかさになるよね。十年分の日めくりカレンダーをここにどんと置いてもそこに大した意味はないけど、それを毎日めくり続けて積み上げてきたっていう事実がある」

「私は積み重ねるっていう考えが分からない。私にとっては全ての一日がただの今日で、日めくりカレンダーはめくったら風に飛ばされてどこかに消える。私たちは十年くらい一緒にいたけど、何かを二人で積み重ねてきたって私は思ってない。ただ三千くらいあった日を三千回繰り返しただけで、それらが積み重なって何かを形作ってるとは思えない。桂のこの間の、必然性と偶然性の話がぴんとこなかったのも、常に今しかなくて必然的なものの存在を認めてないからだと思う。いつも目が覚めたら目の前に今日があって、私は今日やることをやる。日雇いの派遣みたいに今日の現場を与えられてその場で与えられた仕事をこなすだけ。必然性は常に昨日と今日で少しずつ違う」

「由依は自主性に欠けるから、そういう考え方になるんだよ。由依は世界との関わり方が受動的すぎるんだ。もちろん俺は自分で人生を切り開いていかなきゃいけないとか野蛮なことを言うような人間じゃないよ。でも離婚を切り出された時、これまで由依と過ごしてきた日々が走馬灯のように頭を過ったんだ。その全てが二人の思いがあって成り立ってきた瞬間だったと俺は思ってる。出会った日、本屋で声を掛けた瞬間、由依と初めて寝た夜、結婚しようって提案した日、婚姻届を出した日、この辺りのラーメン屋を制覇しようって食べ歩いた日々に、神保町《じんぼうちょう》のカレー屋を制覇しようって食べ歩いた日々、俺がアメリカで買ってきた電動コルク抜きがこの家ですごく流行った時期、あれどこいったのかな？　もう何年も見てないけど」

「たぶんシンクの下の棚じゃないかな。電池が切れて放置してある」

「あと俺の胃がん疑惑、謎の胃痛が続いて。でも由依はがんじゃないよって取り合ってくれなくて、遺書を書いてた時に倒れて一緒に救急車乗ったじゃない。検査のあと痛みで脂汗かいてる俺にほら盲腸だったって由依が冷たく言った時、この人と結婚して良かったって俺は思ったんだ。こういう時全く動じないでいてくれる人で良かったって、俺は不安で仕方なくなる人だからさ。あの時由依がお見舞いに来てくれるのが嬉しかった。入院食で初めてデザートが出た時、一口食べる？　って言ったら由依は半分以上食べたんだよ。プリンね。俺は何も言わなかったけど、内心そんな、って思ったけど、由依がそういう人で良かったってやっぱり思ったんだよ」

「この間真奈美と居酒屋行った時、真奈美が怒ったの」

「佐倉さんが？　あの人が怒るなんて想像できないな」

「つくねの黄身、全部私がつけて食べちゃったって、それでその後おでんが来たら私がカラシをほとんど取ったって。つくねの黄身だけ追加できないかってわざわざ店員に聞いたんだよ」

「俺はそうやって由依に黄身もカラシも食べられて、残った僅かな黄身とかカラシでつくねもおでんも食べてたいんだよ。由依は薬味とかソースとかそういうのを大量につける人だから、蕎麦屋に行ったら俺の分のネギも生姜も由依にあげてきた。そうだって今思ったでしょ？　そうなんだよ。俺はいつも、ラーメン屋でもネギとか紅生姜とかニンニクとかの瓶を由依に差し出してきたし、カレー屋ではらっきょうと福神漬けを由依にあげてきた。でもそれを由依は気にしないし、次カレー屋に行っても由依は今の話を忘れてて普通に俺かららっきょうと福神漬けをもらう。俺のこうしたいっていう気持ちを当たり前に捉える由依であって欲しい。有難がって欲しいわけじゃないんだ。俺はそうやって由依のお皿にカラシとかわさびとかレモンとかネギとかパクチーとか生姜とかを気づかれないように少し増やす妖精みたいなものになりたいんだ」

「妖精っていうより妖怪って感じだね」

「退院する日も韓国料理屋行ってさ、俺がおかゆ食べてる横で由依はサムギョプサル食べててさ。俺が肉取り分けたらもっと焼いてって文句つけられて」

「あれはカリカリになったのが一番美味しいんだよ」

「あと、震災の日。あの時、歩いてここに向かいながら、ずっと由依のことを考えてた。由依がここに、このソファにいるのをリビングのドアを開けて見つけた瞬間、もう由依とは永遠に離れたくないって思った」

　由依が死んでしまうかもしれないと思った。冷静にそう思ったわけではない。自分が無事だったように、由依も無事に違いないと思っていた。でももっと漠然とした不安があった。ふっと彼女が、湖面に垂らしたインクのように一瞬で広がり、薄まっていくようにそこに溶けてなくなってしまいそうな気がしたのだ。今の彼女に大地震というショックは酷だと、俺は生まれて初めて天災を心から憎んだ。そしてなぜ、俺は彼女に付き添わなかったのだろうという後悔。一人でいいと無表情で言う由依に、それ以上しつこくついていくとは言えなかった。でもあの震災を二人で共に体験していたら、何か違っていたような気がしてならないのだ。あの時由依と俺が離れた場所にいたという事実が、彼女を持続的な絶望に突き落としたような気がしてならない。でもきっとそんなことを言われても由依は困るだろうから、あの日の後悔について俺は彼女に語ったことはない。

できてる。生理が遅れているとも調べるとも言わず、ネギのみじん切りに鶏ガラスープの素《もと》とごま油を混ぜたものを卵かけご飯にかけたらすごく美味しかったんだよと、彼女がトイレから戻ったら教えてあげようと思っていた俺が「あのさ、ネギのみじん切りにね」とまで言った言葉を遮って、彼女が言った。

「あ、ご飯？　もうそろそろ炊き上がるよ。由依にすごく美味しい卵かけご飯食べさせてあげるよ」

「違う。妊娠してる」

よく見ると、彼女の手には妊娠検査薬が握られていた。え？　と首を傾げたまま固まった。

「妊娠してるの？」

「うん」

「由依が？」

「うん」

由依が妊娠するということがあまりにも現実離れしていて、赤ちゃんとかお母さんというものが自分から遠すぎて、嬉しいとかどうしようとかそういう感情よりも先に、俺が好きな人がお母さんになって、そのお母さんが赤ちゃんを抱っこしていたら、誰かに母子共々殺されてしまうのではないかと不安になった。

「いつのセックスかな」

「分かんないよ」

「ちょっと、妊婦が生卵を食べる危険性について調べてみようか」

別に卵かけご飯を食べる約束をしていたわけではないしトイレから出てくるまで卵かけご飯のことなんて考えていなかったはずなのに、そうだね、と由依はパソコンの前に座って調べ始めた。自分が混乱しすぎて把握できていなかったが、多分いつも冷静だった由依も同じくらい混乱していたのだろう。

「いろんな意見があって、禁止されてないけど、避けた方が無難って感じ」

「そっか残念だな。実はねネギのみじん切りにごま油と鶏ガラスープの素を混ぜたものを卵かけご飯にかけるとすごく美味しいんだよって、今教えようと思ってたんだ」

言いながらソファに腰掛けると、由依も隣に座った。大丈夫なのかな、と呟く由依に、大丈夫でしょと俺は何の考えもなく小さく頷きながらそう答えた。

「桂がお父さんか」

由依の言葉に恥ずかしくなって、笑みがこぼれた。

「由依がお母さん」

「ママがいい」

「じゃあ俺もパパね」

由依の中に俺の子供がいると思うと、世界が全く違って見えた。窓から差し込む日差しがいつもの何倍も明るく、その陽の光がいつもの何倍も暖かく、由依の手がいつもより温かく柔らかく、俺はそれまでの何倍も生きている気がした。俺×由依＝無限大。そんな式が浮かぶ。俺と由依で、これまでなかったものが生み出せるという事実、そのこれまでなかったものは俺たちには全く想像のつかない未知のものであるという途方のなさに、圧倒されていた。妊娠とか出産は、それなりに多くの人に訪れるものではあっても、いざ自分にやってくると、自分が神から選ばれた特別な人間のような気がしてくるものなのだと初めて知った。

「どうしよう。すごいな」

「うん」

「今感動してるんだ」

目に涙を滲ませながら彼女の方を向くと、彼女は泣いていた。待ち望んでいたわけではない、ずっとできなくて悩んでいたとか、そういうことでもない。いつかできるかもしれないけど、でもそれは多分今じゃない、どこかでそんな逃げ腰な態度を二人ともとっていたように思う。どこかで俺たちのような人間にはそれは永遠にこないのかもしれないとも思っていた。

「不安？」

「不安」

「つわりは？」

「ない。もっと先なんじゃない？」

「じゃあ、ご飯食べに行こうか」

「もうご飯炊けるんじゃないの？」

「祝福したいじゃない。由依と、俺と、お腹の子供を、祝福したいじゃない」

結局その日はとんかつかうなぎか迷いに迷った挙句、うなぎにした。山椒《さんしょう》をたっぷりかける由依にちょっと待ってとストップをかけ、スマホで「妊婦　山椒」で検索した。

山椒なんて大丈夫だよと由依は食べ始めたが、どんどん不安になって「妊婦　うなぎ」でも検索する。うなぎはビタミンAが豊富だから妊娠中食べすぎは良くないと書いてあって、不安にさせるのは良くないと思ったもののこれから一ヶ月うなぎは止めておこうと提案して笑われた。妊婦にとって何が良くて良くないのか、これまで調べたことも考えたこともなかったから、うなぎ屋の帰りに本屋に寄って妊娠・出産に関する本を二冊、育児に関する本を二冊、名前の付け方の本を一冊、ハリウッド俳優みたいなかっこいい男が表紙になっている父親向けの育児雑誌を一冊買った。

世の中の父親と母親は皆これほどまでに大変な思いをしているのだろうか。産院選びや、妊娠中の注意点、出生前診断をするべきか否か、名前の付け方、沐浴《もくよく》のさせ方など、考えたりシミュレーションしたりするだけで気が遠くなった。産院は俺がほぼ三日かけてネットを駆使して熟考に熟考を重ねた結果、ホテルで出産したようだった、というレビューの多かった豪華な内装と美味しい入院食が評判の総合病院に決めた。妊娠しているかどうかの最初の検査も、妊婦健診も、母子手帳をもらいに行くのも、全て一緒に行った。つわりが始まって何も具はいらないから酢飯が食べたいと言う由依によく具なしの海苔《のり》巻きを作った。お腹がすくと吐き気がするという由依のために、一口サイズの食べ物をたくさん用意した。彼女のお気に入りはドライ塩トマトだった。妊娠生活は順調で、二回目の健診で心拍が確認でき、つわりも一ヶ月で終わり、尿検査血液検査も常に問題なし、胎動も随分早い段階で感じ始めたようだったが、由依はずいぶん慎重な態度を取っていた。妊娠したことは安定期に入ってしばらくして自分も大丈夫と思えた時に報告したいと言い、親にさえも報告しなかった。由依が大丈夫と判断したのは結局六ヶ月に入ってからで、俺の親にも由依の親にも、もっと早く言ってくれればいいのにと言われた。俺は両親と、由依は母親と、仲が良いとは言えない関係ではあったが、その報告の時ばかりは皆嬉しそうにしていた。初孫か、と俺の両親も由依の母親も、同じ言葉を呟いた。その頃、とうとう解禁だと、ちょうど打ち合わせで会った編集の張本《はりもと》くんに報告しようと思っていると、張本くんに「実はうちの奥さん妊娠してるんですよ」と先を越された。「うちもなんですよ！」と答えると同年代で何かと気の合う張本くんは「マジっすか」と声を上げた。何ヶ月ですか？　六ヶ月です、うち七ヶ月です、と言い合い、名前決めた？　病院どこ？　奥さん荒れてない？　とかいう会話を延々していた。楽しかった。俺が父親なんて信じらんないですよ、張本くんはどこか、ノスタルジーを感じさせる表情で言った。彼はどこか少しだけ寂しそうでもあって、なんだかとてつもなく共感した。まだ、信じられないのだ。ゆっくり父親になっていくしかないとは分かっていても、未知との遭遇に焦りと不安が立ち上り始めていることに、自分でも気づいていた。

帰宅して張本くんの話をすると、由依は珍しく俺の担当編集者の話に食いついた。奥さんて何歳くらいなの？　予定日三月か、じゃあうちとは学年一個違いになるんだね、一月《ひとつき》しか違わないのに学年変わるって不思議だよね、四月生まれの子は責任感のある、リーダーシップのある子になるねきっと、無邪気に話す彼女は、まだ二十二歳だった。自分より十以上年下の彼女が出産し母になるのだという事実にも、時々不安を感じた。自分が二十二の時は、三流大学を卒業して小説を執筆しながら薄暗い新聞社でバイトをしていた。マッチョで高圧的な新聞記者に囲まれて働くのは本当に苦痛で、あの時マッチョに対する嫌悪が完全に根付いたことで、自分の人格の大部分が形成し直されたような気が未だにしている。俺がカップラーメンを啜《すす》るマッチョな新聞記者に怒鳴られ人格否定され、殺す殺す殺す殺すと呟きながらコピーをとっていた年齢で、彼女は出産し母親になるのだ。その事実は、宇宙が捻れているような違和感をもたらした。

少しずつお腹が膨らみ始め、由依は知り合った頃からずっとつけていた臍のピアスを外した。彼女には何も言わなかったけれど、実際臍にピアスがあることをとてつもなく不安に思っていた俺はすでにネットで妊婦の臍ピアスについて調べていて、柔らかい樹脂のピアスだったら入れておくこともできるみたいだよと話したが、皮膚がちぎれそうで怖いからいいやと、彼女はシンプルなシルバーの臍ピアスをアクセサリーケースにしまった。そのピアスをしまう手に、俺は歓喜していた。彼女に大切なものができたのだ。自分は彼女にとって大切な存在ではないかもしれないが、俺と彼女に、守るべき大切なものができたのだ。その事実に、天にも昇る思いがした。

健診でどちらか聞きたいですかと前置きをされた時、由依と目を合わせて頷き合った。絶対に聞きたいですと前のめりに言うと、先生は笑って「女の子です」と答えた。ですよね、と俺は声を上げた。由依が男の子の母親だなんて想像つかなかった。由依が抱くのはきっと女の子だと、俺はずっと前から直感していた。女の子か、と由依の反応は薄かったけれど、次の日には『女の子の名前』という本がアマゾンから届いた。「絶対にいい子に育つ名前にしよう」と俺が言うと、そんな名前あったら苦労しないよと笑われた。毎日毎日、由依のことと赤ん坊のことを考えた。気がつくと夜通しベビーカーを比較していたり、ベビーベッドを比較していたり、ベビー服を検索していたりした。

胎動が少ない。由依がそう呟いたのは、七ヶ月に入ってすぐの頃だった。前回の健診で少し赤ちゃんが小さいと言われていたこともあって、由依はナーバスになっていた。二十四週に入ったら六百グラムくらいあっていいはずなのに、推定体重が四百グラム台だったため自分でもあれこれ調べたが、個人差が激しいし先生も特に問題あるって言ってなかったし大丈夫だよと励ました。

「最近、トントンってすると応えるように蹴ってたのに、今日は応えてくれないし、胎動も少ないし弱い」

ちょっと聞いてみると彼女は病院に電話を掛け、「でも」「でも」と繰り返していた。

初産婦にはよくある不安なのかもしれない。俺はインターネットで「胎動　少ない」で調べ始めていた。

「胎動を十回感じるまでにどれくらいかかるか調べてくださいって言われた」

「うん。ネットにも書いてあったよ」

「二時間以上かかるなら来てくださいって」

「このサイトには一時間かかったら病院って書いてあるよ」

「じゃあ一時間かかったら行こう」

彼女は胎動を感じやすいようにとベッドに横になった。その間もネットで調べていると、赤ちゃんが眠っている時は胎動が少ないという情報を見たり、大抵が問題ないと書いてあったりして、なんとなく大丈夫な気がし始めていた。でも彼女は三十分経ったところで寝室から出てきて、まだ一回しかないと青ざめた表情で言った。

「赤ちゃんが寝てると胎動が少ないって書いてあるよ。とにかく一時間待とう」

彼女はおとなしくベッドに戻ったが五十分経ったところで「五十分の間に一回しかなかった」と言いながら母子手帳をバッグに詰め込んだ。タクシー呼んでと言われ、あたふたしながら電話を掛け自分も支度を始めたが、どこかできっと大丈夫だと自分は確信していた。どこかで、我が子の誕生はすでに決定されている未来のように感じられていたのだ。

タクシーの中では黙ってお腹を押さえていた由依が、病院に到着した途端おかしいんですすぐに診てくださいと切迫した様子で受付の看護師に詰め寄った。由依、大丈夫だよちょっと落ち着こう、そう声を掛けると由依は俺の肩を押しのけるように手のひらを叩きつけた。突き飛ばされた俺はぽかんとしたまま、由依が涙目で「黙れ！」と怒鳴るのを聞いた。彼女がそんな風に大きい声を出すところを見たのは初めてで、俺はその時彼女が子供を授かった意味が分かったような気がした。彼女には感情が与えられたのだ。喜びや悲しみや怒りや不安、これまで彼女の中で湿気たようにいくら擦っても火がつかなかったマッチに、静かに火が灯されたのだ。初めて見る感情を持った彼女の姿に、俺は感動していた。診察台に乗った時すでに由依は涙を流していた。おかしいんです、先生、本当におかしいんです、朝からちょっと変だなって思ってたんです、そしたらどんどん胎動が減っていって、おかしいんです本当に、彼女は繰り返した。彼女の態度は命乞いする捕虜のようにも見えた。彼女のお腹にエコーを当てた先生は何度も、上から下へ、右から左、左から右へとエコーを滑らせる。由依は画面を覗き込みながら、息を止めているように見えた。俺にも分かった。胎児は動いていなかった。いつも体の中で脈打っていた鼓動もない。お腹の中で、胎児がぐったりとしている様子が分かった。

「心拍が、ありません」

先生がそう言った瞬間、由依が咳のような嗚咽を漏らした。診察台に寝ていた彼女は起き上がり、体育座りをするように顔を覆って泣き始めた。看護師が彼女の背中を撫でていた。いつも快活な先生が涙ぐみながら、まだ理由は分からないけど、お母さんのせいじゃないから、と言った。お母さんになれなくなった人に、お母さんと言うのは残酷な気がしたが、頭が真っ白で何も言えなかった。診察室を出る頃には、彼女は泣き止んでいた。

ホテルで出産したみたいだった、彼女が出産後、その経験を素晴らしいことと捉え、誰かに語るたび幸福な気分になれるよう選んだ病院だった。煌《きら》びやかなシャンデリア、よく手入れされた観葉植物、自動演奏するグランドピアノ、四階まで吹き抜けになった総合受付、その全てが今彼女に重く暗い影を落としていた。目を赤くしたまま彼女はずっと無言で、早足で病院を出て、帰りのタクシーの中で「来週の両親学級、桂がキャンセルしておいて」と思い出したように言った。

二日後に再び検査して、心拍がないことを確認した後、由依は入院した。数日かけて子宮口を開き、出産するのだと先生は説明した。由依は赤ちゃんの心拍がないと聞かされた時に泣いたのが最後で、それ以降は淡々としていた。火葬の時に着せられるみたいだからと言って、まだ数枚しか買っていなかった新生児服の中から真っ白なロンパースを選び、入院のためのバッグに詰めた。桂の親と、できれば私の母親にも桂から連絡して欲しいと言われ、俺が連絡した。亡くなったお子さんにお会いになりますか？　入院の案内をされた時そう聞かれて、由依は会いますと即答した。本当に会うの？　出産の立会いもしようかするまいか悩んでいた俺は、二人になった後由依に確認した。

「どうして会わないの？」

「ショックを受けるかもしれない。ずっとその記憶に、由依が幽閉されるかもしれない」

「どっちにしろ死んだ子を忘れることなんてできないでしょ」

割り切っているのか、割り切っていないのか、俺には由依がまた、分からなくなり始めていた。妊娠が分かってからここまで、二人で強く繋がっていると思っていた感覚が、少しずつ薄れ始めていた。

子宮口を開き、陣痛促進剤を使い、彼女は入院から三日目に出産した。五百五十二グラムの女の子だった。死因は不明と言われた。解剖すれば何か分かるかもしれないが、何も分からないこともあると言われ、俺は少し迷ったが彼女は解剖はしませんと即答した。死産を経験した女性はほとんどが自分を責めて苦しむと聞いていたが、由依は全くそんな素振りを見せなかったし、由依はそんな苦しみ方はしないだろうと自分も確信していたし、死因を特定しようと躍起になることもないだろうとは分かっていた。

赤ん坊はきちんと人間の形をしていた。顔は由依に似ていて、その子を抱く由依は母親の顔、いや、ママの顔をしていた。「由依がママか」。思わず漏れそうになった言葉を押しとどめた。俺には何の実感も湧いていなかった。本当のことを言えば、妊娠が順調だった頃から、父親になる、子供が生まれるという実感もまだ湧いていなかったのかもしれない。そんな段階で、赤ん坊が死んでしまった。赤ん坊は人形のように小さく硬く、やはり現実味がなかった。俺が死亡届を出しにいった。出生届って産後十四日以内に出さないといけないから、俺が一人で行くんだよね？　とわくわくしながら話していた記憶が鮮明な内に、その子の死亡届を出すことになるとは思っていなかった。火葬の依頼をした時、骨は残るかと聞くと、なんとも言えませんが、七ヶ月のお子さんでしたら少しは残るかと思いますが、断定はできませんと有耶無耶《うやむや》に言われ、とにかく絶対に骨が欲しいんですと伝えた。由依が病室で赤ん坊を抱く姿を見るたび、この子が焼かれたら彼女は何に縋るのだろうと思ったのだ。何か縋るものがあった方がいい、彼女には何か目に見える心の支えが必要だ、そう思っていた。朝一で焼くと温度が低いため骨が残りやすいと言われ、朝一の予約を入れ、小さな骨壺を買いに行った。骨は思ったよりも残っていた。細い骨を必死にかき集めた。小さな骨壺はそれでも大きすぎた。

由依は入院中、赤ん坊に会うとよく笑った。小さな手を指先で撫で、抱っこをして、ずっと一緒にいたいと愛を囁くように漏らした。でも泣かなかった。入院中も退院後も、火葬しても、由依は泣かなかった。そして元の生活に、「できてる」というあの言葉以前の生活に、俺たちは戻っていった。骨壺は彼女のデスクの脇のガラス棚に置かれたが、少しずつ買い揃えていたベビー用品は彼女が捨ててしまった。妊娠、育児関係の本もある日突然全て捨てられていた。彼女は赤ん坊についてもう何も話さなかった。入院中、お見舞いに行った際、看護師に呼び止められたことがあった。由依さんは全く泣いていない、死産を経験した女性は初期に悲しみを表現できないとその後精神のバランスを崩す人が多いから、今の内に感情を発散できた方が良いとアドバイスされた。泣いていいよと言って、俺に抱きしめられたからといって、泣く人じゃないんですと答えると、看護師はもやっとした表情のまま「支えてあげてくださいね」と呟いて去っていった。結局彼女は、何事もなかったかのように、妊娠していたことなどなかったかのように、嘘だったかのように、すっかり元の生活に戻っていった。外で妊婦や赤ん坊を見て微笑むことも、母子手帳や育児本を熱心に見つめることも、ネットでベビー用品を検索することも、名前なんだけどさと定期的に相談しにくることも、全部なくなった。ネギダレ添え卵かけご飯を提案するその前の世界にタイムスリップしたようだった。

死産から一ヶ月後、検診に付き添った。子宮内に残留物がないか確認して、次の生理が終わったら子作りを再開しても良いですよと言われた。彼女は無表情でそうですかと答えた。彼女が子作りを望んでいないことは、分かっていた。次に生理がきたら、終わった頃にもう一度来てくださいと先生は言った。

生理後の検診も、もちろん一緒に行くつもりだった。でも、新刊の出版に合わせてお祝いランチでも行きましょうと誘われていた日の二週間前、張本くんから電話があった。「すみません水島さん、うちの奥さん、ちょっと出産が早まりそうで、計画分娩《ぶんべん》で八日に出産予定になっちゃって。十一日に変更できませんか？」と、事情を知っていて申し訳なさげに言う張本くんに、無事生まれることを祈ってると伝え、十一日で問題ないよと答えた。それからしばらくして、今日生理が来たから十一日に予約取ったと彼女に言われた。その日は会食が入ってて、変更してもらおうかなと言うと、彼女はいいよ一人で行くと答えた。編集長も来ると聞いていたから、できるだけ変更したくなかったし、彼女を一人にさせてあげた方が良いんじゃないかという気がしていたのも事実だった。彼女は退院以降ずっと家に閉じこもっていて、家にはずっと俺がいて、一人になりたいんじゃないかと思っていた。でもあの時あの家から出て一人になりたかったのは、本当は自分だったのかもしれない。

イタリアンレストランで新刊の見本を十冊もらい、打ち上げをした。ワインをたらふく飲んで、ランチなのに随分酔っ払った。食後酒まで飲み、デザートを食べ、そろそろランチタイムが終了しますと急かされ店を出ようとした時、地震が起こった。ぐらんぐらんと照明が揺れ、グラスが割れる音がした。テーブルに手をついて辺りを見渡しながら、由依の検診はもう終わっただろうかと考えていた。迎えに行こうと思った。レストランから病院までは、タクシーなら十五分程度だ。揺れが収まった後、張本くんがなぜかグラスの破片の片付けを手伝い始めたため、なんとなく手伝わなきゃいけないのかなという空気になって一緒に片付け、店を出たところで張本くんと編集長と慌ただしく別れ、すぐに大通りに出てタクシーを拾おうとしたが、空車は一向にやってこなかった。携帯も全くもって繋がらない。駅に行くものの、やっぱり電車は止まっていて、ここから家まで歩いて帰るのかと想像してぞっとした。自分はまだしも、由依も同じくらいの時間をかけて歩いて帰ることになるのだろうかと思った瞬間、なぜ今日、今日だけ、全ての検診に付き添ったのに、最後の検診の今日だけ俺は由依と一緒に行かなかったのだろうと激しい後悔に見舞われた。

結局病院に寄ったものの、奥様はすでに検診を終えられて帰られましたと言われ、新刊十冊を抱えたままそこから三時間かけて歩いて帰宅すると、由依はリビングのソファに横になっていた。無事で良かった、そう呟いてソファの前に座り込むと、彼女は無事じゃないわけないじゃん。とロボットのように呟き、目を閉じた。何かが変わってしまった気がした。思い込みだったのかもしれない。でもあの時、僅かに開いていた彼女の何かが閉じた気が、確実にしたのだ。

「張本さんの奥さん、大丈夫かな」

その日の夜、彼女はベッドの中で唐突にそう呟いた。張本くんの奥さんは、三日前に女の子を出産していた。俺はそのことを伝えられないまま、まあ交通機関も明日には回復してるでしょと明るい声を出した。怯んでいる自分を見透かされているような気がして、目を閉じた。ぎし、ぎし、とマンションが軋《きし》む音が、深夜も断続的に響いていた。揺れるたびに由依を抱きしめたいと思っては、思いとどまった。多分俺は、抱きしめてもらいたかった。死産から二ヶ月以上が経ち、ようやく自分の子供の死を実感し始めていた時だった。あの時ぼんやりと「人形みたいだ」と思っていたあの小さな体に触れたかった。何となく不安で怖くて、おずおずとしか触れられなかった、あの小さな手に、足に、もう一度触れたいと心から思っていた。ちゃんと抱きしめれば良かった。しっかり抱きしめれば良かった。その体が消えて二ヶ月も経って初めて、強烈に恋しかった。もしも今ここに、俺と由依の間に自分たちの赤ちゃんがいたら、生きていても死んでいても構わないから、ここにあの体があったとしたら、こんなに心細くはならなかったのではないだろうか。その時、ラップ一枚分くらいの薄さで何とか保たれていた胸に、完全に穴が開いた気がした。ずっと彼女が心配だと思っていた。彼女を心配していた。でも本当は自分が頽れそうだった。本当は自分が泣きたかった。でも彼女が頽れなかったから、泣かなかったから、俺はどんなに頽れたくても泣きたくても耐えなければならなかった。本当は彼女と一緒に泣きたかった。本当は一緒に泣き崩れたかった。でもお腹に赤ん坊がいたことなど忘れ去っているような態度の彼女に、それを求めることはできなかった。赤ん坊の骨が必要だったのは、本当は俺の方だったのだ。

震災後しばらくして、彼女は突然パリに遊びに行くと言い始めた。昔の友達が気晴らしになるんじゃないかと誘ってくれたと言うから、心配ではあったが快く送り出した。実際に彼女は、帰国した時どことなく明るくなっていた気がした。そしてその頃、彼女は毎日薬を飲むようになった。彼女のいない時に引き出しに入っているその薬をネットで調べるとピルだった。彼女にはもう二度と妊娠する気がないのだと知った時、「桂がお父さんか」という彼女の言葉が蘇った。お父さんにならなかった。俺はお父さんにならなかった。そしてこれからもならないのだ。その事実が自分でも意外なほどショックだった。それから定期的に、彼女の引き出しを漁った。いつも、その錠剤があった。それから何年も、セックスレスになるまで、彼女は何かを恨むように毎日毎日同じ時間に、欠かすことなくピルを飲み続けた。

ねえ由依。呟くと、彼女は黙ったままこっちを見つめた。彼女はなぜ、いつもこの毅然とした態度を崩さないのだろう。甘えたり、頼ったり、たまに弱音を吐いたり、人の腕の中で安らぎたいとか、そういうことを考えることはないのだろうか。それとも他の人にはそういうことをしているのだろうか。

「臍のピアスって、穴まだ開いてたの?」

「ううん。開け直した」

「自分で？」

「ううん。スタジオで」

「いつ開けたの？」

「半年くらい前かな」

「そうなんだ」

「うん」

「痛かった？」

「まあ、普通に」

「どうして開けようと思ったの？」

「殺風景な気がして」

「お腹が？」

「うん」

「お腹が殺風景でも別に構わなくないかな」

「そう？」

「うん」

「これは何批判なの？」

「批判じゃないよ。すごく綺麗だよ。俺ももともと気に入ってたんだ」

黙り込んだ由依に、もう一度ねえ由依と声を掛ける。黙ったまま、彼女は俺を見つめる。

「今日一緒に寝てもいい？」

「いや」

「何もしないから」

「いや」

「じゃあベッドの脇に布団敷いてそこで寝てもいい？」

「一人で寝る」

「じゃあ今少しだけ手を繋いでもいい？」

しばらくの無言の後にいいけどと不満そうに呟いた彼女に近付き、ソファの上に置かれた手を取る。お酒を飲んでいるせいかとても温かかった。ずっと一緒にいよう。その言葉に彼女は振り返りも答えもしない。行き場のない言葉が煙草の煙のようにこの部屋の中を彷徨《さまよ》い続けている気がした。それでも蠟燭《ろうそく》が灯ったように体の中が仄かに温かかった。好きな人の手に触れることは、こんなにも幸福なことなのだ。俺は由依と別れない。由依が俺を好きじゃなくても、嫌いだったとしても別れない。俺が由依を好きな限り、絶対に別れない。

ひどい目覚めだった。深夜に何度も目が覚めた。五時に目覚めた時は物音がしたような気がして寝室を確認しに行った。布団の膨らみを見ても安心できず枕元まで行って彼女の顔を確認してから自分の部屋に戻った。自分は夢遊病で、寝ている間に一人で草野球でもしていたかのような疲労感だった。時間は九時、さっきリビングの方から音がしたから、彼女はすでに起きているはずだ。体はまだ眠いのに、目に力が入って眠れない。彼女がこの家を出て行く準備をしているような気がして気が休まらないのだ。眠気とだるさに、廊下を歩く自分が今にも床に染み込んでしまいそうな泥のように感じられる。リビングに行くと由依はソファに座っていて、珍しくテレビでニュースを見ている。

「おはよ」

「おはよう」

「何か食べた？」

「ううん」

「何か、トーストと卵くらい食べる？」

「うん」

トースターにパンを二枚突っ込み、卵を取り出し二つお椀に割り入れる。マヨネーズと塩、牛乳を混ぜ、フライパンを火にかける。何時に起きたのと聞くと、一時間くらい前かな、と言いながら彼女はチャンネルをザッピングする。じゅーじゅー音を立てるフライパンを揺すり、固まってきた卵焼きを少しずつオムレツの形に丸めたところで、チーズでも入れれば良かったと後悔した。チーズを入れなかったことが取り返しのつかない大きな過ちのように感じられた。

「珍しいね、テレビ見てるの」

「ツイッターのタイムラインに流れてきたんだけど」

何が？　とオムレツを皿に移し、色よく焼き上がったトーストも一緒に載せる。ケチャップと塩胡椒を持ってソファに移動する。ローテーブルに皿を置くと、彼女にフォークを差し出した。

「明誠社の人が殺人で捕まったって」

「え？」

「ホテルで女の子殺して逃走してたらしいんだけど、捕まったって」

「まさか小野くんじゃないよな？　あの人ちょっと変態っぽいとこあってさ」

「あ、これだ」

由依はチャンネルを替える手を止めてリモコンを置いた。「二十二歳女性を殺害した疑いで大手出版社社員を逮捕」。そんな見出しと共に始まったニュースは、ブルーシートをかけられたホテルの映像の後に、手元を隠された男を連行する様子を映し出した。

「明誠社広報部勤務の荒木祐司容疑者を逮捕しました。捜査関係者の話によりますと、荒木容疑者は殺害の容疑を大筋で認めているということです。荒木容疑者はツイッターを通じ被害女性と接触、ホテルに連れ込み殺害に及んだとみられています。女性には首を絞められたような痕がありました」

「知ってる？」

「いや、知らない」

「なんかフォロワーも一万人くらいいる結構有名なツイッタラーだったみたいで、さっきからこの人の過去のバカみたいな下ネタツイートがめちゃくちゃリツイートで流れてきて」

「アカウントまだ見れるの？　結構イケメンだし、出版社のエリート社員の歪んだ性欲なんてネタになるだろうな。小説のネタになるかもしれないし、ちょっと小野くんに聞いてみようかな」

この人、と由依がスマホをちらっとこちらに向ける。「コウボクノマック」というアカウント名で加工でぼかされた本人と思しき顔写真がアイコンになっていた。ふうんと呟き覗き込もうとすると由依は手を引っ込めた。またスマホを取られるかもと思ったのだろう。

「コウボクってなんなんだろう。公けの僕《しもべ》のコウボクかな」

何だろうね、と首を傾げたまま皿の端にケチャップを出すと由依はオムレツを食べ始めた。ケチャップをたっぷりつけ、トーストと一緒に齧《かじ》る。由依がまたいなくなるんじゃないかというこの一晩の不安が少しずつ薄れていく。彼女はここにいて、もう出て行かないはずだ。理由なき不安と、理由なき自信が波のように押し寄せる。

「あれ、この人ってもしかして」

フラッシュを浴びる容疑者の映像が再び流れ、由依はそう呟くと難しい顔をした。

「なに。なにさ」

「真奈美と、仲良い人かなって」

「佐倉さんと？　まあ広報と編集はそれなりに関わりはあるだろうけど。でも佐倉さんが有名ツイッタラーと仲良いとは思えないけどな」

「何か、前に真奈美から名前聞いたような気がして」

オムレツを食べ終えると洗い物を始めた。由依のスマホが震える音がして、泡立ったスポンジを皿に擦り付けながら、ソファに座ったままスマホを手に取った由依を見つめる。しばらく画面を見つめた後、彼女は返信を打ち始めたようだった。昨日ＬＩＮＥをやり取りしていたのと同じ相手だろうか。穏やかな表情で、由依はスマホに指を走らせ続けている。今またスマホを奪い取って暴力的に全てを暴き出したら、彼女はまた出て行くかもしれない。そしてもう二度と帰ってこないかもしれない。行動に移してしまいそうな自分が怖くなり、一心不乱にスポンジを持つ手を動かす。泡視点で皿やコップを見つめているような気分でシンクの中の食器に向き合う。食器とスポンジ以外のものを見たら頭がおかしくなりそうだった。じっと食器を見つめながら突然気づいた、自分はさっきの荒木という男にシンパシーを感じている。この間、あの妊婦と思しきハーフの女の子があそこで男と落ち合わず、一人でそのまま自宅に帰っていたら、俺は彼女がドアを閉めようとするその瞬間部屋に上がり込み、驚き悲鳴を上げる彼女の口を手で覆い暴行していたかもしれない。殺すつもりはなかったのに、力の入れ方を間違えて殺してしまったり、黙らせよう、静かにさせようとして殴ったり窒息させてしまったかもしれない。自分にそんなことはできないと思うと同時に、あの荒木という男だって殺すつもりなどなかったのかもしれないとも思う。

「分かった」

「え？」

「俺も前使ってたMacBookのユーザー名がスイトウだったんだよ」

「何の話？」

「何でか分からないけど水島が変な読み方になってて、ログイン中のパソコンとかが表示される時、スイトウノマック、って自分のパソコン名が表示されてたんだよ」

「ああ、あの容疑者のアカウント名のこと」

「荒木のMac、で、コウボクノマック」

なるほどね、すごいねよく分かったねと由依がテンションが上がった様子で言う。やっぱり推理小説書いてるだけあるね。由依の言葉に脳が痺れる。彼女は俺が作家であることを知っているのだ。当たり前のことに、強烈に感動していた。唐突に、由依とここで死ぬのも悪くないのかもしれないという思いが湧き上がる。尾行から始まり、子供が死に、盗作問題を起こし、由依はここにいながら外のどこかをぼんやり見つめている。どこか犯罪的な匂いを俺はこの関係に感じてきた。洗い物を終え手を拭き、ナイフスタンドに刺さる数本の包丁をじっと見つめる。だったらその前に、由依と俺の小説を書こう。突然そう思いついて視線が宙を泳ぐ。どこか軽やかな気分で、じゃあちょっと仕事してくるねと俺は由依に声を掛ける。うん、と答える由依もどことなく軽やかだ。リビングを出て後ろ手にドアを閉め振り返る。すりガラスの向こうに見える由依は、スマホをいじり続けている。由依がこんな風に誰かからの連絡に敏感になっているのは、知り合ってから見たことがない。きっと由依は誰かを愛している。あるいは、愛し始めているに違いない。産院で彼女に突きとばされた時の感動に似たものが湧き上がったことに気づく。愛の対象が自分でなくとも、彼女に芽生えた愛が愛おしかった。それでもきっと自分はその愛を許すことができないだろう。ガラスに指を走らせ、彼女の体をなぞるように撫でる。彼女を摑むように、手をガラスに押し付ける。開いた指を少しずつ手のひらの中に握り込んでいく。いつか俺は彼女を彼女の愛ごと握りつぶすだろう。それ以外には道がない世界に、彼女も俺も放り出されたのだ。引き出しにしまったままの小さな鳥の形をしたピアスを、横たわったまま血の気のない彼女の耳に差し込む自分の姿が頭に浮かぶ。ガラスから手を離して自分の部屋に戻ると、パソコンを開きワードの新規文書を作成する。この小説の始まりは、彼女の愛の終わりの始まり。

解説

中江有里

「アタラクシア」には「心の平穏」という意味がある。

しかし本書の登場人物たちは、平穏から程遠い状態にあるように見える。平穏な幸せを夢見て、それを求めた、あるいは手に入れたはずだったのに。

平穏を目指した結果、たとえば人は結婚する。平穏な相手との平穏な結婚生活。結婚には平穏という言葉がよく似合う。

実際に経済的、精神的にもパートナーがいた方が、一人よりも安定するイメージはある。人間が車輪だとすれば一輪より二輪あった方がバランスをとりやすい。つまり生きるための安定した道を行く手段。

だが、どんな熱愛を経て結婚したとしても、別れを選ぶ人はいるように、平穏は長くは続かない。物語ならハッピーエンドで終わるが、人生は結婚した後も続く。

実に結婚は不可解で、自ら望んで始めたはずなのに、気づけば制度からはみ出し、逃げ出そうともする。本書の登場人物のように。

由依《ゆい》は作家の夫・桂《けい》と結婚しているが、パリ在住時に知り合ったシェフの瑛人《えいと》と不倫中。由依のキャラクターは本書において特異だ。彼女は夫を裏切っているという罪悪感をほぼ見せない。不倫は後ろめたさが燃料となって余計に燃えるものだろうが、由依の場合は好きでなくなった夫との生活には意味を見出《みいだ》せない。

食べ物に無頓着で料理らしい料理をしない由依の家庭について瑛人は想像を巡らせる。シェフの瑛人にとって料理は仕事であり、誰かに食べさせる喜びを感じる行為。だから由依のために料理をする。そういう彼といる時間、由依は最も幸せだと感じる。彼女の恋愛感情にはよどみがない。皺《しわ》もシミもない、スマホアプリで写真を加工した陶器のような肌を想起する。美しいが、どこか現実感がない。

由依の友人・編集者の真奈美《まなみ》はDV夫と子供との生活を続けているが、精神のバランスをとるために同じ出版社の荒木《あらき》と不倫をしている。にもかかわらず、真奈美は夫以外の相手がいる由依の不実を責める。まさに「棚に上げて」いるのだが、実際は由依の不倫と自分のそれの純度を比べて、由依の罪悪感のなさを嫌っているのかもしれない。

瑛人が経営する店でパティシエを担当する英美《えみ》は常にいら立っている。浮気を繰り返す夫、反抗的な息子、気ままな実母……愛を信じて築いた家族だったのに、自分を呪うように暴言を吐く。

そして由依の妹・枝里《えり》は、元モデルの姉を嫌い、パパ活で目先の金銭的不安を埋め合わせようとし、同時に将来の保証をしてくれる結婚相手を探している。

由依は桂に離婚を申し渡し、真奈美は仕事の鬱憤を家庭内暴力で発散する夫にうんざりしている。英美は仕事と家庭の両立で綱渡りのように生きているのに、誰にも労《ねぎら》われないし、報われもしない。枝里は厭世《えんせい》的で、自分の道を開くより、誰かにこの運命を引き受けてもらいたい。人のお金や安定を求めている。

女たちはどこか似た不幸を背負っている。だけど同じではない。自ら望んでそうなったはずが、気づけば袋小路《ふくろこうじ》に迷い込んだ猫のように、そこに立ちすくんでいる。傍《はた》から見て恵まれている人の方が、底知れぬ鬱屈を抱えているのかもしれない。本書の登場人物がそうであるように。その理由は婚姻というパーソナルな関係が、同時にオフィシャルでもあるからなのだろう。

結婚は紙一枚で成立する、公的な契約関係である。その裏にどんな事情があろうと、この国の夫婦は独身者より（たとえば税務上）優遇される。結婚は「誰かに選ばれた」という証《あかし》で、それが人間的、社会的に公認されたということにもつながる。結婚相談所では、中年以降は離婚歴があることがアピールポイントとなる、と聞いたが、一度でも誰かに選ばれたということがパートナーとして安心材料となるそうだ。

また「子はかすがい」と言うが、文字通り子供の存在で繋《つな》がれた夫婦もいる。経済的安定の反面、シングルとなるリスクを抱え、別れる決断は子供のない夫婦よりハードルが高い。

真奈美と英美には子供がいて、養育義務は（どんな形であれ）全《まっと》うしているが、すさんだ家庭の空気が子供に影響を与えるのか、英美の息子の反抗的な態度を増幅させているようにも思える。

世の母親が子供を無条件で愛しているなんて幻想――英美の姿はそう突き付けてくる。子を愛する人もいれば、そうでない人もいる。わが子を殺《あや》める親もいる。そういう母親と自分はどう違うのか。たとえば誰かを「悪魔《あくま》」のような母親とレッテル貼りすることはできても、自身が「悪魔」にならずにすむ理由は永遠にわからない。

夫が妻を、妻が夫を愛すること、平穏な結婚生活、慈しみ合う夫婦……あらゆる幻想の皮をめくり、その下にあるものをさらけ出す。中身があるならまだ救われるが、玉ねぎのように一枚一枚むいていったら、中身は空っぽ。その方がよほど恐ろしい。

本書の女たちにとって、はたして幸せとは何だろう。結婚では埋まらない心は、離婚してもおそらく埋まらない。選ぶ、選ばれることで優越感を満足させても、ＳＮＳで「いいね」を多数つけられても、きりがない承認欲求は穴の開いたバケツのように、何を入れても底からこぼれていく。

それでも認められることを諦めない女たちと比べれば、本書の男たちはどこか弱い。ツイッターアカウント「コウボクノマック」＝ユウトの言葉が象徴的だ。

「男はじたばた浮気するけど、女は息するように浮気するだろ」

その前にこんなことも言う。

「俺からしたらずっと愛してるって言いながらある日突然別に好きな人ができたってあっさり乗り換える女の方が罪深いよ」

枝里が参加したツイッターのオフ会で、初めて会った離婚経験あり三十一歳のユウト。彼の言動は厭世的な枝里とどこか響きあう。

真奈美の不倫相手の荒木は前妻にW不倫された過去がある。瑛人は由依の不倫相手で、桂は由依の夫——つまり誰もが不倫していたり、されていたりする。

女たちは愛の感情に従順だ。永遠を約束して結んだ婚姻関係を由依は解消しようとするし、真奈美のように離婚を思いとどまっていても、いずれその時が来ることを予感させる。

一方、由依の夫・桂は離婚を求める妻の気持ちを受け止められないし、瑛人は由依と付き合っているのに、深いところまではどうしても踏み込めない。

好きな相手を独占し、独占される。他の誰にも奪われない前提の婚姻制度によって心の安定を保つが、人の心は瞬時に変わってしまう。だから制度を自分の抑止力に使う。結果、平穏を求めて結婚したのに、婚姻制度にがんじがらめになって平穏すら見失う。まるでいたちごっこだ。捕まえたと思ったら手からすり抜けるのが幸せなのだろう。

そもそも幸せは概念で、傍から幸せそうに見えることや、誰かから幸せだと認められることで幸せを実感しているのではないか。

そうであるなら、本書の登場人物たちは今の関係を清算し、別の誰かを選び、選ばれても同じことを繰り返すだろう。

生きていることは自然現象でもあるが、大仰に言えば、やはり意思を超えた何かに選ばれなければ、生を受けることもない。

そして人は死へと向かいながら生きる。

もし自分の寿命がわかっていたら、生きている間に何かを成し遂げようとするか、それとも何をする気も起こらないか……わたしは多分前者を理想としながら後者へ傾いていく。絶望を抱えながら生きることはあまりに過酷で、早々に諦める時期を悟るだろう。だから人は一人で絶望することを恐れて、せめて共に絶望できる人を求める。婚姻関係は当事者がやめなければ「死が分かつまで」続くものだ。

桂が由依にこう言う。

「由依がいなかったら、存在と不在っていう概念が消える。存在も不在も存在しない荒野に投げ込まれるんだ。由依がいなければ俺は何が存在していて何が存在していないのか、自分さえ存在しているのかしていないのか全く分からなくなってしまうってことだよ」

愛する他者が、自分の存在を確かめる術《すべ》となるとしたら、その人がいなければ自分という存在の在処《ありか》もわからなくなる。結婚にはそうした一面があるとは思う。

そう、どんなオフィシャルな関係も、パーソナルな関係から始まる。しかし世間からの視線に影響され、どんどんパーソナルな関係から、オフィシャルになっていく。この物語を逆説的にとらえるなら、元のパーソナルな関係へ戻りつつ、さらに個としてのパーソナルな状態に至ることで、心の平穏は得られるのではないだろうか。

登場人物たちはきっと自らを欺瞞《ぎまん》していることに気づいている。平穏を望んで結んだ関係の結果はある種の罰だが、平穏を欲さずに生きることは難しい。

忘れがちな平穏を思い出したい時「アタラクシア」を読むといい。何が平穏であるかがわかるから。

（なかえ・ゆり　女優／作家）

本書は、二〇一九年五月、集英社より刊行されました。

初出
「すばる」二〇一八年十月号～二〇一九年一月号

集英社文庫

アタラクシア

2022年 5月25日　第1刷　　定価はカバーに表示してあります。

著　者　金原《かねはら》ひとみ

発行者　徳永　真

発行所　株式会社 集英社
東京都千代田区一ツ橋2-5-10　〒101-8050
電話　【編集部】03-3230-6095
【読者係】03-3230-6080
【販売部】03-3230-6393(書店専用)

印　刷　大日本印刷株式会社

製　本　ナショナル製本協同組合

フォーマットデザイン　アリヤマデザインストア　　マークデザイン　居山浩二

ISBN978-4-08-744383-7 C0193